몽골 설화

초원의 늑대처럼, 사막의 낙타처럼, 이 세상 거침없이!

건국대 서사와문학치료연구소
다문화 구비문학대계 10

몽골 설화
초원의 늑대처럼, 사막의 낙타처럼, 이 세상 거침없이!

2022년 5월 10일 초판 인쇄
2022년 5월 15일 초판 발행

지은이 신동흔 외
펴낸이 이찬규
펴낸곳 북코리아
등록번호 제03-01240호
전화 02-704-7840
팩스 02-704-7848
이메일 ibookorea@naver.com
홈페이지 www.북코리아.kr
주소 13209 경기도 성남시 중원구 사기막골로 45번길 14
우림2차 A동 1007호
ISBN 978-89-6324-860-8 (94810)
978-89-6324-850-9 (세트)

값 18,000원

건국대 서사와문학치료연구소
다문화 구비문학대계 10

몽골 설화

초원의 늑대처럼, 사막의 낙타처럼, 이 세상 거침없이!

신동흔 박현숙 김정은 오정미
조홍윤 김영순 황혜진 강새미
김민수 김자혜 김현희 엄희수
이승민 이원영 한상효 황승업

북코리아

머리말 : 현장에서 만난 1,364편의 생생한 이야기

캄보디아, 베트남, 필리핀, 중국, 일본, 인도, 카자흐스탄, 에스토니아, 브라질….

세계 여러 나라에서 온 이주민 화자들이 한국어로 구술하는 설화들을 들으면서 마치 꿈속의 한 장면에 들어와 있는 듯했다. 그들의 입에서 가지각색 설화들이 술술 흘러나오고 있는 광경이 거짓말 같았다. 책에서나 볼 수 있었던, 아니 책으로도 볼 수 없었던, 깊은 재미와 의미가 차락차락 우러나는 원형적 이야기들! 그 보물 같은 이야기들을 현장에서 만날 수 있다는 것은 최고의 축복이었다.

한국에 이주해서 생활하는 외국 출신 제보자들을 대상으로 한 설화 조사를 계획하면서 기대보다는 걱정이 컸다. 한국과 달리 설화 문화가 유지되고 있어서 구전설화를 기억하고 전해줄 수 있으리라는 기대가 있었지만, 30~50대가 주축을 이루는 제보자들이 설화를 오롯이 구연할 수 있을지 의문이었다. 모국어가 아닌 한국어로 구술해야 하는 상황이라서 더 그랬다. 한국생활이 쉽지 않을 이주민들이 선뜻 마음을 열어줄까 하는 걱정도 없지 않았다.

결과는 기대 이상이었다. 수많은 이주민 제보자들이 기꺼이 자국 설화 구연에 나서 주었다. 모국의 이야기와 문화를 알린다고 하는 책임감과 자부심이 주요 동기였지만, 그들은 곧 설화 구연이 매우 즐겁고 유익한 일이라는 사실을 깨달았다. 그들은 한 명의 문학적 주체가 되어서 자신이 아는 이야기들을 성심성의껏 들려주었다. 고향에 계신 어른들에게 연락해서 묻거나 숨은 자료를 찾아서 구연해 주기도 했다.

모든 이야기는 책이나 자료를 읽어주는 형태가 아니라 내용을 기억하고 새겨서 말로 구술하는 형태로 조사를 수행했다. 마음으로 기억해서 재현한 것이라야 화소(話素)와 스토리가 살아있는 진짜 구비문학 자료가 되는 것이기 때문이다. 제보자들이 구술로 전해준 이야기들 속에는 실제로 구비문학적 힘이 생생히 깃들어 있다. 재미있고 의미심장하며, 현장감이 넘친다. 그 언어는, 살아 있다.

조사 과정에서 이야기를 들으면서 놀란 적이 한두 번이 아니다. 이주민 제보자들은 평균적인 한국 사람들보다 훨씬 이야기를 잘했다. 한 사람이 수십 편의 설화를 유려하게 구술한 사례가 여럿이며, 한 편의 설화를 30분 이상 완벽하게 구연한 경우도 꽤 많았다. 캄보디아의 킴나이키 제보자 같은 경우는 한 편의 설화를 2시간에 걸쳐 생생하게 구연하기도 했다. 한국의 유력한 이야기꾼들에게서도 좀처럼 보기 어려운 모습이다.

10여 명으로 구성된 조사팀이 만 3년에 걸친 현지조사를 통해 만난 화자는 150명 이상이며, 수집한 자료는 약 2,000편에 이른다. 이 중 공개 동의를 얻지 못한 이야기와 완성도가 낮은 이야기들을 제외하고 가치 있는 것들을 선별한 결과 27개국 130여 명 제보자가 구술한 1,364편의 이야기 자료가 추려졌다. 자료마다 기본 구연정보와 줄거리(개요) 등을 갖추어서 정리하니 분량이 단행본 20권을 채우게 되었다. 양적·질적 측면에서 '한국구비문학대계'에 비견될 '다문화 구비문학대계'라고 해도 좋겠다고 생각해서 이를 총서명으로 삼았다. 『한국구비문학대계』(1980~1988; 전 82권)는 한국 구비문학 조사사업의 빛나는 성과이자 인류의 소중한 문화유산으로서, 갈수록 가치가 증대되고 있는 구술자료집이다. 우리의 『다문화 구비문학대계』도 그와 같은 역할을 하게 될 것으로 믿는다. 세계 각국의 설화를 생생한 한국어로 집대성했다는 점에서 전에 없던 새롭고 특별한 언어문화 자료집이다. 이와 같은 현지조사 성과는 세계적으로도 유례없는 일임을 강조하고 싶다.

다문화 구비문학대계는 20권의 자료집과 1권의 연구서로 구성되어 있다. 자료집 구성은 다음과 같다.

1~2권 : 캄보디아 설화 (64편)
3권 : 태국·미얀마 설화 (53편)
4~5권 : 베트남 설화 (114편)
6권 : 필리핀·인도네시아·대만·홍콩 설화 (72편)
7~9권 : 중국 설화 (186편)
10권 : 몽골 설화 (92편)
11~12권 : 일본 설화 (149편)
13권 : 인도·네팔 설화 (78편)
14권 : 카자흐스탄 설화 (61편)
15권 : 러시아·중앙아시아 설화 (55편)
16권 : 유럽·중동·중남미 설화 (57편)
17권 : 세계의 문화와 풍속 이야기 (93편)
18권 : 세계의 속신·금기와 속담 (160편)
19권 : 세계의 신과 요괴 전승 (91편)
20권 : 한국 이주 내력 및 생활담 (39편)

1~16권까지 각국 설화를 나라별로 정리해 실었고, 17~20권에는 세계 여러 나라 문화 이야기와 속담, 생애담 등의 구술담화를 모아서 수록했다. 15권의 '중앙아시아'에는 우즈베키스탄, 키르기스스탄, 타지키스탄이 포함되며, 16권에는 에스토니아, 스웨덴, 터키, 아제르바이잔, 사우디아라비아, 도미니카공화국, 칠레, 브라질, 파라과이 등 9개국 자료가 실려 있다. 다 합치면, 설화가 수록된 나라는 총 27개국에 이른다. 중국편 자료가 가장 많은데, 한족과 조선족 자료를 포괄한 것이다. 7권에 한족 제보자의 구술자료를, 8~9권에 한국계 중국인 제보자 구술자료를 수록했다. 설화는 각 나라마다 앞쪽에 신화와 전설에 해당하는 것들을 싣고 뒤쪽에 민담을 실었다. 같은 유형의 자료를 한데 모으고 서로 내용이 통하는 자료를 이어서 배치함으로써 효과적으로 내용을 견줘볼 수 있게 했다.

27개국 총 1,364편에 해당하는 설화 자료 가운데는 한국에 처음 소개되는 것들이 매우 많다. 1, 2권에 해당하는 캄보디아 설화는 대부분 길고 흥미로운 것들인데, 모두가 한국어로 처음 출판되는 것들이다. 필리핀과 몽골, 인도, 카자흐스탄 등의 수많은 이야기들도 대부분 새로운 것들로 구성돼 있다. 베트남과 중국, 일본 설화 가운데는 한국에 알려진 유명한 이야기들도 포함돼 있지만, 새롭게 소개되는 것들도 많다. 각국의 대표 설화, 예컨대 베트남 설화 〈의붓자매 떰과 깜〉이나 일본 설화 〈복숭아 동자 모모타로〉 같은 경우는 제보자마다 이야기를 구술해서 최대 7~8편에 이르는 각편을 수록했는데, 세부 내용상 크고 작은 차이가 있다. 각편(各篇)마다 미묘한 차이가 있는 것은 구비설화의 본래적 특징으로, 이는 중요한 연구대상이 된다. 각국 주요 설화의 구술자료 각편들을 생생한 구어로 풍부하게 갖춘 것은 해당 국가에도 없던 일로서, 본 자료집의 가치를 더욱 높여주는 요소가 된다.

구비문학에 낯선 독자들로서는 구술을 녹취한 본문이 처음에 다소 어색하게 여겨질 수도 있을 것이다. 하지만 찬찬히 읽어나가다 보면 구술 담화의 맛과 가치를 생생히 느끼게 되리라고 믿는다. 구술자의 다양한 목소리가 귀에 쟁쟁 울려오는 듯한 경험을 할 것이다. 이주민 구술자들에 대하여, 이들은 오롯한 문화적·문학적 주체이자 구비문학 아티스트라고 말하고 싶다. 설화를 전공하는 한국인 연구자들에게 한국어 구술로 큰 감동과 깨우침을 안겼으니 특별한 아티스트가 아닐 수 없다. 현지조사 과정에서도 틈나는 대로 부탁했거니와, 이들이 앞으로도 적극적인 설화 구술로 21세기 한국어문화의 한 주역이 되어 주기를 기대한다.

본 자료집은 구비문학 연구와 언어문화 연구, 다문화 한국사회 연구를 위한 기초 자료로 널리 활용될 수 있다. 학술연구 외에 문화콘텐츠와 교육용으로도 본 자료집은 큰 의의를 지닌다. 작가와 기획자들에게 새롭고 특별한 소재를 제공할 것이며, 각급 학교와 평생교육 기관 등에서 다문화 교육자료 등으로 활용될 것이다. 아울러 본 자료는 일반 독자들에게도 재미있고 소중한 문학적·문화적 경험을 전해줄 것이다. 한국인 독자들은 외국의 문학과 문화에 대한 이해를 넓히는 한편으로 이주민들에 대한 인식을 일신할 것이며, 이주민과 다문화가정 구성원들은 문화적 정체성과 자부심을 내면화할 것이다. 아무쪼록 이 책이 한국사회 구성원들이 열린 마음으로 서로를 이해하는 가운데 상생적 화합과 발전을 이루어나가는 데 기여하기를 바라는 마음이다.

3년간의 현지조사와 정리 작업은 한국학중앙연구원 한국학 토대연구 지원 사업에 힘입어 진행되었다. 꼭 필요한 지원이 이루어져서 좋은 자료들을 널리 수집할 수 있게 된 데 대해 감사의 뜻을 밝힌다. 자료의 출판은 연구지원과 별개로 이루어진 것으로, 출판사의 후의와 결단에 의해 이루어졌다. 자료집의 가치를 이해하고 기꺼이 출판을 맡아준 북코리아 이찬규 사장님과 편집부 김수진 과장님께 깊은 감사 인사를 드린다.

이 자료집이 나올 수 있었던 것은 현지조사와 자료정리의 실무를 맡아 수고한 전임연구원과 연구보조원들이 있었기 때문이다. 팀장을 맡아서 일련의 길고 힘든 작업을 훌륭히 감당해준 박현숙, 김정은, 오정미, 조홍윤 박사와 이원영, 황승업, 김자혜, 김현희, 한상효, 김민수, 이승민, 엄희수, 강새미 등 여러 연구원의 노고에 감사와 사랑의 마음을 전한다. 공동연구원으로서 현지조사와 연구작업을 적극 뒷받침해준 김영순, 황혜진 선생님께도 깊이 감사드린다.

이 책은 기꺼이 이야기를 들려준 여러 제보자들에 의해 이루어진 것이다. 낯선 조사자들을 반갑게 맞이하고 바쁜 시간을 쪼개어 열성껏 이야기를 풀어내 주신 130여 명 제보자들께 머리 숙여 인사드린다. 본 자료집이 특별하고 귀중한 문화유산으로 자리 잡아 오래도록 널리 활용됨으로써 제보자들의 열정과 노고가 빛을 발할 수 있기를 바라 마지않는다. 모두들 행복하게 씩씩하게 잘 지내면서 한국사회의 실질적 주역 구실을 해주시기를 기원하며, 다시 만나 많은 이야기들을 즐겁게 나눌 수 있기를 기대한다.

2022년 5월
저자를 대표하여
신동흔

목차

일러두기

1. 본 자료집은 한국에 와 있는 세계 여러 나라 이주민이 한국어로 들려준 설화와 생애담, 문화 이야기 등을 화자가 구술한 대로 녹취하여 정리한 것이다. 현지조사는 구비문학 전공자들이 만 3년에 걸쳐서 진행했으며, 구비문학 조사 및 정리 방법에 따라 자료를 수집 정리했다. 27개국에서 온 130명 이상의 제보자를 직접 만나서 구술 자료를 녹음했다. 제보자의 주축은 결혼이주민이며, 유학생과 이주노동자도 포함돼 있다.

2. 자료집은 총 20권으로 구성되어 있으며, 총 1,364편의 구술 이야기 자료가 수록되어 있다. 1~16권에는 각 나라별로 신화와 전설, 민담 등 설화자료를 실었고, 17~20권에는 여러 나라 문화 이야기와 속신·속담, 신과 요괴 전승, 생애담 등을 종합해서 실었다. 별권으로 연구서 『다문화 이주민 구술설화 연구』를 갖추어 조사사업의 성격과 의의를 밝히고, 자료 총목록을 제시했다.

3. 모든 자료마다 조사일시와 장소, 제보자와 조사자 등 기본 구연정보를 제시하고, 이야기 줄거리(또는 개요)를 제시하여 이해의 편의를 도왔다. 그리고 모든 설화와 생애담 자료에 '구연상황'을 제시하여, 해당 이야기가 어떤 맥락에서 구술되었는지 알 수 있게 했다. 설화집에 해당하는 1~16권 말미에는 나라별 제보자에 대한 정보가 제시되어 있다. 제보자 인적사항과 특성은 조사 당시를 기준으로 삼은 것으로, 추후에 변동되었을 수도 있다.

4. 이야기 본문은 녹음된 내용을 그대로 받아 적었으며, 현장 상황을 생생히 전하기 위해 조사자와 청중의 반응 부분을 함께 담았다. 한국어 어법에 맞지 않는 구술도 그대로 반영하여 전사했으며, 오해의 소지가 큰 경우 괄호 속에 표준어 표기를 제시했다. 내용 이해를 위해 필요한 경우에는 각주를 달아서 보충 설명을 했다.

5. 이야기 본문에서 제보자의 구술 외에 조사자와 청자의 반응은 [ ] 속에 넣어서 정리했으며, 기타 보충설명은 ( ) 안에 제시했다. 여러 조사자가 발언한 경우 '조사자 1', '조사자 2' 등으로 표시했는데, 번호는 구연정보의 조사자 순서에 준한다. 본문은 이야기 전개 흐름에 따라 문단을 나누었으며, 대화에 해당하는 부분은 행을 바꾸어 표현했다. 대화에 부수되는 언술은 행을 달리하되, '고'나 '구'는 구어체 특성을 살려 대화문 뒤에 붙였다. 2인 이상의 제보자가 공동으로 구술한 자료는 각 제보자와 조사자의 발화를 단위로 삼아 단락을 나누는 방식으로 편집했다.

6. 본 자료집에 자료를 수록한 모든 제보자들에게는 사전에 자료공개 동의를 받았다. 다만, 생애담 등의 구술에서 사적 정보가 노출될 수 있는 부분은 내용을 일부 삭제하거나 **로 표시하기도 했다. 조사장소도 개인정보 보호를 위해 번지수와 같은 세부정보를 삭제했다.

해를 쏜 엄지와 우두척 유래

● 구연정보

조사일시 : 2016. 11. 03(목) 밤

조사장소 : 서울특별시 동대문구 이문동

제 보 자 : 툭스자르칼 [몽골, 여, 1976년생, 결혼이주 12년차]

조 사 자 : 오정미, 이원영

● 구연상황

제보자에게 몽골 설화를 청하자 메르겡 이야기를 들려주었다. 제보자는 이 이야기를 어렸을 때 들었다고 했다. 어린 시절에 이모 쪽 친척들과 많이 어울렸는데 이모부가 전설과 동화를 자주 얘기해줬다고 했다. 이모부가 배우처럼 동물 연기도 하고 여자 목소리도 내면서 얘기해줬다고 회상했다.

● 줄거리

옛날에 일곱 개의 해가 떠오르자 살기 어려워진 사람들은 엄지라는 명궁수를 찾아가 해를 쏘아 없애 달라고 부탁했다. 엄지는 해를 모두 없애겠다고 하면서 약속을 지키지 못하면 엄지손가락을 자르고 들판의 동물이 되겠다고 했다. 엄지가 여섯 개의 해를 쏘아 떨어트리고, 일곱 번째 해를 쏘았는데 그때 제비가 화살이 가는 길을 막아서 해를 맞추지 못했다. 제비는 꼬리에 엄지의 화살을 맞았는데, 원래 부채꼴 모양이었던 꼬리가 그때 두 갈래로 갈라졌다. 엄지의 말은 해가 질 때까지 제비를 따라잡지 못하면 앞다리 두 개를 자르고 설치류가 되겠다고 했는데, 결국 해가 산 뒤로 숨어서 밤이 찾아왔다. 엄지의 말은 자기가 장담한 대로 설치류가 됐고, 엄지도 엄지손가락을 자르고 우드척이 됐다. 지금도 우드척이 된 엄지가 새벽에 뜨는 해를 잡으려고 땅 밖으로 나온다고 한다. 그리고 우드척의 몸에는 사람의 살이 남아있어 몽골에서는 우드척을 잡아서 먹을 때 그 부분을 먼저 찾아 잘라버린다고 한다.

이거 진짜, 우리가 '우두척'*이라고. [조사자 1: 우둑철?] 우두척. 우두척이라는 그런 동화, 이런 동물인데. [조사자 1: 동물?] 이런 동물이요. 이거를 쥐의 종류라고 하는데. 쥐. 음, 쥐. [조사자 1: 쥐.] 쥐, 예. 쥐의 종류라고 하는데. 제가 사실은 그렇게 안 봐요. 모르겠어요.

얘를 우리 몽골 사람들이 잡아먹어요. 구이가 너무 맛있어요. 그리고 얘를 먹으면, 인제 예를 들면, 얘 간을 먹으면, '간 나쁜 사람에 나쁜, 아픈 사람한테 좋다' 이런 얘기 있는데.

얘는 원래 사람이었대요. 이 동물이. 몽골 사람들이 이거 옛날이야기라고 전설이라고 하는데. 옛날에 이 지구에 일곱 개의 해가 떴대요. 일곱 개 해가 떴는데. 진짜 살 수 없이. 일곱 개 해가 떴는데,

"살 수 없었다."고.

"덥다."고.

"너무 뜨겁다."고.

그래서 모든 게 말라 비어져 가고, 먹을 것도 없고, 어려운데.

그 지역에 엄지, 엄지라는 명공수(명궁수)가 명공수라는 남자. 진짜 활 하나 쏘면 다 맞췄다는 그런 대단한 그런 명공수였대요, 이분이. 그래서 이분한테 가서 부탁한 거예요. 주민들이. 인제 그,

"이거 다 해를 없애 달라."고.

"일곱 개 해를 없애 달라."고.

"살 수 없다."

그래서

"알았다. 나 총(활) 하나."

이거를 활, 활류라고 해야 되나. 활 인제 번역 했는데 갑자기 기억 안 나네.

"활 하나 갖고, 일곱 개 활(화살)을 갖고, 일곱 개 해를 없애마. 만약에 못하면, 만약에 못하면, 엄지손을 자르고, 엄지손을 자르고, 초원에 사는 그런 인제 물도 안 마시고 풀도 안 뜯어 먹는 그런 동물이 되겠다. 그런 까만 땅속에 사는 그런 동물이 되겠다."

* 우드척이라고 명명하며, 다람쥐과에 속하는 설치류이다.

약속하고, 그리고 이제 갔대요.

인제 그래가지고 이제는 높은 산에 올라가서 해 하나씩 이제 활(화살) 하나 쏘면서, 하나씩 하나씩 없애고. 인제 여섯 개를 없애고, 일곱 개를 일곱 번째 해를 없애려고. 활 쏘려고 찾아서 있는데, 제비가, 제비가 막아가지고. 제비의 꼬리를 이제 제비의 꼬리를 [조사자 1: 쏴?] 쏸 거예요.

그래서 제비의 꼬리는 원래 저기처럼, 아 왜 갑자기 생각이 안 나지. 부채처럼, 부채처럼 생겼었대요. 제비. 응. 이렇게 부채처럼 생겼는데, 거기 명궁. 엄지 명궁수한테 맞으면서 제비의 꼬리가 두 개 이렇게 된 거예요.

그리고 제비가 맞은 거를 마지막에 남는 해가 제비한테 제비가 그 활에 맞은 거를 보고, 산 뒤로 숨어들어 갔대요. 그래서 밤이 된 거예요. 그래서 밤이 될 때가 아직, 그래서 인제 명궁수에 말, 또 말이 명궁수한테 이렇게 얘기한 거예요.

"나, 해를 칠 때까지 제비를 따라가지 못하면, 잡지 못하면 일단은 제비를 잡아야 되니까. 제비를 잡지 못하면 인제 저거 되겠다."

[조사자 1: 동물이 되겠다.]

"동물이 되겠다. 자기 앞다리 두 개를 잘라가지고 동물이 되겠다."

[조사자 1: 그 말을 명궁수가 한 거예요?] 그 말. [조사자 1: 말이.] 말이. 명궁수가 탔던 말이. 말. [조사자 1: 일곱 개의 해를 없애지 못하면 엄지를 없애고 동물이 되겠다고 말한 거는 명궁수가.] 명궁수가 말하고. 그리고 [조사자 1: 제비를 못 따라가면 그건 말이.] 말이. 명궁수가 탔던 말이.

"만약에 내가 설치류. 설치류."

그래서 음. 인제 말이,

"만약에 나는 제비를 잡지 못하면, 밤이 되면 인제 나는 설치류가 되겠다."

이제 쏘니까, 해가 이제, 해가 그거 보고 산 뒤로 숨어가지고 밤이 되니까. 명궁수가 자기 엄지 인제, 말의 앞다리 두 개를 자를 테니 잘라갖고 던졌더니 설치류가 되고. 말이 설치류가 되고. 그래서 이제 설치류라는 동물이 생긴 거고. 그리고 명궁수가 자기 엄지손가락 두 개를 잘라가지고 인제 동물로 변했는데, 그래서 땅속으로 들어가서 그 인제 물도 안마시고 풀도 안 뜯어먹는 우두척. 우두척라는 이런 동물이 된 거예요. [조사자 1: 저게 우둑치예요? 이름이?] 우두척. 우두척. [조사자 2: 아 우두척. 우리나라에서는 약간 두더지 같은 그런 건가 봐요? 땅속에 사는 두더지같이 생긴?]

[조사자 1: 근데, 그 우두척을 몽골 분들은 인제 먹으면?] 먹으면. 그리고 우두척라는 게 먹으면 안 되는, 그 사람하고 사람 몸에 있는 비슷한 그런 살이 있대요. 사람이 있는 거와 똑같이. 그래서 그 살을 먼저 그 우두척을, 저걸 잡으면 그 살부터 빼 먹는, 빼 버린대요. 왜냐면 사람에 있는 살을 먹게 되기 때문에 그 살부터 빼 버리고 그다음부터 그 우두척을 먹는대요. [조사자 1: 그 부위가 어딜까요?] 간 쪽에 붙어있다고. 간하고 쓸개 쪽에 붙어있다고 그렇게 들었어요. 제가 어릴 때 들었던 얘긴데. [조사자 1: 괜찮아요. 확실하지 않은 거.]

예, 그래서. 그래가지고 우두척이라는 동물이 그때 생기고, 제비가 그 부채처럼 생긴 [조사자 1: 꼬리가.] 그 꼬리가 그렇게 두 개로 되고. 그리고 해가 일곱 개였는데 하나는 남고. 그리고 인제 아직도 인제 해가 인제, 해가 뜨고 해가 지고 하는 거. 그거 하나 남은 거 때문에 인제 그 엄지 명공수가 명공수한테 맞을 까 봐. 활에 맞을까 봐 뜨고 아침하고 저녁이 그때 생기고.

그리고 또 인제 그 우두척이 아직도 아침에, 꼭 아침에 인제

'저거 해가 떴나?'

하고 확인하러 인제 나온다고. 그래서 몽골사람들이 우두척을 잡으려면 새벽에 간다고 [조사자 2: 나와 있으니까.] 예. 나와 있으니까. [조사자 2: 그 원래 사람이었으니까.] 사람이었고. 해가 아침에 뜨면 낮은데 있잖아요. 그러면 그때 쏠 수 있잖아요. 그래서 우두척이 아침 새벽에 나온다고. 그래서 아침 일찍 우두척 잡으러 간다고. [조사자 1: 그게 우두척이 아직도 그 동물이 되서도 아직도 해를 쏘려고 아침에 나온다고.] 아, 나온다고. 그래서 지금도 우두척이 새벽에 나와요. 그렇게 아침 나온대요. 그래서 우두척 잡으러 갈려면 사냥꾼들이 아침

일찍 간대요. 절대로 오후에 안 나온대요.

그래서 이제 여기 전설에, 전설이라고 봐야 되죠? [조사자 1: 전설이죠.] 전설이죠. 여기서는

"아 그래서 우두척이 아직도 그걸 쏘려고 아침에 나오는구나."

하고 아직도 시골사람들이 그런 얘기를 하고 있는 거예요. [조사자 1: 재밌다.]

해를 쏜 메르겡

● 구연정보

조사일시 : 2017. 03. 13(화) 오후
조사장소 : 충청남도 천안시 동남구 안서동 단국대학교
제 보 자 : 노로브냠 [몽골, 여, 1970년생, 이주노동 4년차]
조 사 자 : 신동흔, 오정미, 이원영, 이승민

● 구연상황

조사자가 〈의적 더러밴드〉 구술을 마쳤을 때 조사자가 새와 메르겡에 대한 이야기를 묻자 이 설화를 들려주었다.

● 줄거리

메르겡이라는 활을 잘 쏘는 사람이 있었는데 활을 워낙 잘 쏘다 보니 매우 자만했다. 그때 세상에 일곱 개의 태양이 나타나 메르겡이 활로 쏘아 없애게 됐는데, 여섯 개를 떨어뜨리고 하나가 남았을 때 갑자기 앞으로 제비가 날아갔다. 이로 인해 화살을 맞은 제비 꼬리가 갈라지게 되었고 태양도 하나가 남게 되었다. 제비가 마지막 태양 하나를 살리기 위해 헌신했기 때문에 제비는 이후 말을 타고 다니는 사람의 주변을 돌아다닐 수 있게 되었다.

[조사자 3: 근데 우리는 몽골 하면 막 떠오르는 게 그 매 막 이런 건데 아까 송골매 얘기하셨지만 매나 독수리나 뭐 제비나 새에 관한 얘기는 뭐 좀 재밌는 게 없어요? 그 메르겡, 에리 메르겡이라고 제비가 막 말을 골탕먹이고 막 이런 내용이 있었던 거 같은데?]

그 이스키 메르겡은 이렇게 많이 알려진 신화, 신화예요. 그 이키 메르겡이라고 진짜 그 마모스(마못)하고도 연결이 되거든요. 마못이라고 들-쥐, 쥐보다 되게 커요. 토끼과인지 뭔지 모르겠어요. [조

사자들: 우두척(우드척).] 우두척? [조사자 2: 그거를 우두척이라고 하시더라구. 저번에 몽골 어머님은. 우두척.] 토끼처럼 생겼고 되게 귀여워요. [조사자 2: 예, 뭔지 알아요. 약간 쥐과더라구요.] 예, 예. 그걸 토끼과라고도 하더라고요. 어느 쪽인지 모르겠어요. [조사자 1: 설치류 이런 거.] [조사자 2: 쥐과, 설치류.] 예, 모르겠어요.

그거랑 또 연결이 돼요. 옛날에 원래 그 마못은 사람이었대요. 그리고 마못으로 변해왔는데 이 마못의 기원 신화예요.

그 전설, 그 이유가 어떻게 사람이 됐냐면 옛날에 아주 활 잘 쏘는 이키 메르겡이라는 사람이 있었대요. 너무 활 잘 쏴가지고 되게 자만했던 거예요. 근데 그때 세상에는 일곱 가지, 일곱 개에 그런 태양이 나타나가지고 그걸 하나, 하나 다 활로 쏘고 그랬대요.

그런데 활로 쏘고 없애는데 마지막 하나 그 해 하나 남았을 때는 그거 쏠려고 그랬더니 그 앞을 까치 [조사자 2: 제비.] 제비가 지나가다가 그 제비꼬리가 두 개를 이렇게 갈라지게 됐대요. 그걸 쏘고 나서. 그거 제비 때문에, 그 뭐지? 태양 하나가 남았고 제비꼬리가 그래서 갈라지게 되었고.

그리고 요새도 그 제비가 그 마지막 그 태양 하나를 살리기 위해서 그렇게 헌신했는데 그러기 때문에 이 말 타고 가는 사람의 앞뒤를 이렇게 돌아다니게 됐대요. 말 타고 초원을 달리고 있으면 이 제비가 그 주변을 좀 돌아다니거든요. 그래서 그 이야기예요.

달을 쏜 메르겡과 마못의 기원

● 구연정보

조사일시 : 2017. 03. 13(화) 오후
조사장소 : 충청남도 천안시 동남구 안서동 단국대학교
제 보 자 : 노로브냠 [몽골, 여, 1970년생, 이주노동 4년차]
조 사 자 : 신동흔, 오정미, 이원영, 이승민

● 구연상황

제보자가 〈해를 쏜 메르겡〉에 이어서 메르겡에 대한 또 다른 이야기를 들려주었다.

● 줄거리

밤에 달이 세 개나 나타나서 세상이 아주 추웠다. 그래서 사람들이 명사수 메르겡에게 달을 좀 퇴치해 달라고 부탁했다. 메르겡은 자기가 만약 달을 쏘지 못한다면 자신의 엄지손가락을 자르고 땅속으로 들어가 마못이 될 거라고 장담했다. 그러나 메르겡은 제비의 방해로 마지막 달을 쏘지 못하여 결국 마못이 되었다. 그 후로 사람들은 마못 고기를 먹을 때 등뼈 쪽은 인간 부분이라 먹지 않는다.

그런 것도 있고 또 하나는 그렇게 대단한 그런 활쏘기였는데 명사수였는데 그 어느 날 그 무슨 내기를 해요.

아, 그 달. 밤에 나타나는 달. 3개가 나타나 가지고 밤이 엄청 추, 세상이 엄청 추워졌대요. 근데 이 3개의 그 달을 좀 퇴치해야 되는데 이키 메르겡한테 사람들이 가서 부탁을 했대요.

그런데 이키 메르겡이 그걸 봐가지고 알겠다고 해가지고 그걸 태양, 달을 쏘는데 쏘기 전에

"내가 이걸 쏘지 못하면 나는 이 손가락, 이 엄지손가락을 잘라가지고 그 땅구멍으로 들어가서 마못이 되겠다. 동물이 되겠다."

이렇게 맹, 맹세를 하게 돼요. 근데 맹세를 해가지고 그 달을 이렇게 쏘는데 다 맞췄대요. 마지막에서 쏠려고 그러는데 그 제비가 방해가 돼가지고 쏘지 못했는데, 그래가지고 그 약속한 대로 그 내기한 대로 자기가 마못이 된 거예요. 이 엄지손가락을 잘라가지고 그렇게 그거 됐대요. 마못이 됐다고. [조사자 1: 마못이 엄지손가락이 없나요?] 4개요. 발가락이, 발가락이 4개예요.

그리고 마못, 그 마못 고기도 먹거든요. 마못 고기도 먹는데 마못에 이 고기 안에 이 등뼈 이쪽에 유일하게 못 먹는, 안 먹는 버리는 고기가 살코기가 있어요. 그거 원래 그 마못이 인간이었기 때문에 인간 고기는. [조사자 1: 인간 부분인가요?] 인간 부분이에요. 그래서 안 먹는 거래요.

[조사자 3: 해를 쐈단 얘기는 들었는데 또 달을 쐈다는 얘기도 있었네요?] 예. [조사자 3: 실제로 말 타고 가면 제비가 많이 노나 봐요? 말 왔다 갔다하면서.] 예. 주변에 이렇게 맴돌아요.

몽골인은 늑대의 후손

● **구연정보**

조사일시 : 2017. 03. 13(화) 오후
조사장소 : 충청남도 천안시 동남구 안서동 단국대학교
제 보 자 : 노로브냠 [몽골, 여, 1970년생, 이주노동 4년차]
조 사 자 : 신동흔, 오정미, 이원영, 이승민

● **구연상황**

제보자가 우화 형태의 동물담들을 몇 편 구술한 뒤 조사자가 다른 이야기를 더 들려 달라고 요청을 하자 신화적 성격을 지니는 동물담인 푸른 늑대 이야기를 구연했다.

● **줄거리**

어느 왕에게 미모가 출중한 딸이 둘 있었는데 너무 아름답다 보니 보통 사람하고 결혼을 시킬 수가 없었다. 그래서 왕은 높은 곳에 궁전을 짓고서 공주들을 그곳에서 살게 했다. 그러나 두 딸은 그곳에서 늑대를 만나 결혼해서 자식을 낳고 살았다. 늑대와 결혼한 공주들의 자식들이 몽골의 조상이다.

그, 몽골 그 시조 신화에서 그거 나와요.

옛날에 어떤 왕이 있었는데 딸 둘이 되게 미모가 출중해가지고 이거 보통 사람이랑 결혼시킬 수가 없는 거예요. 너무 예쁘니까. 그래가지고 되게 높은 데 이렇게 궁전을 세워가지고 거기다가 그 두 딸을. 거기, 그런가? 어쨌든 거기 이렇게 살게 해요.

그런데 맨날 거기서 늑대 울음소리가 들려요. 그래서 그 늑대 울음소리 들리는데 그 두 딸은 그 늑대랑 결혼해가지구 자식을 낳고 이렇게 살았는데 그 자식이 그 우리의 조상이 된 것이다, 이런 설화가, 그 신화가 있는데 그 신화가 근데 몽골계 민족의 신화인지 아니면 돌궐의 민족의 신화인지, 어쨌든 몽골계랑 돌궐계가 서로 많이 섞이고 또 그 몽골 민족 있잖아요? 민족 안에 부족 있어요. 부족 안에 씨족 있어요. 그 씨족 안에, 씨족 안에 그 혼혈, 그 돌궐 계통의 씨족, 몽골 계통의 씨족, 우유르 계통의 씨족 뭐 이런 것들이 되게 복잡해요. 몽골 민족 구성은.

근데 그런 걸, 그래서 이걸 '누구 것이다'라, 그래서 이 신화를 나중에 터키 있잖아요? 현대 터키국, 터키국이 자기 그 조상 신화로 설정을 해서 가져갔더라고요. 사실은 그 터키랑 상관이 없는데.

늑대의 후예 몽골인

● **구연정보**

조사일시 : 2018. 02. 13(화) 오전
조사장소 : 인천광역시 부평구 갈산1동
제 보 자 : 멀얼게렐 [몽골, 여, 1983년생, 결혼이주 14년차]
조 사 자 : 오정미, 한상효, 엄희수

● **구연상황**

제보자가 〈몽골인이 숭배하는 네 가지 동물〉에 대해 이야기한 뒤, 조사자가 몽골 사람들이 왜 늑대의 후예라고 말하는지 묻자 구연을 시작했다.

● **줄거리**

몽골 사람들은 늑대가 남자가 되고, 사슴이 여자가 되었다고 믿는다. 늑대와 사슴이 혼인하여 낳은 사람이 몽골 사람이며, 그 증거로 그들의 엉덩이에는 늑대 색인 몽고반점이 남았다. 늑대는 매우 똑똑하고 강한 동물이다.

늑대, 그냥 신화 같은 거죠. 신화인데. 그거, 좀 몽고반점 있죠? 몽고반점? 그거 보시면 약간 회색, 파란색 같은 약간 늑대 색깔이랑 비슷해요. 그래서 거기서부터 시작한 건데. 그거, 그, 단군할아버지 전설, 신화처럼. 그거 하늘에, 뭐지? 늑대가 하늘에서 내려오는 거예요, 늑대가. 처음에 늑대가 왔구, 사슴 한 마리가 또 내려 오구. 그래서 사슴은 여자가 되구, 늑대가 남자가 되는 거예요. [조사자 1: 아, 진짜?] 그래서 둘이 결혼하고, 이제 애 낳고. 이렇게부터 몽골이 이제 시작하는 거예요. 그래서 남자들이 이렇게, 그래서 지금 그 늑대 그, 남은 거 몽고반점? 거기서 그 약간 색깔이 약간 비슷하죠? 그래서 거기서 몽고반점 이렇게 남았다 이렇게 하구. 여자는 사슴 이렇게

해서, 이쁜 여자를 사슴하고 비교하고 막 그래요. (웃음) 뭐, '사슴 같은 눈' 뭐 이렇게 해가지구 그런 걸 표현을 여자한테 많이 쓰구.

늑대는, 늑대는 약간 그, 무리로 움직이고. 그러면서 되게 엄청 똑똑해요, 늑대가. 또 의리가 되게 강하고. 그래서 또 늑대를 되게 좋아해요. 또 잡을라면 그렇게 쉽게 잡히지도 않고. 그래서 많이 좋아해요. 그래서 남자들도 지금 늑대, 사냥, 사냥 많이 하는데 사냥하는 분들이 늑대를 잡으면 그 늑대 복숭아뼈 있어요. 그거를 자랑으로 막 여기 벨트에 걸어놓고 다니고 막 그래요. 정말 기가 좋고, 운이 좋은 남자한테는 동물 이렇게 생각하거든요. 그래서 늑대를 좀, 뭐라고 해야 되나? 숭배한다? 뭐라고 해야 되지? [조사자 1: 맞아요, 숭배한다.] 그렇게 생각해요.

[조사자 2: 늑대의 이미지도 약간 의리 있고 용맹한 그런 건가요?]

그죠. 의리 있고. 싸우는, 힘? 용감? 용감한 거고. [조사자 1: 왜, 어쨌건, 우리도. 한국에서도 몽고반점이라고 하거든요. 근데 그 색깔이 늑대의 색이랑 비슷해서 늑대를 조상으로 생각한다는 게 재밌네요.] 그 징기스칸의 이야기에 뭐 시작하고 그러면 다 거기, 그 늑대부터 시작해서 나와요. (웃음) [조사자 1: 아 징기스칸 이야기가요?] 네. [조사자 1: 우리나라 번역된 거에는 안 그래요, 선생님.] 아 그래요? [조사자 1: 네, 안 그런 책이 더 많아요. 그치?] [조사자 2: 늑대는 잘….]

아, 그러면. 일단 단군신화처럼 몽골 이야기 시작할 때부터 그거 늑대, 사슴, 사슴 그 암컷 사슴이죠. 그래서 늑대랑 둘이 등장하고서 결혼하고. 거기서부터 시작해서 몇 번째인가? 그때 징기스칸의 아버지가 태어나고 뭐 이렇게 해서 놓고. (웃음) 그 늑대의 용감함? 의리? 그런 거 그렇게 싸울 때 엄청, 막 싸우는 그 힘을 뭐라고 해야 되죠? 그, 전, 전투? [조사자 1: 전투적이다?] 전투적이다? 그런 것들. 그런 걸 다 좋아하나 봐요. 옛날에 전쟁 많이 해가지고. (웃음)

물심부름 나왔다가 달 속으로 가버린 아이

● 구연정보

조사일시 : 2017. 02. 23(목) 오후
조사장소 : 인천광역시 부평구 갈산동
제 보 자 : 바야르사이한 [몽골, 여, 1966년생, 결혼이주 10년차]
조 사 자 : 조홍윤, 황승업, 김자혜

● 구연상황

제보자가 여러 유래담을 구연하다가, 몽골의 달 속에는 물 짐을 멘 아이가 있다면서 아이가 달 달 속에 가게 된 유래를 이야기해주었다. 달이 뜬 늦은 밤에 아이를 밖에 내보내면 위험하다는 의미를 담고 있다고 했다.

● 줄거리

몽골에서는 달 속에 등에 짐을 진 아이가 있다고 이야기한다. 옛날에 한 엄마가 저녁에 물이 없어서 아이에게 물을 길어오라고 시켰다. 그러나 아이는 돌아오지 않았는데, 달 속으로 들어가 버렸기 때문이었다.

달 있잖아요, 달. 저녁에 나오는 거. 거기에 안에 사진에 한국에 뭐 있다고 했지? [조사자: 토끼가 이렇게 방아 찧고 있다고 했어요.] 근데 몽골에서는 그 애기가 있대요. [조사자: 애기요?] 어, 애기.

그 애기 있다는 거는 왜 애기 있냐면은, 그 애기 뒤에 등에 이렇게 짐이 있어요. 그 짐이 뭐냐면 그냥 짐 아니라, 그 강에 가서 물 이렇게 담아 가지고 이러고 메서 집으로 가는 건데, 저녁에 엄마가 물이 없어서 애기 시켰대요.

"거기 강에 가서 물 가져오라."고.

근데 아이는 안 왔대. 그 안 오는 이유는 달, 가지고서 가는데 하

늘로 가는데, 달 안에 애기가 있다는 그런 말이, 옛날에 이야기가 있어서,

"그 아기가 그 물통 들고 메고 있는 그런 사진이 있다."고.

몽골 사람들이 그렇게 얘기한대요, 옛날이야기에서. [조사자: 그러면 그 아기는 어쩌다가 달 속에 갔을까요?] 거기.

'너무 늦은 시간에 밤에 아이들한테 뭐 시키면 안 된다.'는.

'바깥으로 나가면 안 된다.'고.

왜냐면,

'하늘로 그렇게 멀리 갈지도 모르니까 그렇게 시키면 안 된다.'

하는 이야기. 그래서 엄마가 시켰는데, 그 애기는 없어지는, 봤더니 달 안에 있다고 그랬대. 그런 옛날이야기. 그래서,

'달 나오는 그날에는 아이들이 밖에서 물 가지고 오라 하면, 시키면 안 된다.'고.

그 이야기 후로는 안 된다고 그랬대.

[조사자: 아, 보름달 떴을 때에는?] 아이들이 바깥에 나와, 이 뭐 몽골에서 유목민들이 이렇게 아이들한테 일 많이 시켜요. 초등학생 때부터 그 뭐 오 리터 정도, 초등학생이니까 오 리터, 조금 고등학생 되면 십 리터 메고 가서 물 가지고 와야 돼요. 하루 종일 물 많이 필요있으니까, 뭐 빨래해야 되고 음식 해야 되고 그런 거니까 아이들이 그런 거 많이 해요. 그래서 강에서나 아니면 우물에서 그런 거 많이 가지고 다니는 거라서

'그렇게 하면 안 된다.'

하는 이야기야.

[조사자: 선생님도 그러면 어렸을 때 물 많이 지고 다니셨어요?] (양팔을 옆으로 뻗어 물지게를 메는 동작을 하며) 이렇게 메고 다닌 거 아냐. 이러고 다녔어요. 그래서 내 어깨가 이렇게 됐어요. 내 팔은 있죠, 이런데, 내가 어렸을 때부터 이거 무거운 거 많이 들고 다녀서. 손빨래해요. 그러고 물 가지고 와서 손으로 빨아. 세탁기 없어요.

아직도 시골에 별로 없어요. 조금 돈 있는 사람들이 세탁기 가지지, 뭐 없는 사람들은 또, 전기가 시골에 없잖아요. 그러면 손으로 할

수밖에 없어요. 하루 종일 손으로. [조사자: 그 와중에도 공부를 그렇게 잘하셔가지고 뽑히셔가시고.] 아, 진짜 어렸을 때 저희 고생 많이 했죠.

9일간의 추위와 갈라진 소의 발

● **구연정보**

조사일시 : 2016. 12. 14(수) 오전
조사장소 : 서울시 용산구 용산동
제 보 자 : 툭스자르칼 [몽골, 여, 1976년생, 결혼이주 12년차]
조 사 자 : 오정미, 이원영, 이승민

● **구연상황**

엄마와 자식에 대한 이야기를 마친 뒤 잠시 숨을 고르며 간식을 먹은 뒤 한국 생활에 대한 대화를 하다가 다시 민담 구술을 시작했다. 몽골의 겨울 추위에 관한 설화로, 설화와 관련되는 속담도 말해줬다.

● **줄거리**

따뜻한 할아버지와 차가운 할아버지가 내기를 했다. 차가운 할아버지가 9일 동안 세상을 얼려버리겠다고 하자, 따뜻한 할아버지가 그러면 얼린 것을 다 녹여 바다를 만들겠다고 했다. 차가운 할아버지가 세상을 얼렸는데 소도 포함돼 있었다. 따뜻한 할아버지가 언 것을 다 녹였다고 외치자, 차가운 할아버지가 소의 발이 아직 얼어있다고 했다. 소 발이 얼어있는 것을 본 따뜻한 할아버지는 화가 나서 소의 발을 찍었고, 그 후로 소의 발이 갈라지게 되었다.

옛날 옛날에 따뜻한 할아버지, 차가운 할아버지 살고 있었대요. 그래서 차가운 할아버지가,

"나는 9일 동안에 이 세상을 다 얼리겠다. 그러면 너는 네 따뜻한 마음으로 이거를 녹일 수 있느냐?"

그랬더니. 그 따뜻한 할아버지가,

"그러면 너는 9일 동안에 얼린 걸 나는 9일 동안에 다 녹여가지

고 이 우주를 바다로 만들 수 있다."

그렇게 이야기했데요. 그랬더니 인제,

"그래 그러면 누가 제일 잘하느냐 봅시다."

그러고서 인제 차가운 할아버지가 시작했대. 다 온 세상을 얼리기 시작했데요. 얼리기 시작하면서 소 한 마리를 (잠시 생각하다가) 소 한 마리를 만들어서 얼린 땅에다 세워놓았대요. 다 얼리면서 소 한 마리를 또 이렇게 얼려놨데요. 그랬더니 그 전체 다 인제 얼은 거를 따뜻한 할아버지가 녹였데요. 엄청 녹여가지고 다 바다가 되었는데. 다 바다가 되었는데.

"봤지? 나와 똑같지? 너와 나의 힘이 똑같지? 나 인제 다 녹였지?"

그랬더니.

"아니지. 왜 소 한 마리가 왜 서 있지?"

그랬더니. 그 소의 그 뭐라고 해야 되나? 소 발? 소다리? 아!

"다리 밑에 봐봐."

그랬더니. 소 다리 밑에만 안 녹아가지고 얼음이 거기 남아있었대요. 그래서 그 얼음을 아! 그래서 아! 처음에 이렇게 이야기를 시작했어야 했구나.

소는 원래 다리가 이렇게 그냥 하나로 묶여 있었대요. 이렇게 하나로 묶여 있었는데, 그때 그 따뜻한 할아버지가 그 소 다리 밑에 있는 녹지 않은 그 얼음 깨려고 따뜻한 걸 보냈더니 갈라져가지고, 그때서부터 소 다리(발)가 갈라졌다. [조사자: 아! 발굽?]

발굽 네! 발굽이 갈라졌다. 그래서 몽골사람들이 9일 동안에 인제 춥잖아요. 그러면 9일 동안에 조금 춥다가, 9일 동안에 더 춥다가, 또 마지막 9일 동안 엄청 춥다가, 그리고 다음 9일 동안은 조금 덜 춥다가, 그리고 봄이 오는 거예요. 그래서 9일이라는 숫자가 나오고. 그리고 '소 다리 어는 겨울이 왔다.'라는 그런 표현도 있어요.

사계절이 생긴 이유

● 구연정보

조사일시 : 2017. 03. 13(화) 오후
조사장소 : 충청남도 천안시 동남구 안서동 단국대학교
제 보 자 : 노로브냠 [몽골, 여, 1970년생, 이주노동 4년차]
조 사 자 : 신동흔, 오정미, 이원영, 이승민

● 구연상황

긴 시간 동안의 구연으로 제보자가 피곤한 기색을 나타냈다. 조사자의 요청으로 구연을 시작했으나 이야기 내용을 간략하게 구술했다.

● 줄거리

사계절이 생긴 이유에 대한 신화가 있다. 더위의 노인과 추위의 노인 둘이 싸운다는 이야기인데 어느 쪽이 이기느냐에 따라 사계절이 바뀐다.

[조사자 1: 그럼 봄이나 여름이 되게 귀할 거 같은데 겨울이 기니까. 봄이나 여름에 대한 어떤?] 음, 봄이랑 이 겨울이랑 여름은 이 사계절이 생긴 거에 대한 그런 신화가 있어요. 몽골에선 신화로 치지만 한국에서는 모르겠어요. 그걸 신화로 이렇게 보는 건지.

이 추위의 노인이랑 이 더위의 노인 둘이 있는데 그 둘이 싸운대요. 싸워가지고 그 어느 쪽이 이기느냐에 따라서 이거 사계절이 바뀌어가는 거래요. 근데 그 이치대로 그냥 하나는 지고 하나는 이기고 이런 거는 계속 서로 이거 튼튼 비슷하니까 계속 이렇게 돌아간대요. [조사자 3: 한 번은 추위의 노인이 이기고?] 예, 예.

[조사자 1: 그럼 계속 싸우는 거예요, 그 노인은? 사계절이 계속 있다는

거는?] 그렇죠. 그래서 그 이 사계절이 생긴 거. [조사자 2: 그러니까 봄이나 가을에는 그 두 사람이 싸우기 때문에 춥지도 않고 덥지도 않은 거예요?] 글쎄요. 그건 모르겠어요. [조사자 4: 노인들은 일종의 신일 가능성이 크네요.]

슌클레 산의 온천

● 구연정보

조사일시 : 2018. 03. 10(토) 오전
조사장소 : 경기도 양주시 덕정동
제 보 자 : 게델마 [몽골, 여, 1972년생, 결혼이주 14년차]
조 사 자 : 김정은, 황승업, 강새미

● 구연상황

제보자와는 두 번째 만남이었다. 제보자가 중학교 때부터 찾아갔었다는 슌클레 산의 온천에 대한 이야기를 먼저 들려주었다. 지금도 몽골 사람들이 많이 찾는 온천이라고 했다.

● 줄거리

옛날에 사람이 많이 살지 않는 곳에 노부부가 살고 있었다. 할아버지는 사냥꾼이라서 동물을 사냥하러 나갔다. 하루는 할아버지가 강가에 있는데 다리를 절뚝거리는 사슴이 강쪽으로 걸어왔다. 할아버지는 사슴이 아픈 것 같아 사냥을 하지 않았다. 며칠 동안 사슴이 계속 강가에 와서 앉아있다 가더니, 시간이 지나자 사슴 다리가 다 나았다. 그것을 본 할아버지가 사슴이 있던 곳에 가보니 따뜻한 온천과 황토가 있었다. 몸이 좋지 않았던 할머니가 이 말을 듣고서 물에 들어갔더니 아픈 곳이 다 나았다. 할아버지가 이 소식이 알려서 많은 사람들이 그 온천을 찾게 되었다. 할아버지의 이름은 '슌클레'인데, 할아버지의 이름을 따서 온천이 있는 산을 슌클레 산이라고 부르게 됐다.

처음에는 그 지역에는 사람들이 많이 안 살았었어요. 그래서 할머니하고 할아버지가 살고 있었는데, 그 할아버지 사냥꾼이에요. 그래서 이 동물을 이렇게 사냥하면서 생활을 했었는데.

어느 날 강이 옆에 가서 사슴이 다리가 이렇게 안 좋은, (절뚝거리는 흉내를 내면서) 이렇게, 이렇게 가는 사람 뭐라 말하지? [조사자 1: 절뚝거리는 거요, 절름발이처럼요?] 어, 그렇게 하면서 강으로 오는 거래요, 사슴이. 그래가지고 사슴이 거기 강 옆에 앉아가지고. 그래서 그 할아버지가 한 번 사냥할라 그랬다가 그냥 지나갔대. 아픈 거 같아서, 지나가는데.

며칠 후에 다시 오니까 그가 또 다시 이렇게 거기서 그냥 한 자리에만 앉아 계신대, 그 사슴이. 그래서 며칠 동안 계속 지켜보니까. 며칠 후에 그 사슴이 다리가 있잖아요. 절뚝거리지 않고 그냥 이렇게 가는 거예요.

그래서 너무 궁금해가지고 할아버지가 거기 가니까, 이 따뜻한 온천 있잖아요. 온천도 있고 또 하나가 무슨 흙이지? [조사자 2: 황토?] 황토 흙인가? 아, 그거. 그거가 있어서 할머니한테 가서,

"나는 며칠 동안 사슴이 이렇게 갔다가 (절뚝거리는 흉내를 내면서) 이렇게, 이렇게 있지. 그냥 가더라고. 궁금하고 가보니까 거기 이렇게 따뜻한."

그때는 온천인지 모르고 그 물이 따뜻하더라고요. 그렇게 해가지고 할머니가 또 편찮으시대, 몸이.

"그래서 우리 한 번 가서 물에다가 앉아보자. 따뜻하고 좋드라고 하대."

그래가지고 가보니까 할머니가 다 낫는 거예요. [조사자 1: 그걸로 씻었더니요?] 응. 그래서 거기 이제 그 동네 지역에는 사람들이 많지 않지만, 동네 이거 왔다 갔다 오는 사람들에게,

"거기에 가면 이 아픈 거 다 없어진다."

라고 해가지고. 그래서 거기 온천 생기는 거래. 그래서 그 할아버지 이름이 '슌클레'고, 그래서 거기 옆에는 할아버지가 돌아가신 다음에 그 옆에 있는 산을 '슌클레'라는 이름으로 적어줘 가지고 사람들이 이제 '슌클레 산'이라고 해요. 제가 또 슌클레 산에 가 봤었어요.

맑은 타미르 강의 유래

● 구연정보

조사일시 : 2017. 03. 24(금) 오후
조사장소 : 강원도 원주시 개운동
제 보 자 : 수흐바타르 [몽골, 여, 1966년생, 결혼이주 16년차]
조 사 자 : 박현숙

● 구연상황

제보자는 1차 조사를 마친 뒤 4개월 만의 만남이었다. 제보자와 가족에 대한 사담을 나눈 뒤 준비한 몽골 설화를 들려달라고 청하자 강에 관한 이야기라면서 구연을 시작했다. 제보자는 구연을 마친 뒤, 여주인공 타미르라는 이름은 일반적으로 남자 이름으로 많이 쓰인다고 했다. 그리고 남자주인공 타가르 이름이 붙은 바위가 있다고 설명을 했다. 타가르바위 주변 풍경이 아름다워서 화가들이 배경으로 그린 그림이 많다는 설명도 덧붙였다. 이 이야기는 제보자가 어릴 때부터 알던 이야기이며, 영화로도 본 적이 있다고 했다.

● 줄거리

옛날 맑은 강이 흐르는 동네에 어머니와 딸 타미르가 살았다. 타미르는 맑은 강물에 얼굴을 비춰보고 머리를 빗곤 했다. 마을 남자들이 타미르의 아름다움에 빠졌지만 타미르에게는 연인 타가르가 있었다. 그런데 마을의 부자가 타미르를 마음에 품고 갖가지 선물을 보냈다. 타미르가 거절하자 부자는 앙심을 품고 맑은 강에 이천 마리 말을 보내서 흙탕물로 만들어 버렸다. 타미르가 탁해진 강을 보고 슬퍼하고 있을 때 이천 마리 말의 발굽에 흙벽이 무너져 내렸고 타미르가 넘어져 강에 빠져 죽었다. 그 후 맑은 강에 타미르의 이름을 붙여서 맑은 타미르 강이라고 부르게 됐다.

그 옛날에 [조사자: 어떤 이야기예요?] 그 강에 대한 내용이에요. [조사자: 어느 거?] 강. [조사자: 간?] 예. [조사자: 우리 몸속에 있는 간?]

아니요. 물가에 강. [조사자: 아, 강.] 강 이름이, 지금 부르는 이름이 그, 타미르Tamir, 타미르강*이에요. [조사자: 타미르강. 그 강이 생겨난 이야기예요?] 예.

옛날 옛날에 어떤 어머니와 딸이 살고 있었어요. 그 고향에 아주 맑은 다이아몬드 강이라고 강이 흘러가고 있었어요, 집 앞으로. 그래서 그때는 옛날이라서 거울이 없었어요. 자기 얼굴 비추는 거울이 없었어요. 그래서 맑은 그 강물에 자기 얼굴을 비추고 그 아름다운 아가씨가 있어요. 아주 이쁜 아름다운 아가씨가 있는데요. 근데 그 아가씨가 맑은 타미르강에 물 뜨러 갈 때 그 숲에 몰래 앉아가지고, 잔디밭에 앉아서 맑은 강에 자기 얼굴을 비추면서 머리를 빗고. 아, 그, 노래를 이쁜 목소리로, 고운 이쁜 목소리로 노래를 부르고 앉아 있었답니다.

그때 그 주변, 그 마을 남자들이 좋아하는 남자가 많았어요. [조사자: 이뻐서.] 네. 근데 그 자기 서로 좋아하는 남자가, 타가르라는 멋진 남자가 있었어요.

근데 그, 어떤 그 늙은 부자가 있었어요. 그 부자가 이거, 그 아가씨를 자기 부인을 만들고 싶어서 욕심났어요. 그래서 낮에도 생각하고 밤에도 꿈꾸고. 아, 그리고 비단, 많은 비단, 비싼 밍크, 여러 가지 선물을 이거 싣고 와서 줘도 받아들이지 않았어요. 그리고 모양을 새긴 이쁜 그, 금반지랑 은반지도 선물로 주는데 받아들이지 않았어요. 그 부자한테 마음이, 마음이 주지 않았어요.

그래서 그 늙은 부자가 그 아름다운 아가씨한테, 타미르라는 아가씨한테 복수하는 마음이 생겼어요. 복수하고 싶은 마음 생겼어요. 저를 좋아하지도 않고 사랑하는 저의 이거 사랑하는 마음을 받아들이지도 않고 그래서,

'어쩌면 아가씨를 내 거로 만들까?'

라고 복수하는 마음 먹었어요.

* 몽골 중부에 위치한 항가이 산맥에서 발원해 서부 초원을 굽이쳐 칠백리를 흘러가는 강으로, 일반적으로 '맑은 타미르(Tamir) 강'이라고 불린다.

그래서 그 타가르라는 남자랑 서로 사랑하면서 이거, 기쁘구 슬프구 외로울 때 가슴에 끌어안기고 자기 마음을 풀었어요. 자기 사랑하는 사람한테. 그래서 외로운 거 힘든 거 느끼지 않았어요. 어떤 날 그 늙은 그 부자가 그 자기 비서들한테 일 시켰어요.

"맑은 강에 이천 마리 말을 이거, 들어가게 하고 그 맑은 강을 흙탕물으로 만들으라."고.

명을 시켰어요.

그때는 아름다운 아가씨는 모르고, 그 자기 사랑하는 타미르를 만나고 있었어요. 그랬다가 물 뜨러 강에 갔는데 강이 물이 흙탕물으로 바꾸고 빨개졌어요. 그래서 많이 슬퍼하고 그리고 그 몇 천 마리 그 말굽에 거기 흙벽이 무너졌어요. 그래서 무너져서 그 아가씨도 그 물속에 이거 넘어져서 나오지도 않았어요. [조사자: 물에 빠졌어요?] 네. 빠졌어요.

그래서 그 마을 노인들이 자기 손녀 손자를,

"강 가까이 가지 말라."고.

말했어요.

그리고 그 아가씨도 돌아가셨, 죽은 다음에 그 강 이름을 아가씨 이름으로 불렀어요. 그 이후에 맑은 강이라고 이름을 지었어요. [조사자: 아, 그 아가씨 이름이?] 타미르요. [조사자: 데미르?] 네. 타미르. 그래서 맑은 타미르강이라고 불렀어요. 지금도 강이, 그 맑은 강이, 타미르강이 있습니다.

[조사자: 그 타미르강이 다른 강보다 이렇게 유독 더 맑고 그런가요?] 네. 유명해요. 그래서 그 맑은 타미르 그 이야기 말고 다른 것 이름으로 영화도 만들었어요. [조사자: 뭘 만들었다고?] 이거, 이 강의 이름으로 영화 만든 거 있어요. [조사자: 아, 영화.] 네, 영화 만들었어요. [조사자: 그것도 타미르강이라고 제목이 그렇게 돼 있어요?] 네네. 맑은 타미르 강.

타이하르 바위 유래

● 구연정보

조사일시 : 2019. 01. 07(월) 오후
조사장소 : 강원도 춘천시 효자동
제 보 자 : 톱신자르갈 [몽골, 여, 1988년생, 결혼 6년차]
조 사 자 : 박현숙

● 구연상황

제보자가 〈낙타가 열두 띠에 들지 못한 이유〉에 얽힌 유래 구연을 마친 뒤 조사자가 몽골의 유명한 옛날이야기를 좀더 들려달라고 요청하자 제보자가 타이하르 바위에 얽힌 이야기를 하겠다면서 구연을 시작했다.

● 줄거리

옛날 몽골 아르항가이에 어머니와 아들이 살았다. 그런데 집 근처 땅속에 사는 뱀처럼 생긴 도깨비가 자꾸 나타나서 그 집에서 키우는 가축을 잡아먹었다. 그러자 힘이 센 아들이 밤에 몰래 찾아가서 도깨비 구멍 위에 바위를 올려놓아 입구를 막아버렸다. 그래서 도깨비는 더이상 나오지 못했다. 지금도 아르항가이 초원에는 커다란 타이하르 바위가 우뚝 서 있다.

[조사자: 몽골에는 유명한 이야기 뭐가 있어요? 옛날이야기가.] 많이 있는데, 많이 있어요. 몽골은 그런 것도 좀 많이 풍부해요. 옛날이야기들. [조사자: 그니까 그 풍부한 옛날이야기를 좀 해주세요. 알고 계신 걸로.] 몽골. 타이하르 촐로Тайхар чулуу, Taikhar Chuluu라고. 타이하르. 타이하르 촐로라고 바위가 있어요. 큰 바위가 있는데. 그 바위.

[조사자 1: 바위? 바위. 그 바위를 좀 써주시겠어요? 한글로.] 저 사진도 찾아서 보내드릴게요. 타이하르 바위. [조사자: 아 타이하르 바위. 이

거는 어디에 있는 바위예요?] 몽골 아르항가이•라고. 써드릴게요. 아르항가이라고. [조사자: 몽골 아르항가이 도에 있는 타이하르 바위.] 바위인데. 가면은, 가서 보면 큰 초원이 있어요. 평지인데. 그 가운데 딱 이렇게 큰 바위 하나밖에 없는 거예요. [조사자: 어떻게 생겨난 거예요? 그 바위가.] 바위가 그냥 이렇게 네모나게 이렇게 크게 생겼어요. 하여튼 그 바위 이야기인데.

옛날에 그 지역에 엄마랑 아들이 둘이 살고 있었는데, 그 도깨비, 큰 아주 커다란 뱀처럼 도깨비가 자꾸 나타나서, 그 엄마하고 아들이 사는 집에 와서 키우고 있는 가축 그런 것들을 잡아먹기도 하고. 잡아먹고 그렇게 했었대요. 그래서 그 아들이 좀 힘이 센 그런 사람이었는데. 뱀이, 그 도깨비 뱀이 땅 구멍에서 살고 있었는데. [조사자: 그 도깨비가 뱀이에요?] 뱀처럼 아주 커다랗게 생긴. 그거를 도깨비라고 하는 건가요.

큰 뱀이 있었는데, 자기네 집이 이렇게 땅속을 구멍을 뚫어서 사는 뱀이 있었는데. 그 아들이 밤에 몰래 찾아가서 큰 돌멩이를 들고 와서 이렇게 막아놨대요. 그래서 그거를 그게 그 초원에 이게 바위로 이렇게 아직까지 있다고 그런 이야기. [조사자: 그렇게 큰 바위를 갖다 놓은 거예요?] 네. 그렇게 힘이 센 사람이라고.

• 아르항가이(Архангай) 주는 몽골 중부에 위치한 주로, 약 85,000명이 살고 있으며, 몽골어로 '산맥 뒤쪽'을 의미한다.

엄마 바위

● 구연정보

조사일시 : 2018. 02. 13(화) 오전
조사장소 : 인천광역시 부평구 갈산1동
제 보 자 : 멀얼게렐 [몽골, 여, 1983년생, 결혼이주 14년차]
조 사 자 : 오정미, 한상효, 엄희수

● 구연상황

제보자가 전통 씨름 복장이 변한 이유를 설명한 뒤 조사자가 혹시 어머니의 사랑과 관련된 옛날이야기가 있느냐고 묻자 잠시 생각하다가 그런 이야기가 많다며 그중 하나를 시작했다.

● 줄거리

엄마가 전쟁에 나간 아들을 기다리다가 죽어서 돌이 되었다. 그 후 사람들이 그 엄마 바위에 가서 기도를 했다. 엄마 바위 대신 엄마 나무도 있다.

그, 옛날에. 지금도 몽골 사람들이 가서 아까 얘기했던 그 하다크 이런 거 많이 올리고 음식도 대접하고, 기도하고 오는 그런 바위가 있어요. 엄마 바위라고 이름이 있는데.

그거 왜 엄마 바위가 됐냐면, 그, 또 아주 옛날에 가난한 어느 집이 있었는데 아들하고 엄마가 단둘이 살았었어요. 근데 단둘이 살고 있었는데, 전쟁 나가지구 그 높은 왕들이 자기, 남자들 다 군대로 보내버리는 거예요. 근데 자기 하나밖에 없는 아들도 군대 가가지구 전쟁이니까 그거 들어올 수가 없잖아요. 언제 돌아올지도 모르고, 그래서 엄마가 계속 기다리는 거예요. 몇 년 동안 기다리구. 그래서 엄마가 나이도 많아지고 그래서.

“언젠가 우리 아들이 돌아오면 내가 계속 기다리고 있겠다.”

이렇게 해서 엄마가 항상 그, 가서 아들을 이렇게 보는, 오나 안 오나 이렇게 보는 길이 있었어요. 그렇게 길에 가서 한참 보고 있다가, 나이도 많이 드셔가지고 앉아서, 앉아있다가 그 자리에서 돌이 돼 버린 거예요. 그래서 엄마 바위 이렇게 해서 지역 사람들이 가서 인사하고. 그래서

“엄마가 애들 이렇게 보살피는 것처럼 우리 삶도 이렇게 보살펴 주세요.”

이런 식으로 가서 절하고 기도하고 그러는 바위도 있구.

(제보자가 잠시 다른 생각을 하다가) 아까 얘기했던 〈엄마 바위〉 같은 이야기 많아요. 나무도 있구. 엄마 나무도 있구. 그것도 거의 비슷해요. 아들, 애들 기다리다가 나무가 되어 가지구 아직도 몇백 년 됐나? 나무가 있어요. 거기 아직도 사람들 가서 기도하고 막 그런 나무도 있구.

[조사자: 아, 아들을 기다리던 엄마가 나무가. 아까는 바위인데? 나무가.] 나무 많은 지역은 나무가 되구. 초원에는 바위가 되구. (웃음)

새의 왕 항가르디와 사람 살린 참새

● 구연정보

조사일시 : 2018. 01. 12(금) 오후
조사장소 : 서울시 중구 쌍림동
제 보 자 : 멀얼게렐 [몽골, 여, 1983년생, 결혼이주 14년차]
조 사 자 : 오정미, 한상효, 엄희수

● 구연상황

제보자의 결혼이주담 이야기를 간단하게 들은 뒤 몽골의 이야기 구연을 부탁하자 제보자가 준비해온 이야기를 구연했다. 제보자가 몽골 설화 책을 준비해왔는데 그 책을 소개해주기도 했다. 책에 있는 그림을 보여주면서 이야기를 했다.

● 줄거리

새의 왕 항가르디가 세상에서 가장 좋은 음식을 먹고 싶다고 하자 참새와 똥파리가 제일 좋은 음식을 찾으러 다녔다. 파리가 인간의 피를 맛보고 인간의 피가 제일 좋다고 알리려 하자 인간이 걱정된 참새가 파리의 혀를 물어 아무말도 하지 못하게 만들었다. 파리가 왕에게 가서 말을 하려고 했지만 왕은 알아들을 수 없었다. 참새가 제일 맛있는 음식이 뱀이라고 거짓으로 말했고 덕분에 새의 왕은 사람을 먹지 않았다.

옛날 옛날에 항가르디라는 새 왕이 살고 있었어요, 이 세상에서. 그래서 이 항가르디가 모든 날아다니는 짐승의 왕이구 그래서

'뭔가 좋은 걸 먹고 싶다'

이런 생각해서,

"왕에게 맞는 음식을, 뭐든 다 찾아오라."고.

"좋은, 몸에 좋은 음식을, 먹을 거, 먹이를 찾아와라."

이렇게 모든 날아다니는 짐승들에게 명령을 하는 거예요. 그래서 명령을 했는데 이제 모든 짐승들이 다 날아다니구, 다 온 세상을 돌아다니면서 모든 걸,

'왕에게 뭘 먹일까?'

모든 동물들이 이렇게 생각했었어요. 그런데 그중에서 참새랑, 파리, 파리 둘이서 다니고 있는데. [조사자 1: 참새랑, 파리?] 파리. 파리인데 그 조그만 파리 아니고, 그 뭐지? [조사자 2: 쇠파리?] [조사자 1: 큰 파리?] 큰 파리 뭐, 똥파리라고 해야 하나요? (웃음) 그래서 둘이서 같이 다니고,

"어디가 뭐가 좋으냐?"

이러고 다니고 있었어요. 음, 그랬더니 파리가 이제 돌아다니다가 인간의 피를 먹는 거예요. 그래서

"내가 먹어본 거 중에 인간이 너무 맛있다. 인간의 피가 너무 맛있는 거 같다."

이렇게 얘기하고 있는데 참새가 아무래도 인간들이 만든 농산물이나 이런 먹이를 먹고 살고, 또 인간들의 근처에 살기 때문에 너무 좋아해가지구 그래서

"어 이렇게 하면 안 되는데."

그러면 그 새의 왕이 인간들 잡아먹을 거 같아서 너무 걱정하는 거예요. 그래서

'이걸 어떻게 하면 이 파리를 이 말을 절대 못하게 할까?'

생각하고 있는데. 가다가 파리랑 이야기해서

"너 인간의 피는 어떻냐?"

이렇게 하니까

"너무 맛있다."

이렇게 파리가 대답하는 거예요.

"그래 너 뭘로 그 맛을 봤냐?"

했더니,

"나의 혀로 봤지."

이렇게 이야기하니까

"어디 보자, 그 혀를."

이렇게 하는 거예요, 입을.

"여기 봐봐."

파리가 약간 길잖아요, 그 뾰족한 게.

"봐봐라."

이렇게 보여줬는데, 그 새 참새가 얼른 그 입을 부리로 깨물어버리는 거예요. 그래서 그랬더니 파리가 너무 아파가지고 그다음부터 파리가 말 못 하게 되어서 그래서 '윙-'소리만 내게 되구. 그래서 파리가 얼른,

'새 왕한테 일러야겠다.'

이렇게 가고서 새 왕한테 가는 거예요. 항가르디한테 가서 아무리 이야기해도 하나도 못 알아들으니까 왕이 화가 나가지고 참새를 부르는 거예요.

"참새야 얘가 도대체 무슨 말 하고 있냐?"

이랬더니 참새는

"아, 파리의 말로는 이 세상에서 제일 맛있는 먹이는 뱀이라고 합니다."

이렇게 하는 거예요. 그랬더니 항가르디가

"알겠다."고.

"그러면 뱀을 가져와라."

그래가지구 그래서 뱀을 먹게 되는 거예요. 인간 대신에. 그래서 아무래도 참새도 사람들하고 가까운 동물이다보니까 좀 착하게 나오는 그런 이야기들이 많아요. [조사자 1: 아. 너무 재미있어요 선생님.] 그래서 인간들을 살렸답니다.

[조사자 1: 아, 참새가. 이 이야기는, 선생님. 몽골에서 굉장히 유명한 이야기인가요?] 네. 그래서, 그죠. 초등학교에 거의 다. 지금은 어떨지 모르겠지만 저희가 초등학교였을 때 가르쳐 줬어요. (웃음) [조사자 1: 어 재밌다. 항상 여기서 도와준 존재는 참새인 거죠? 선생님, 그죠?] 네, 아무래도 착하게 많이 등장하게 됐구, 참새두 사람들이 그 먹이나 곡식 이런 것들 먹고 사니까. 그래서 서로 연결이 돼있다고 하는 거

예요.

[조사자 3: (사진을 보여주며) 선생님 요 탈이 항가르디인가요?] 예, 그거 맞아요. 그래가지구 종교 그런 데서도 많이 나와요. 근데 이거 종교에서도 약간 무서운, 무섭게 생겼잖아요. 또 다른 버전이 있는데 저는 거의 안 나왔는데 여기는 뭐 불교에서 이런 탈 많이 쓰는데. 그, 못된 악만가 뭐 그런 것들 쫓아낼려구 이런 춤추고 있는, 탈 쓰구서. 그렇게 많이 나와요.

그래서 사람들한테,

"너,"

애들한테

"니가 못된 짓을 하면 이런 무서운 것들이 너를 데리고 간다."

이렇게 보여주고 이런 거. (웃음)

[조사자 1: 아, 애들이 나쁜 짓하면 "너 이렇게 새 왕이 와서 너 잡아간다." 이렇게.] 네.

새 왕이나. 되게, 종류가 되게 여러 가지, 이상하게 생긴 것들이 많아요. 그래서 그런 것들을 보여주려고 탈춤에서도 많이 나타나요. 제가 알고 있는 건 여기까지.

금시조 가루라와 사람 살린 제비

● 구연정보

조사일시 : 2018. 03. 10(토) 오전

조사장소 : 경기도 양주시 덕정동

제 보 자 : 게델마 [몽골, 여, 1972년생, 결혼이주 14년차]

조 사 자 : 김정은, 황승업, 강새미

● 구연상황

〈슌클레 산의 온천〉에 이어, 세상에서 가장 힘이 센 새 가루라에 대한 이야기라며 구연했다.

● 줄거리

옛날에 가루라 새가 제비와 쇠파리를 불러서 세상에서 가장 맛있는 피가 무엇인지 저녁까지 알아오라고 했다. 쇠파리는 여러 동물들의 피를 맛보더니 사람의 피가 가장 맛있다고 생각했다. 반면 제비는 날씨가 좋아 그냥 하늘을 날아다녔다. 저녁이 되어 가루라 앞에서 이야기를 하는데, 쇠파리는 사람의 피가 가장 맛있다고 했다. 이를 들은 제비는 사람들이 다 사라질까 봐 두려워 뱀의 피가 가장 맛있다고 했다. 그리고 제비는 어떻게 알았느냐며 쇠파리의 혀를 잘라버려 더 이상 말을 할 수 없게 만들었다. 그래서 그때부터 파리는 말을 못 하고 윙 소리만 내게 되었다. 그리고 다시 한 번 뱀의 피가 가장 맛있다고 말을 해서 가루라는 뱀의 피를 많이 먹었다. 가루라 새(금시조)중에 현재 솔개가 가장 많이 남아있는데, 솔개가 뱀을 많이 잡아먹는 이유가 여기에 있다.

처음에 이게 가루라(금시조)*가 얘기했어요.

● 가루라(迦樓羅), 금시조(金翅鳥, Suparna)라고도 하는 상상의 새다. 인도와 몽골, 불교국가 등에서 전승된다. 인도(印度) 신화에 등장하는 큰 새로 용(龍)을 잡아먹는다 한다. (네

"니들이 이 세계에 제일 맛있는 고기 어딘지 찾아오라."

[조사자 1: 세계에서 제일 맛있는?] 고기. 동물 고기.

"동물 고기 어디 있는지 찾아오라."

고 딱 명령을 하는 거예요.

그래서 막 돌아다니다가 처음에는 그 하루만 줬어요. 저녁때 와서 이야기 해달라고. 네 그래서 이 쇠파리가 여기 있잖아. 혀가 있어가지고 어디 동물 다 이렇게 뭐지, 물어가지고, 찔러 물어보고 무슨 피가 맛있는지 막 하루 종일 이렇게 다녔어요. 근데 차비가, 아 차비가 아니고 뭐지? [조사자 1: 아까 땅벌?] (단어가 기억나지 않아서 잠시 구연 멈춤) 아 제비. 제비하고 쇠파리에게, 이 세계에 맛있는 피가. 피, 동물 피. 동물 피가 어디 있는지. 고기가 아니고 피야. 그러니까,

"어디 있는지 찾아오라."

고 하고.

그래가지고 쇠파리는 막 어디 저기 하면서 사람들 물면서 피 맛을 보면서 다녔고. 그리고 제비가 너무 그날이 날씨가 너무 좋은 거야. 그래서 막 하늘에 막 날아가면서, 노래하면서 하루 종일 그렇게 지나가는데 갑자기 저녁이 되는 거예요. 저녁이 돼가지고 막 가루라가,

"자 니들 어떻게 됐냐?"고.

"좀 설명해 달라."

고 한 거예요. 그랬더니 이 쇠파리가,

"나는 이 세계에 동물 중에 사람의 피가 제일 맛있더라,"

라고 얘기하는 거예요. 그랬더니 그거를 듣는 제비가,

'아 그러면 이 세계에 사람들 없어지면 안 되겠는데.'

그렇게 얘기하면서,

"너는 어떻게 되냐?"

라고 하는데. 그래서 그냥 그 순간에 제비가,

"아 제가 이게 돌아다니는데 제일 맛있는 거는."

저기, (단어가 기억나지 않아서 잠시 구연 멈춤) [조사자 1: 뱀?]

이버, 한국고전용어사전 참조)

뱀. (웃음) 이렇다니까 이게 생각이 안 나가지고.

"뱀이 있더라."

하는 거예요. 그래서 그래가지고 그랬더니,

"아니야, 아니야. 뱀보다는 엄청 많이, 사람 피가 엄청 많이 좋더라."

(쇠파리가) 하니까, 그거 제비가 얘기하는 거예요.

"그럼 너 어떻게 그 맛을 알았냐?"

그랬더니,

"나 내 혀가 이렇게 길잖아. 이거로 했다."

라고,

"봐!"

입을 벌렸더니 제비가 그 혀 있잖아. 잘라버린 거야. 그렇게 후에는 이제 말을 못해가지고 '윙'소리 나잖아요, 쇠파리가. 그래서 그 왕이,

"너 다시 이야기를 다시 하라."

그러니까 이게 말하려고 그랬더니 안 되는 거예요. 그래서 막 화가지가고 가루라가,

"이거 뭐라고 말하는 거예요?"

그랬더니 제비가,

"아, 여기 세계에 제일 맛있는 피는 뱀(이)다."

라고 해가지고,

"뱀이다."

라고 해서 이후부터는 계속 그렇게 뭐지, 뱀. 뱀 피를 이렇게 많은 먹은 거, 먹게 많이 됐다.

그래서 그 가루라 중에 지금 남아있는 거는, 그거 하나가 있는데. 그거 이름은, 아 이거를 나는 몽골어로 말했으면 좋겠다.

(잠시 핸드폰으로 단어를 검색하면서) 술개. [조사자 2: 솔개.] 아 솔개. 솔개가 남은 거야. 그 가루라 중에서, 종이 많이 있잖아요. 그 중에서 지금 여기 현재 세계 있는 거는 솔개밖에 없대. 그래서 솔개가 지금 뱀을 많이 좋아해가지고 많이 잡아서 먹었대.

낙타가 열두 띠에 들지 못한 이유 [1]

● **구연정보**

조사일시 : 2017. 03. 24(금) 오후
조사장소 : 강원도 원주시 개운동
제 보 자 : 수흐바타르 [몽골, 여, 1966년생, 결혼이주 16년차]
조 사 자 : 박현숙

● **구연상황**

제보자가 〈사이 좋은 네 동물〉 구연을 마친 뒤, 제보자가 띠에 관한 동물 이야기가 있다고 했다. 조사자가 구연을 요청하자 내용이 정확히 기억이 나지 않지만 아는 대로 해보겠다면서 구연을 시작했다.

● **줄거리**

동물들이 열두 띠를 정하기 위해 달리기 시합을 했다. 가장 먼저 태양을 보는 동물을 열두 번째로 하기로 정했다. 낙타가 열두 번째로 달려오고 있었다. 그런데 쥐가 낙타 머리 위에 있다가 먼저 태양을 보았다. 그래서 쥐가 열두 번째 동물이 되고, 낙타는 빠지게 되었다.

그, 열두 개 띠를 지을려고, 달리기 운동했어요. 그랬다가 뭐가 빠졌냐면, 낙타가 빠졌어요. [조사자: 낙타?] 예.

낙타가 왜 빠졌냐면, 이거 달리기했을 때 쥐 있잖아요 쥐. 낙타 그 있잖아. 낙타 위에 쥐, 귀 위에 올라타서 낙타 머리 위에 올라타서. [조사자: 쥐가?] 제일 먼저, 제일 높은 사람. 이 세상에서 제일 높은 사람 걸어왔다가 이거 열 두 명의, 열 세 동물.

(제보자가 통화 하느라고 잠시 구연을 멈춤.)

그러면 제일 높은 사람이 해를 본다고. 해 먼저, [조사자: 해?] 해

나오면, 태양이 나오면 제일 먼저 보는 사람. 제일 높은 사람. 그 사람을 열두 번째로 한다고 했어요.

그랬더니 그 달리다가, 다 달리다가 낙타도 빨라요. 그랬더니 쥐가 낙타 위에 올라탔어요. (웃음) (손으로 머리위에 뭔가가 올라간 것 같은 시늉을 하며) 쥐가 머리 위에까지 올라갔어요. 그래가지구 제일 먼저 해를 본 거예요, 낙타 위에서. 그래서 낙타는 빠지구 그 나머지 열두 동물이 다 됐어요.

[조사자: 그러면 그 열두 동물이 뭐예요?] 그거 지금, 그거 띠 있잖아요. 똑같아요. 쥐, 소, 호랑이, 토끼인가? [조사자: 네, 맞아요, 토끼.] 그다음엔. [조사자: 용?] 용? 그다음에 뱀, 말, 양, [조사자: 그다음에 원숭이?] 원숭이. 소 안 나왔나요? [조사자: 소는 아까 쥐 다음에.] 나왔어요? [조사자: 그다음에 닭?] 닭, 강아지, 개. [조사자: 개 그다음엔 돼지?] 돼지. 그다음은?

[조사자: 열두 개 다 됐는데? 그 낙타가 있어요? 몽골에는?] 낙타 없어요, 빠졌어요. [조사자: 그러니까 쥐 때문에.] 낙타가 빠졌어요. [조사자: 빠진 거예요? 아 쥐가 이제 맨 뒤에 있어서?] 예. [조사자: 그래서 탈락하게 된 거예요?] 예. 쥐 때문에 탈락했어요.

[조사자: 쥐 때문에. 그거는 우리나라랑 비슷하다.] 그래요? 낙타가 나와요? [조사자: 아뇨. 우리나라는 낙타가 안 나오고 쥐가 일등이에요. 그래서 소머리 위에서 편하게 가다가 툭 튀어 내려가지고 일등을 해요, 꼴찌가 아니구.]

몽골은 낙타로 돼 있어요. 낙타는 빠지면 안 되죠. 낙타도 좋아하니까. [조사자: 그러니까. 낙타가 들어가는 게 새로운 거 같애요.] 예.

낙타가 열두 띠에 들지 못한 이유 [2]

● **구연정보**

조사일시 : 2018. 02. 13(화) 오전
조사장소 : 인천광역시 부평구 갈산1동
제 보 자 : 멀얼게렐 [몽골, 여, 1983년생, 결혼이주 14년차]
조 사 자 : 오정미, 한상효, 엄희수

● **구연상황**

〈낙타의 뿔이 없어진 유래〉 이야기를 마친 뒤 제보자가 낙타 하니까 떠오르는 이야기가 있다면서 낙타가 열두 띠에서 빠지게 된 사연에 대한 구연을 시작했다.

● **줄거리**

여러 동물이 십이지지 자리를 차지하기 위해 경쟁했다. 그중에서 쥐와 낙타가 일등 자리를 놓고 경쟁을 했는데, 해를 먼저 본 동물이 이기는 것으로 정했다. 쥐가 낙타의 머리에 올라가 해를 먼저 보았고 십이지지에 들어갔다. 억울해하는 낙타에게 신은 열두 띠 동물의 특징을 다 가질 수 있도록 하였다.

낙타가, 몽골 열두 띠 안에 낙타가 없어요. 한국이랑 똑같애요. 그 쥐, 소, 호랑이 뭐 이렇게 순서가 다 똑같애요.

그것들이 왜 그러냐면. 어느 날 신이, 하늘의 신이, 그 해가 이렇게 돌아가잖아요. 거기 다 이렇게 한, 동물 한 명씩, 한 바퀴 이게 돌 때마다 관리해주는 그 동물의 특징을 가진 해를 만들려고 그래서. 열두 개의 자리를 했어요. 그랬더니 거기에서, 먼저 오는 동물 순서대로 이렇게 순서를 정하는 거예요.

근데 이렇게 하는데. 아직 1등은 없구 2등부터 이렇게 하, 있는

거예요. 소가 와가지구,

"나는 힘이 세구, 일도 잘하구. 그러니까 인간들에게도 아주 가까운 존재니까 나도 이 띠 안에 들어가고 싶다."

그랬더니 2등으로 들어갔어요. 그랬더니 3등으로 호랑이가 오는 거예요. 호랑이가 와가지구,

"나는 아주 힘이 세구, 용감하구. 또, 지켜줄 수도 있구 동물들도 지킬 수 있고."

막 이렇게 해서 호랑이가 들어갔어요. 호랑이. 다음에 토끼가 오는 거예요.

"나는 되게 빨리 뛸 수 있구. 내가 다스리는 해에 태어나는 사람들은 부지런한 사람들이 될 거다."

이렇게 해서 얘기하는 거예요.

그래서 뛰기를 잘 하는 토끼가 들어가구. 그다음에는 용이 와가지구,

"나는 아주 하늘과 땅 사이에서 이렇게 연결해주구, 비도 잘 오게 하구 이렇게 하니까 사람들한테 내가 도움을 줄 것이다."

이렇게 해서 5등으로 들어가는 거예요.

그랬더니 다음에 뱀이 들어왔어요. 그래서 뱀이 와

가지구,

"나두 물속에서…"

그, 뭐지? 자연의 그, 뭐지? 물의 왕의 아들 많이 나오거든요. 뱀이 그래서 그렇기 때문에,

"동물들한테 물 이런 거 좋은 걸 또 대접할 수 있구. 또 내가 그…"

뱀을 그렇게 뭐라고 하지? 한국어로? 예언? 예언 같은 거? [조사자 1: 앞으로의 일을.] 미리 이렇게. [조사자 1: 예언 맞아요.]

"그 예언 같은 그런 육감 같은 그런 거 있어서 사람들한테 도움이 될 수 있다."

이렇게 하니까 6등으로 올라가는 거예요.

그래서 그다음에는 말이 와서,

"나는 빨리 달릴 수도 있구, 사람들한테 제일 가까운 친구가 되어줄 수 있구. 겨울이든 여름이든 가고 싶은 데에 데려다줄 수 있어."

이렇게 하니까 7등으로 들어가구.

그다음 양이 와서,

"나는 푹신푹신한 털도 있고, 사람들한테 필요하는 그 털 가지고 있어서 따뜻하게 해 줄 수 있구, 먹이도 될 수 있고. 좋다."고.

이렇게 해서 8등으로 들어가고. 다음엔 원숭이가 와가지구,

"나는 사람들을 재밌게 할 수 있다."

재밌게 해가지구 9등으로 들어갔고.

닭은

"나는 부지런히 아침부터 사람들을 깨우고 뭐 여러 가지 해서 도움이 된다."고.

해서 10등으로 들어가고.

강아지, 개 와 가지구

"나도 동물들, 가축들을 모아, 여러 가지 짐승들 다 보호할 수 있구 의리 있게 지켜줄 수 있다."

해서 또 들어가고.

그랬더니 다음엔 돼지가 와서 또,

"내가 땅을 이렇게 봐 가지구 농사나 이런 거 도와줄 수 있다."

해서 들어갔어요.

그랬더니 1등, 1번 자리에 들어갈 동물이 안 오는 거예요. 그랬더니, 낙타랑 쥐가 같이 왔어요 동시에. 그래가지고

"너희들은 어떻게 하냐?"

그랬더니

"나는, 지혜로운."

아,

"너희들 누가 먼저 들어갈 건지 하기 위해서 다음 날 해가, 해가 떠오를 때 누가 먼저 해가 떠오르는 걸 먼저 본 동물을 1등으로 할 것이다."

이렇게 얘기했어요. 그래서 낙타랑 쥐가 둘이 가가지고 산 위에

올라가서, 언덕 위에 올라가서 둘이 기다리는 거예요. 해가 올르기를. 해가 떠오르면 먼저,

"내가 봤다!"

이렇게 해야지. 들어가야 되니까. 근데 낙타는 자기가 너무 크고, 멀리 볼 수 있으니까,

'내가 들어가겠다.'

이렇게 해서 너무 자신있게 막 보고 있는 거예요.

그랬더니 이 쥐가 조그마니까, 불안해가지고 여길 왔다갔다가 그래서 꾀를 썼어요. 그래서,

"낙타야, 너는 어차피 크니까, 눈도 크고 하니까 잘 보이고 나는 조그마니까, 잘 안 보이구. 또 밑에 너무 추우니까 니 머리 위에 내가 올라가도 되냐?"구.

했더니 머리 위에도 털이 있어가지구,

"그래라 뭐."

이러면서 별로 신경 안 쓰구 머리 위에 태웠어요 쥐를. 그랬더니 쥐가 머리 위에 딱 앉아가지구 보고 있는데. 낙타가 둘이, 그랬더니 낙타가,

"둘이 한 쪽 보면은 안 되니까, 우리 다른 쪽 보자."구.

그래서 낙타가 [조사자 1: 쥐가, 쥐가 그렇게 말을 한 거죠?] 낙타가. 그랬더니 낙타가 동쪽으로 보고, 쥐가 서쪽으로 보는 거예요. 해가 동쪽에서 뜨는 거 맞죠? 낙타가 동쪽 보고 쥐가 서쪽을 봤어요. 그래서 둘이 반대쪽으로 이렇게 보고서 앉아있는데, 해가 떠오르기 시작하는 거예요. 근데 해가 떠오를 때 해가 먼저 나오지 않고 빛이 먼저 비추잖아요. 그랬더니 딱 쥐가 보는 서쪽에는 산에 꼭대기에다가 햇빛이 비추는 거예요.

그랬더니 쥐가

"내가 봤다!"

막 이러면서 외쳐가지고. 그랬더니 낙타가,

"뭐라고? 해가 어떻게 서쪽에서 나왔냐?"

그랬더니,

"햇빛을 내가 먼저 본 건 나야!"

그래서 쥐가 얼른 뛰어가가지구, 빨리 뛰니까 또 빨리 뛰어가지구 1등 자리에 딱 앉아버린 거예요. (웃음)

그랬더니 낙타가 그래서 거기 못 들어가가지구. 그랬더니, 억울한 거예요. 억울해서 신한테 가서 따졌어요.

"아니, 내가 어떻게 해가 서쪽에서 왜 났냐?"

이렇게 하니까,

"어쩔 수 없이 1등 자리에 쥐가 이미 앉았으니까. 지혜롭고 재치 있는 쥐를 1등으로 하자."

라고 해서 1등으로 앉혀놓고서.

"그러면 너도 열심히 했으니까 너를, 그 열두 동물의 특징을 니가 다 가져라."

얘기한 거예요. 그랬더니 거기 낙타를 보면, 거기 열두 동물의 특징들이 다 있어요.

뭐냐면, 그, 쥐의 귀? 귀가 되게 쪼끄매요, 동그래가지구. 그래서 쥐의 귀 있구. 어, 두 번째 누구죠? 호랑이? 호랑이 그 발바닥, 발바닥이 호랑이같이 길쭉하게 생겼어요. 그리구 호랑이 발바닥 있구. 삼 번째 누가 있지? [조사자 1: 2번이 소. 3번이 호랑이.] 아, 소. 소는, 소의 그 몸. 몸 있죠? 그 듬직한 몸. 배, 그 동글동글한 배, 힘 있는 배 몸하구. 아, 네 번째는 토끼의 코. 보면 약간 토끼 여기 입 부분이 똑같애요. 코랑, 삐죽해가지구 여긴 동그래가지구. 그래서 약간 이거 열린 거처럼 이렇게 있어요 이렇게. 그래서 그거는 토끼고. 아, 다섯 번째 용, 용의 목 있구. 목이 길잖아요, 그래서. 여섯 번째는 말인데. 말은? 뭐지 뱀? 뱀의 뭐지? 아, 용의 갈기 같은 거. 이렇게 보면 목 밑에 이렇게 털 같은 것들이 많이 나와 있어요. 배에도 털이, 긴 털이 있고. 뱀의 목 있고. 그러구 말의, 말의 보면, 그, 말굽 옆에도 털 같은 거 있어요. 그런 것도 있구. 그래서 말 다음에 뭐 있지? 양? 양의 털. 양의 폭신폭신한 털. 원숭이의 뭐지? 원숭이는, 기억 안 나고. 닭이, 닭의 그, 여기 이거, 벼슬 같은 거. 털이 삐죽삐죽 나와 있거든요. 그래서 하고. 개, 개 뭐였더라? 혓바닥인가? 뭐지? 혀인가? 아무튼 있구. 돼지의 꼬리. 그니까 조그만 꼬리 그게 돼지처럼 있어요.

그래가지구 이렇게,

"귀도 쥐 귀로 해줄게."

그러면서,

"열두 띠 동물들 특징을 다 가졌으니까 이제 너는 억울해하지 말라."

이래가지구 그래서 열두 띠 안에 못 들어가구. 그렇게 생겨가지구 그다음엔 열두는, 열두 띠는 이렇게 자리대로 돌아가면서 그 동물이 다스리는 해에 태어난 사람들은 그 띠를 닮아가는 그런 이야기예요.

[조사자 1: 선생님 근데, 열두 띠인데 열한 번째가 개고, 열두 번째는 누구예요?] 돼지. [조사자 1: 아, 돼지.] [조사자 2: 재밌다. 그 나머지 열두 동물의 조그만 특징들이 낙타에 다 있다는 게 재밌네요.] (웃음) 네. 그래서 어떻게 찾았는지 아무튼 그게 있대요.

그래서 (웃음) 또 꼬리는 되게 웃겨요. 너무 큰 덩치에 요만한 꼬리가 막 이러구 이러구 있어요. 그래서 이게 약간 돼지 같고 막.

낙타가 열두 띠에 들지 못한 이유 [3]

● **구연정보**

조사일시 : 2018. 03. 10(토) 오전
조사장소 : 경기도 양주시 덕정동
제 보 자 : 게델마 [몽골, 여, 1972년생, 결혼이주 14년차]
조 사 자 : 김정은, 황승업, 강새미

● **구연상황**

제보자가 〈게르로 들어온 여우와 양털 펠트의 유래〉를 마친 뒤 조사자가 카자흐스탄에 열두 띠에 관한 이야기가 전해지는데 몽골에도 비슷한 이야기가 있는지 물었다. 제보자는 미리 준비하지 않아서 기억이 잘 나지 않는다며 구연을 시작했다. 구연 중간에 낙타를 늑대라고 말하기도 했다.

● **줄거리**

열두 띠를 정하는데, 열두 번째에는 돼지, 열한 번째에는 개, 열 번째에는 닭이 되었다. 첫 번째 자리를 어떻게 할지 고민하는데 낙타하고 쥐가 서로 하겠다고 싸웠다. 그러자 동물들이 아침에 해 뜨는 것을 먼저 본 동물이 첫 번째 띠를 하자고 했다. 다른 동물들은 낙타가 훨씬 크니까 이길 것이라고 생각했으나 쥐가 빨리 가서 낙타보다 먼저 해 뜨는 것을 보았다. 그래서 쥐가 첫 번째 띠로 들어갔다.

열두 띠는, 열두 번째 띠는 뭐. [조사자: 돼지.] 돼지가 되고, 열한 띠는 개가 됐고, 뭐, 토끼, 뭐지? 다음 개, 닭, 닭이 되고 딱딱딱 이렇게 하다가 열한 띠가 정의되는 거예요.

그래서,

"그럼 첫 번째는 어떻게 할까?"

그랬더니 늑대하고 쥐가, 막 낙타하고, 낙타하고 쥐가 다,

"내가 한다! 내가 한다!"

라고 막 싸우는 거야.

그래서 토론하는 거예요 이 동물들이 앉아서.

"그래 알았다. 그러면 너 둘 중에 해가 뜨는 거 제일 먼저 본 사람이 첫 번째 띠로 하자."

그렇게 하는 거야. 그래가지고 저기 늑대(낙타)가 너무 크니까,

"아 다행히 늑대(낙타)가 될 거다."

라고 그 동물들이 기대하고 있었던 거예요.

그래서 쥐가 생각하면서 빨리빨리 가가지고 여기 위에다 앉아 놓은 거야. 그래서 제일 먼저 해 뜨는 거 봐가지고.

"제가 먼저 봤다!"

그래서 이제 첫 번째 띠가 됐대요.

낙타가 열두 띠에 들지 못한 이유 [4]

● **구연정보**

조사일시 : 2018. 05. 17(목) 오후
조사장소 : 경기도 하남시 덕풍동
제 보 자 : 바트 [몽골, 남, 1986년생, 이주노동 9년차]
조 사 자 : 김정은, 황승업

● **구연상황**

제보자가 몽골의 대표적인 동물들을 설명한 뒤 잠시 자기 경험담을 이야기했다. 이후에 조사자가 십이지지와 관련된 이야기를 묻자 구술을 시작했다.

● **줄거리**

열두 띠 동물들을 정하던 때의 이야기다. 동물들이 띠를 차지하고 첫째 자리가 비었는데 쥐와 낙타가 나왔다. 여러 동물들의 장점을 차례로 전해들은 쥐는 내세울 것이 없자 낙타에게 아침에 해 뜨는 것을 먼저 본 동물이 첫 번째 띠가 되는 것으로 하자고 했다. 쥐는 낙타의 등에 올라타도 되냐고 했고, 낙타는 자기 머리가 등보다 위에 있기 때문에 괜찮을 거라 생각하고 허락했다. 그러면서 낙타는 쥐에게 동쪽이 아니라 서쪽을 보고 있으라고 했다. 쥐는 낙타의 말대로 서쪽을 보고 있다가 동쪽에서 올라오는 햇빛이 서쪽 산에 비추는 것을 보고서 먼저 해를 보았다고 외쳤다. 그래서 쥐가 첫째 띠가 되고 낙타는 열두 띠에서 빠지게 됐다.

열두 가지 동물이 이렇게 다들 뭐 자리를 잡았는데, 일 번째, 첫 번째 자리가 비어 있는 거예요. 그래서 거기다가 어떤 동물이 들어가야 되는지, 그 무대라고 할까? 그 좌석에 어떤 동물이 올라가야 되는지 이렇게 하는데, 아 좀 그거를 뭐 투입하는 건가 그런 거 있었대요.

그래서 뭐 낙타랑 쥐가 나왔더라고요. 나왔어요. 그래서 그 두 개의 서로 어떻게 뭐 특정(특징)이, 특정이 뭔지, 그거 좀 좋은 특정을 가지고 있는 동물은 그쪽에 올라간다는 식으로.

그래서 이렇게 쥐가 좀 낙타보다 좀 똑똑하고 좀 그렇게 하니까, 가서 개, 소, 호랑이, 뭐 토끼 이런 식으로 이렇게 다들 물어보는 거예요, 돌아가면서. 어떤 특징을 가지고 이 자리에 올라갔는지. 그랬더니 소는 뭐, 주인의 뭐 너무, 주인의 지나친 그런, 뭐 어떤 동물이라고 하면, 소보다 얌전하고 뭐 이런 거 없다.

"나처럼 얌전한 동물이 없어서 나는 이 자리에 올라갔다."

그리고 호랑이한테, 호랑이한테 물어봤더니 호랑이는,

"나는 뭐 힘이 세고, 좀 무서우니까 이 자리에 올라갔다."

토끼는,

"나는 제일 빠르니까."

뭐 이런 식으로 다들 이렇게 한 가지, 한 가지 특징을 이야기하는 거예요.

그러더니 쥐는 아무리 생각해도 뭐 특별한 거 없, 없는 거예요. [조사자: (웃으며) 네.]

그래서 그랬더니 낙타는, 낙타는

"나는 뭐 저기 소 배가 있고, 뭐 돼지 꼬리가 있고, 토끼 입술인가 뭐 있고, 다 닮았다."고.

이런 식으로.

"그리고 뱀 뭐 허리가 있고."

뭐 이런 식으로 다 이런 자랑하는 거예요, 쥐한테. 그래서 쥐가,

"그럼 나는 뭐 이 자리에 못 올라가겠구나."

그래서, 그랬더니, 그래서 그 걸로는 너무 충분하지 않아서, 서로 어떻게 할 건지, 그래 얘기하는 거예요. 그랬더니 낙타가

"그러면 이렇게 하자. 내일 아침 새벽에 해가 뜨는, 제일 먼저 해가 뜨는, 해 뜨는 거를 제일 먼저 보는 동물이 이 자리에 올라가자."

고. 그래서 둘이 앉아서 이렇게 하는데. 밤이니까 너무 무서워가지고 쥐가

"좀 등에다가 올라가면 안 되냐?"고.

하는 거예요, 저기 낙타한테. 그랬더니 낙타가, 물론 그, 좀, 남서쪽인가? [조사자: 네.] 남서쪽에서 그, 남서쪽이. [조사자: 해 뜨는 쪽이요?] 네, 해 뜨는 쪽이. [조사자: 동쪽, 동쪽.] 동쪽이죠? 그쪽으로 보고 있는 거예요, 낙타는. 그래서 쥐한테,

"너는 이쪽으로 보면 안 돼. 반대쪽으로 보라."고.

이렇게 하는 거예요. 그래서 쥐가 그래도 무서우니까 그 위에다 올라가서 서쪽을 봤는데, 해가 뜨면서 저기 산 위에 제일 먼저 빛이 보이잖아요. 그래,서

"나는 먼저 봤다"고.

그래서 그 자리에 올라 다가는 그런 동화가 있었어요.

[조사자: 아, 네. 그럼 머리에 있었으니까 된 거네요. 등에 있었으니까 오히려 더.] 등에, 네. 그런데 저기 그 뭐지? 일단은

'내 허리보다 머리가 위에 있으니까 나는 먼저 볼 수 있다.'

는 식 있다고 뭐 생각해서,

"너는 올라가라."고.

허락해주는 거예요. 그러더니 오히려 그 해가 뜨지만, 그 바로 안 보이는데, 반대쪽 그 높은 산 위에 빛이 먼저 보이잖아요. [조사자: 으음. 그 빛을 먼저 봤다는 얘기구나.] 네, 빛을 먼저 본 거죠.

낙타가 열두 띠에 들지 못한 이유 [5]

● **구연정보**

조사일시 : 2018. 07. 09(월) 오전

조사장소 : 경기도 오산시 은계동

제 보 자 : 온다르마 [몽골, 여, 1973년생, 결혼이주 12년차]

조 사 자 : 김정은, 황승업, 강새미

● **구연상황**

러시아의 김알라 제보자가 속담에 대해 이야기한 뒤 온다르마 제보자가 이어받아서 구연을 시작했다. 몽골에서 유명한 이야기로 얼마 전에 자신이 직접 번역 작업을 한 적이 있다고 했다. 평소 초등학교에서 다문화 수업을 하면서 동화구연을 했던 제보자는 동화 식으로 구연을 했다. 쥐가 자기보다 큰 동물을 '형'이라고 부르는 식이었다. 러시아의 김알라, 중국의 쳔슈얀, 리하이리엔 제보자가 함께 이야기를 들었다.

● **줄거리**

옛날에 열두 띠를 정하는데 첫 번째 동물이 정해지지 않았다. 첫 번째 띠가 되고 싶었던 쥐가 낙타에게 연혁나라에 들어가는 방법을 묻자 낙타가 바람을 불어서 쥐를 연혁나라에 보내 주었다. 쥐가 원숭이를 만나서 어떻게 띠에 들어갔냐고 물어보니 춤을 잘 춰서 들어갔다고 했고, 호랑이에게 물어보니까 힘이 세고 잘생겨서 들어갔다고했다. 토끼는 달리기를 잘해서였고 용은 불을 잘 뿜어서였다. 낙타는 쥐에게 자기는 여러 동물의 특징을 다 가졌으니 첫 번째 띠가 될 거라고 했다. 쥐와 낙타는 다음 날 아침에 해가 뜨는 것을 먼저 보는 사람이 첫 번째 띠가 되기로 했다. 낙타가 자신은 동쪽을 볼 테니 쥐는 서쪽을 보라고 했다. 밤이 되어 무서워진 쥐는 낙타에게 혹 위에 올라가게 해달라고 했고 낙타는 혹보다 목이 기니까 자기가 먼저 볼 거라고 생각하고 허락했다. 쥐는 낙타의 혹 위에 올라가 서쪽을 보다가 해가 올라오는 빛의 그림자를 보고는 먼저 해를 봤다고 외쳤다. 그래서 쥐가 첫 번째 띠가 되었다.

옛날 옛날에 우리 조상님들이,

"연혁을 열두 동물의 이름으로 정해라."

고 했는데, 근데 열두 띠는 시작하면 첫 번째 띠가 아직 정해지지 않았어요. 그래서 낙타와 쥐가 첫 번째 띠로 하고 싶었어요. 쥐가 낙타 형한테 가서,

"형아, 형은 연혁나라에 들어가기 위해서 무엇을 하고 있어요?"

라고 물어봤는데, 낙타 형이 답을 주지 않고 바람을 불어버렸어요. 그랬더니 쥐가 연혁나라에 가버렸어요.

"어? 여기는 어디지? 아 그 연혁나라구나. 저 여기 왔으니 다른 동물들 어떻게 연혁나라에 들어가는지 알아봐야겠다."

라고 하면서 원숭이 형이랑 만났어요.

"형아, 형은 어떻게 연혁나라에 원숭이띠로 됐어요?"

라고 물어봤는데 원숭이가,

"저는 춤을 엄청 잘 춤춘대요. 너 나처럼 춤출 수 있나요?"

라고 하면서 막 춤췄대요. 쥐가 따라서 춤을 췄지만 원숭이 형처럼 못했어요.

"안 되겠다."

라고 하면서 또 가다가 호랑이형이랑 만났어요.

"형은 어떻게 열두 띠 호랑이띠로 됐어요?"

라고 물어봤는데,

"이 세계에서 제일 힘이 센, 네 동물 중에서 제일 잘생긴 게 저래요."

쥐가,

"저는 입이 긴(길고) 예쁜데, 근데 호랑이 형처럼 힘은 없어요."

라고 하면서 또 갔어요.

한참 가다가 토끼 형이랑 만났어요. 또 물어봤어요. 토끼 형은,

"그럼 너는 나처럼 달리기 잘하냐? 우리 한번 달리기시험 해볼까?"

라고 하면서 한참 막 달렸대요. 달리다 보니까 토끼 형이 어디 있는 줄도 못 봤어요.

"아, 그랬구나. 나도 달리기는 잘하지만 토끼 형처럼 못 뛰는구나."

라고 했어요.

또 가다가 용형이랑 만났어요. 용형한테 가서,

"형아, 어떻게 용의 띠 됐어요?"

라고 했는데 용이 무서운 소리로 나타나면서 막 불을 불었어요.

그러더니 생쥐가 쓰러져버렸어요. 한참 있었다 깼더니,

"이렇게 무서우니까 용의 띠가 됐나 봐요."

라고 했다가, 한참 가다가 낙타 형이랑 만났어.

"형아, 저 연혁나라에 와서 이 열두 띠에 들어가는 형이랑 만났는데 근데 가만히 생각해보면 다들 자기 각각 성격이 있네요. 그러면 만약에 열두 띠에 들어가고 싶으면 형도 자기 성격, 저도 자기 성격 특징대로 있으면 될 거예요."

라고 했는데 낙타 형이,

"그거는 거짓말이야. 그런 건 어디 있냐! 너 나를 봐. 나는 돼지처럼 배도 있고, 토끼처럼 코도 있고 그리고 용처럼 목도 있고. 나한테는 열두 띠 다 성격이 있으니까 나는 첫 번째 띠가 될 거야."

라고 했대. 그랬더니,

"아니에요. 형은 그거는 틀려요."

했는데 낙타 형이,

"그러면 내일 아침에 제일 먼저 햇빛을 보는 동물이 첫 번째 띠가 돼야겠다."

라고 했는데,

"알았어요, 형."

라고 하면서 둘이 앉았는데 갑자기 낙타 형이,

"너는 동쪽으로 보지 마. 서쪽으로 보고 있어."

라고 했어.

근데 저녁에 시간이 가면서 밤이 오는데 너무 무서워서 생쥐가 낙타 형한테,

"형아, 조금 너그러운 마음으로 저를 혹 위에 올라가게 해주세요. 저는 너무 무서워서 여기는 너무 무서워요."

라고 했는데 낙타 형이,

"그래도 내 목이 너무 기니까 제일 먼저 햇빛을 볼 거니까 상관없어. 너는 혹 위에 올라가."

라고 했어요.

근데 혹 위에 올라가고 한참 있었는데 밤이 지나가고 아침이 오니까 햇빛이 서쪽에서 떴어요. 제일 먼저 봤는데, 쥐가 제일 먼저 봤어요. 그래서 소리 질렀어요.

"저 봤어요! 저 봤어요!"

라고 했는데 낙타 형이,

"어, 설마? 왜 서쪽에서 햇빛이 뜨지? 원래 동쪽에서 뜨는 거 아니에요?"

라고 했는데.

동쪽에서 해는 뜨긴 뜨지만 서쪽에 있는 산 위에 제일 꼭대기에 자기 햇빛이 이렇게 비추면서 하는 것을 쥐가 제일 먼저 봤어요. [조사자: 그림자 말씀하시나 보다.] 네 그림자.

그래서 첫 번째 띠로 쥐가 됐다고 이런 얘기.

낙타가 열두 띠에 들지 못한 이유 [6]

● **구연정보**

조사일시 : 2019. 01. 07(월) 오후
조사장소 : 강원도 춘천시 효자동
제 보 자 : 톱신자르갈 [몽골, 여, 1988년생, 결혼 6년차]
조 사 자 : 박현숙

● **구연상황**

제보자가 몽골의 속신에 대한 이야기를 마친 뒤 조사자가 제보자에게 춘천 실레마을 이야기시합에서 우승한 이야기가 어떤 것인지 물었다. 그러자 제보자는 열두 띠 이야기라고 답했다. 조사자의 구연 요청에 제보자가 좀 자신 없어했는데, 편안하게 기억나는 대로만 구연해 달라고 독려하자 이야기를 시작했다.

● **줄거리**

옛날에 열두 띠가 없었을 때 조상들이 연도를 세기 위해 열두 마리 동물을 고르기로 했다. 다른 동물들은 다 자리를 맡고 첫 번째 자리만 남아있는데, 아직 쥐와 낙타가 남아있었다. 쥐는 그 자리에 들어가고 싶어서 다른 동물들을 찾아가서 비결을 물었다. 호랑이는 힘이 세고 토끼는 빠르고 원숭이는 흉내를 잘 내는 등 다들 장기가 있었는데 쥐는 특별한 장기가 없었다. 낙타는 다른 여러 동물들의 특징을 모두 가지고 있었기에 자신만만했다. 그러자 쥐가 장기 말고 다른 방법으로 정하자고 낙타에게 제안했다. 낙타는 아침 해를 가장 먼저 본 쪽이 첫 번째 띠에 들어가자고 했다. 낙타는 해가 뜨는 동쪽을 보고 있었는데 서쪽을 보고 있던 쥐가 거기 비친 빛을 보고서 먼저 해를 봤다고 외쳤다. 그래서 첫 번째 띠 자리에 쥐가 들어가게 되었다.

[조사자: 그다음 이제 이야기로. 열두 띠 이야기라고 그때 하셨던 거 먼저 해주시겠어요? 기억 안 나요?] 기억은 나는데. [조사자: 기억나는 대로

해주시면 돼요. 그대로 안 하셔도 돼요. 상 받은 이야기니까.] 많이 잊어버렸어요. 내용은 대충 아는데.

그 옛날에 열두 개 띠가 없었을 때. [조사자 1: 열두 개의 띠가 없었을 때?] 없었을 때. 조상들이,

"우리는 연도를 이렇게 세야 되겠다. 세기 시작하려면 이렇게 열두 개 동물을 골라서 그거를 일부터 열두 개까지 이렇게 연도를 세고, 그리고 다시 이렇게 처음부터 일부터 이렇게 돌려서 연도를 세자."

이렇게 정하고 동물들을 골랐대요. 그래서 뭐 열한 개 동물을 골랐는데.

'제일 첫 번째 자리에 무슨 동물을 들어가게 할까? 이 자리에 무슨 동물이 들어가게 할까?'

이야기를 하다가. 쥐 아니면 낙타 둘 중에 하나를 들어가게 하자고 그렇게 기다리고 있었대요. 그랬더니 쥐하고 낙타가 서로, 둘 중에 하나가 들어갈 것 같은데 어떻게 하면 거기 들어갈 수 있을까 고민을 하게 된 거예요. 근데 낙타는 별로 고민도 안 하고 걱정도 없어요. 자기가 자신 있으니까.

쥐는,

'그 아무래도 나는 작고 힘도 없고 뭐 이것저것 재능도 없고 그래서 못 들어갈 것 같다.'

그런 걱정에 이것저것 많이 알아보고 돌아다니게 되는데. 그 열한 개, 먼저 뽑힌 열한 개 동물 나라로 가서 이렇게 그 동물들이 있잖아요. 거기서 물어보게 돼요. 그래서 호랑이한테 찾아가서,

"호랑이님, 이게 열두 개 띠 안에 들어가려면 어떻게 하면 들어가는지 알려주세요."

자기가 어떻게 들어갔는지 방법을 알려달라고 하니까. 호랑이는 그냥, 호랑이는 뭐라고 이야기 했지? 호랑이는 그냥,

"힘이 세고 그러니까 들어갔다."고.

그래서 쥐는,

"나도 힘이 세고 싶은데 힘은 없다."고.

그래서 토끼한테 찾아가서 물어보니까 토끼는,

“나는 너무 발 빨리 뛰니까 빠르니까 들어갔다.”고.

“나도 빠르기는 빠른데 토끼처럼 빠르지는 못한다.”고.

그래서 원숭이한테 찾아가서 물어봤어요. 원숭이는 사람이 뭐 하든 모든 행동을 따라 할 수 있고 춤도 출 수 있고 하니까 거기 들어갔대요. 그래서 쥐는,

“나도 춤추는 거 좋아하는데 원숭이처럼 춤 잘 못 춘다.”고.

그래서 이것저것 동물들이 다 자기 특징이 있는 거예요. 특징이 있으니까 거기 들어가는데. 거기 낙타한테 가서 이야기를 했대요. 거기 들어간 동물들이 다 자기네들의 특징이 있고 재능도 있고 하니까 거기 들어갔대요. 낙타의 특징이 뭐냐고 물어봤더니 낙타는,

“나는 모든 그 동물들이랑 비슷한 모습을 갖고 있다.”고.

“입이 토끼처럼 이렇게 생기고, 꼬리는 돼지처럼 생기고, 그리고 다리는 말처럼 생기고, 목은 뱀처럼 생기고, 그리고 뭐 호랑이처럼 힘도 있고.”

그리고 뭐 특징이 다 있는 거예요, 그 낙타한테. 그랬더니, 그랬더니 하다가. 그러면 쥐가 특징이 별로 없으니까,

“다른 방법으로 그 자리를 들어가게 하자.”고.

했더니 낙타는,

“그러면 다음 날 아침에 해가 뜨면, 그 해가 뜨는 모습을 제일 먼저 본 동물이 거기 일등으로 들어가자.”

했는데. 그 쥐는 서쪽 그리고 낙타는 동쪽으로 보고 이렇게 다른 쪽으로 보고. 해가 산 위에서 이렇게 뜨길 기다렸어요.

밤새 기다리다가. 원래 낙타는 해가 뜨는 쪽으로 보고 있었는데, 그 햇빛을 쥐가 제일 먼저 찾아보게 된 거예요. 왜냐하면 해가 이렇게 이쪽 동쪽 산, 그 뒤에서 뜨기 시작할 때 햇빛은, 해는 안 보이지만 햇빛은 이쪽 산 위에다가 먼저 비춘다고. 그래서 서쪽에서부터 햇빛을 먼저 찾아봤으니까 쥐가 그 자리에 들어간 거래요. [조사자: 그래서 낙타는 못 들어가고?] 네. 낙타는 못 들어가고.

[조사자: 불쌍하다. (웃음) 한국 이야기하고 좀 달라요.] 그래서 최근에 사람들도 서로 농담이 나왔어요. 신년 아니면 설날 때, 설날 전날

에 사람들이 해가 뜨는 모습을 보고 거기다가 소원을 빌거나 그렇게 하는데 사람들이 서로 장난치고,

"너, 낙타냐? (웃음) 새해 때 뜨는 해하고 내일, 그다음 날 뜨는 해가 다 똑같아, 왜 그랬냐."고.

"너, 낙타야?"

이러면서. (웃음) 장난도 치고 그래요.

낙타가 작은 귀를 갖게 된 유래

● **구연정보**

조사일시 : 2017. 02. 23(목) 오후
조사장소 : 인천광역시 부평구 갈산동
제 보 자 : 바야르사이한 [몽골, 여, 1966년생, 결혼이주 10년차]
조 사 자 : 조홍윤, 황승업, 김자혜

● **구연상황**

제보자가 거짓말쟁이 셍게에 대한 이야기를 들려주다가 낙타의 귀가 작은 이유에 대한 유래담을 구연했다.

● **줄거리**

옛날에 하느님이 동물들에게 귀를 나눠주었다. 이때 당나귀는 제일 먼저 가서 크고 예쁜 귀를 받았지만, 낙타는 잘난 체하며 늦장을 부리다가 가장 작은 귀를 받았다. 낙타의 귀가 작고 볼품없게 된 것은 그러한 이유이다.

옛날에 뭐, 하느님이 동물들한테 이렇게 귀 나눠줬대. [조사자: 귀를 나눠 줬어요?] 어. 귀를 나눠 줬는데, 당나귀 있잖아요. [조사자: 네, 당나귀.] 당나귀.

"귀 나눠준다."

라는 이야기 들어가지고 제일 먼저 갔대요.

"제일 큰 귀 나한테 달라."고.

그랬더니 그 낙타가, 낙타가 조금 뭐 몸이, 그 당나귀 보다 너무 예쁘니까.

그거 그렇게 하니까 나는 그냥 잘난 척하고 맨 뒤에 있다가, 당나귀는 맨 먼저 갔으니까 귀가 너무 큰 거 가지고 낙타는 그냥 잘난 척 하다가 조그만 귀 가졌다고 그런 이야기 있는데, 낙타. 그래서 낙타가 귀가 그렇게 조그맣게 생겼다고.

[조사자: 그러면은 먼저 간 동물들은 더] 어. 더 크고 예쁜 귀들을 가지고, 맨 밑에, 낙타는 근데 자기 자랑만 하다가 늦어가지고 조그만 귀 가졌다는 옛날이야기인데.

소의 신장이 여러 색으로 된 유래

● 구연정보

조사일시 : 2017. 02. 23(목) 오후
조사장소 : 인천광역시 부평구 갈산동
제 보 자 : 바야르사이한 [몽골, 여, 1966년생, 결혼이주 10년차]
조 사 자 : 조홍윤, 황승업, 김자혜

● 구연상황

〈낙타가 작은 귀를 갖게 된 유래〉 구연을 마친 뒤 제보자가 곧 이어서 이 이야기를 구연했다. 보르항(БУРХАН)이라는 신이 동물들의 외형을 결정한다고 하는 점이 특징이다.

● 줄거리

옛날에 보르한이 동물들에게 신장을 나누어준다며 모이라고 했다. 다른 동물들은 부지런히 가서 예쁘고 큰 신장을 받았는데, 소는 너무 느려서 가장 마지막으로 도착했다. 마지막으로 남아 있는 신장은 여러 가지 색깔이 있는 이상한 모양의 신장이었는데, 소는 어쩔 수 없이 그것을 받았다. 그래서 소의 신장은 색이 여러가지이다.

또 이, 이런 이야기들이 많은 거 같아요. 그 하느님이 준, '동물들한테 이런 거 나눠줬더니 이렇게 생겼다.'라고 하는 거 중에서 심장. [조사자: 심장이요?] 어, 심장. 심장 있지? 여기는 신장? 아, 신장.

신장 이렇게 나눠 줬는데 또 달라요, 동물들은. 맨 먼저는 예쁘고 큰 신장들을 주고 맨 밑에 소 되게 너무 느렸으니까 하나 둘씩 걷다가 맨 마지막에 가가지고, 다 나눠줬는데 마지막으로는 이렇게 여러 색깔이 있는 그런 신장 하나 남았어요. 걔한테 줬더니, 그 소 신장은 그렇게 여러 가지 색깔이 있는 거래요. 그런 신장이 있다고.

진짜 소, 우리 먹을 때 그런 신장이 있는 거 봤는데. [조사자: 소 콩팥 보면 색깔이 여러 가지 있나요?] 응. 색깔이 있대요. 그래서 하느님이 그렇게 줬다고 이런 이야기들이 되게 많아요.

'동물들이 하느님에서 이런 거 줬더니 이렇게 했다.'

[조사자: 하느님이 뭐 준다고 할 때는 무조건 빨리 가야 되는구나?]

[조사자: 몽골에서는 하느님을 그 이렇게 부르는 이름이 따로 있어요?] 하느님이라고 하면 여기에서 나오는 거는 보르항이라고. [조사자: 보란?] 보르항, 보르항이라고 해요. 여기서는 하느님이라고 했지만 몽골에서는 보르항이라고 해요. 그 불교에서도 보르항, 보르항. '보르항 줬다.' 하면 하느님이 준 걸로 이제. 보르항 주는 거들이 되게 많아요.

까마귀 울음소리 유래

● **구연정보**

조사일시 : 2017. 02. 23(목) 오후
조사장소 : 인천광역시 부평구 갈산동
제 보 자 : 바야르사이한 [몽골, 여, 1966년생, 결혼이주 10년차]
조 사 자 : 조홍윤, 황승업, 김자혜

● **구연상황**

제보자가 〈물심부름 나왔다가 달 속으로 가버린 아이〉에 이어서 까마귀 울음소리의 유래에 대한 이야기를 구연했다.

● **줄거리**

옛날에는 동물의 왕이 있었다. 그때 까마귀는 원래 높은 자리에 있었는데 욕심이 너무 많아서 밑바닥 계급까지 내려가게 됐다. 그래서 왕의 명령으로 똥을 먹게 됐는데, 먹기 싫어서 비명을 지른 것이 '까악, 까악' 하고 우는 까마귀 소리의 유래가 되었다.

까마귀 있지, 몽골에. 그 여러 나라 그 동물 우는 소리 되게 다르잖아요. 까마귀는 뭐라고 해요? [조사자들: 까악까악.] 옴마, 똑같으네. 근데 그거 달라요. 강아지. [조사자 1: 강아지는 멍멍.] 어. 멍멍이라고 하는데, 몽골에서 하우하우라고 해요. [조사자 1: 하우하우?] 어. 그래서 근데 까마귀는 똑같으네, 까악까악이라고.

옛날에 까마귀는, 그 동물들이 왕이 있었대요, 옛날에. 근데 걔는 너무 욕심이 많아서, 욕심이 많아서 그 왕에서(왕에 의해서) 내려가다가, 가다가 맨 밑으로까지 갔대, 욕심이 때문에. 욕심이 때문에 그렇게 가서 그래서 그 너무 위에서 갑자기 내려와서 똥 먹게 됐다고. [조사자 1: 똥을 먹게 됐다고요?] 거기가(그거가) 이제 바닥까지 갔다는 말이지. [조사자 1: 동물 왕이 너는 이제 욕심이 많으니까는 저 밑에 가서 똥이나 먹어라?] 그래서 까악까악이라고 소리 질렀다라고, 옛날 이야기인데,

'욕심이 많으면, 지나치게 많으면 거기 바닥까지 갈 수 있다.'

라는 게 그 이야기네.

[조사자 1: 그러면 그 동물 왕은 어떤 동물이에요?] 지금 동물의 왕이요? [조사자 2: 이야기 속에서] 아, 그러니까 이야기 속에 왕은 지금은 잘 모르겠는데. [조사자 1: 그래서 까악, 까악 소리가 '아 똥 먹기 싫어!' 뭐 그런 소리인가요?] 까마귀 되게 싫어하는데 몽골 사람들이.

닭이 새벽에 우는 이유

● 구연정보

조사일시 : 2016. 12. 14(수) 오전
조사장소 : 서울시 용산구 용산동
제 보 자 : 툭스자르칼 [몽골, 여, 1976년생, 결혼이주 12년차]
조 사 자 : 오정미, 이원영, 이승민

● 구연상황

제보자는 동물에 관한 이야기를 계속 이어나갔다. 닭이 새벽에 우는 걸 한국에서는 뭐라고 하는지 물은 다음 제목이 〈닭이 새벽에 우는 이유〉라면서 이야기를 시작했다. 시간이 흐를수록 설화 구술에 더욱 적극적인 모습을 나타냈다.

● 줄거리

옛날에는 닭이 공작새의 깃털을 가지고 있었다. 공작새가 닭의 깃털을 빌려간 후 지금까지 그 깃털을 돌려주지 않았고, 그때부터 닭이 새벽마다 공작새에게 깃털을 빨리 가져오라고 소리 질렀다. 닭이 새벽마다 우는 데는 이런 이유가 있다.

옛날에 원래 부처님이 닭을 만들 때 공작새처럼 그렇게 뒤에 날개처럼, 공작새 뒤에 그 펴지는 날개가 원래 닭이 가지고 있었대요. 닭이 가지고 있었는데, 그거를 인제 공작새가 어느 날 본 거예요. 닭을 본 거예요.

"어! 너무 멋있다."

그래가지고,

"닭아, 나한테 한 번만 도와주라. 나 내일 결혼식도 가야 되는데

네 꼬리 갖고 한 번 자랑하고 올게. 그래서 나 자랑할 것도 하나도 없는데. 나 아무것도 없는데 좀 자랑하게 좀 하루만 빌려주라."

그랬대요.

"알았어. 그러면 네가 꼭 내일 새벽에 일찍 갖고 와라. 안 그러면은 다른 사람들도 볼텐데 '닭이 왜 이렇게 꼬리가 없지?'라고 생각할 거니까 일찍 와라."

이러니까. 알았다고 하고 약속 갔는데, 그때부터 안 온 거예요. 안 오고.

그때부터 인제 닭이 새벽부터 공작새가 빨리 갖고 오라고, 시간 됐다고 빨리 갖고 오라고. 그래서 새벽에 우는 이유가 그거래요. 그렇게 크게 우는 이유가 그거래요.

까마귀가 검은 이유

● 구연정보

조사일시 : 2017. 06. 02(금) 오후
조사장소 : 강원도 원주시 개운동
제 보 자 : 수흐바타르 [몽골, 여, 1966년생, 결혼이주 16년차]
조 사 자 : 박현숙

● 구연상황

제보자가 〈까치의 치즈를 빼앗은 여우〉 구연을 마친 뒤 조사자가 몽골에 동물 이야기가 많은 것 같다고 하자 스마트폰을 검색하더니 다른 동물 이야기를 시작했다. 구연을 마친 뒤 조사자의 요청에 따라 몽골의 까마귀 울음소리를 해보이기도 했다.

● 줄거리

옛날에 까마귀는 깃털과 목소리가 매우 아름다웠다. 아름다운 까마귀와 친해지고 싶었던 까치가 예쁜 집을 지어서 같이 살자고 제안했으나 까마귀는 거만한 태도로 거절했다. 까치가 혼자 예쁜 집을 짓고 많은 새끼를 낳아 행복하게 사는 걸 본 까마귀는 까치의 행복을 질투해서 까치집을 불태우려고 했다. 까마귀가 불씨를 물고 가던 중 몸에 불씨가 겨 붙는 바람에 아름다운 깃털은 모두 타서 새까맣게 되었다. 까마귀는 지친 몸으로 바위에 앉아서 울다가 아름다운 목소리도 잃었다.

옛날 옛날에, 옛날 옛날에, 그 까치와, 까치와 까마귀가 만났어요, 나무 위에서. 그때 옛날 옛날에 까마귀가 엄청 예뻤어요. 색깔도 예뻤고, 그 머리 위에도 그 꿩처럼 여러 색 있었어요.

근데 그 까마귀를 보고 까치가 친구하고 싶어가지고,

“우리 그 이쁜 집, 나무 위에 이쁜 집 지어가지고 같이 살자.”

라고 했어요. 그랬더니,

“나는 너보다 이쁘니까 너랑 같이 안 살아요. 나 혼자 살아요.”

라고 말했어요.

그랬더니 까치가 이쁜 집 이거 짓고 새끼 많이 낳고 행복하게 살고 있었어요. 그랬더니 까마귀가 날라왔어요. 그래가지고 보고 엄청 질투했어요. 부러워했어요. 왜냐면,

‘나보다 이렇게 이쁜 집에서 살 수 없어요. 이 이쁜 집을 불태우고 싶어요.’

라고 나쁜 마음 먹었어요.

그래서 불태울려고 불을 이렇게 입에 물고 갔다가 자기 태웠어요, 자기를. 자기를 태워가지고 이쁜 색깔도 없어지고 머리 위에 이쁜 그 컬러도 없어졌어요.

그래가지고 어떤 바위에 앉아서 탄 이거 몸이 너무 지쳐가지고 앉았어요. 그러더니 이쁜 목소리 냈어요, 옛날에. 그러더니 이쁜 목소리도 없어졌어요. 그래서 그 꼬악 소리 밖에 못 했어요. 그래서 까마귀가 아예 꺼먼색이 돼버렸어요. 그래서 까마귀라고 불려요. [조사자: 아, 그리고 목소리도 안 좋아지고?] 예.

[조사자: 그 몽골에서도 까마귀는 까악, 까악 울어요?] 예. [조사자: 몽골도?] 예. [조사자: 까치는 어떻게 울어요?] 까치? 까치는 몰라요. 까치는 그렇게 소리, 소리 까치 소리 안 냅니다, 거의. [조사자: 까치 소리는 잘 안 내고 까마귀는 까악, 까악 이렇게?] 네. 그 새는 새 있잖아요. 찝찝찝찝, 찝찝찝찝, 쮸. 이렇게. [조사자: 찝찝찝쮸 이렇게.] 예, 그렇게 해요. [조사자: 소리도 비슷해요. 한국 (새)소리랑.] 찝찝찝쥬.

박쥐가 동굴에서 사는 이유

● **구연정보**

조사일시 : 2018. 02. 13(화) 오전
조사장소 : 인천광역시 부평구 갈산1동
제 보 자 : 멀얼게렐 [몽골, 여, 1983년생, 결혼이주 14년차]
조 사 자 : 오정미, 한상효, 엄희수

● **구연상황**

부평구에 위치한 카페에서 제보자를 두 번째로 만나 조사를 시작했다. 딸과 함께 나온 제보자와 안부 인사를 마친 후 본격적으로 조사가 진행되었다. 제보자는 준비해 온 박쥐 이야기를 먼저 들려주었다.

● **줄거리**

날개가 있는 날짐승들과 걸어 다니는 들짐승들이 편을 나누어 싸웠다. 박쥐는 날짐승들이 이긴다 싶으면 날짐승 편에 가서 응원하고, 들짐승이 이긴다 싶으면 들짐승 편에 가서 응원했다. 이후 날아다니는 동물과 걸어 다니는 동물이 각각 동물 명단을 만들었는데 박쥐는 어느 쪽 명단에도 들어가지 못했다. 그 이후로 박쥐는 창피해서 동굴에 들어가서 살게 되었다.

옛날, 아주 옛날에 동물들이, 짐승들이 세상에 있는 모든 짐승들이 싸웠어요, 서로. 날아가는 날짐승들하고, 걸어가는 짐승들 이렇게 양쪽으로 갈라져서 누가 힘이 세냐 이렇게 싸우는 거예요. 그래서 날아다니는 새나 뭐 이런, 여러 가지 모든 새들이 다 위에서 부리로 막 쪼고 동물들을. 그래서 걸어다니는 동물, 막 사자 이런 것들은 막 발로 치고서 막 싸우는 거예요.

그런데, 박쥐는 유독 이렇게 어느 쪽에도 안 들어가고. 새들이

날짐승들이 이긴다 싶으면 가서,

"나도 새야."

이러면서 같이,

"이겨라!"

뭐 이렇게 응원해줬어요. 응원해주고 있다가 조금 있다가 그 걸어다니는 짐승들이 이긴 거 같으면 가서,

"나도 이빨도 있구, 발두 있구. 나도 그냥 짐승이야."

이렇게 하구서 같이 그래가지구 그쪽에 가서 또 응원하구 그러는 거예요.

그래서 동물들도 아무리 싸워도 그거를 보고서, 기분 나빠가지구. 이제 결국 오랫동안 싸우다가 끝났어요. 끝이 나구, 이제 동물들이 신이 다 확인하는 거예요. 동물들이 뭐 얼마나 죽었고, 살았고 어떻게 됐는지. 기록하고 있는데, 거기 기록 안에 있는 동물, 남은 동물들 이름 다 들어가잖아요.

근데 박쥐 이름이 안 들어가는 거예요. 그래서 어디 갔나 했더니 아무도 못 찾은 거예요. 그런데 박쥐가, 찾아가지고 물어보니까 얘는 이빨이 있다고 자기가 짐승이라구 이쪽에 가다가, 날개 있다구 새들쪽에 들어갔다가 이렇게 해서 새들은 얘를,

"새를 받아주지 말라."

고 하고, 그냥 동물들, 그 걸어다니는 동물들은,

"얘는 날개 있으니까 새야."

이렇게 하고서 안 받아주고.

그래서 얘가 챙피한 거예요. 챙피해가지구 동물들 만나기 부끄러워서 동굴 속으로 들어가가지구. 그래서 동물들이 없을 때 밤중에 나오고 뭐. 낮에는 동굴에 가서 숨어 있구 그렇게 됐다구. 그런 얘기가 있었어요.

[조사자 1: 그, 몽골에도 박쥐가 많은가요, 선생님?] 네, 많아요. 많고. 그 북쪽이나 그쪽으로 가면 동굴들이 많아요. 동굴 산 쪽에, 거기도 큰 것도 있고, 우리 별장에 가면 조그만 박쥐들도 있고. [조사자 1: 음, 그렇구나.]

낙타의 뿔이 없어진 유래 [1]

● 구연정보

조사일시 : 2016. 12. 14(수) 오전
조사장소 : 서울시 용산구 용산동
제 보 자 : 툭스자르칼 [몽골, 여, 1976년생, 결혼이주 12년차]
조 사 자 : 오정미, 이원영, 이승민

● 구연상황

제보자가 몽골의 민담집을 보며 다시 이야기를 시작했다. 조사자가 어떤 이야기를 고르는 것인지 묻자 몽골의 여러 이야기 가운데 자신이 알고 있었던 익숙한 이야기를 선택하는 것이라고 했다. 낙타와 사슴에 관한 이야기를 시작했는데 잘 아는 이야기라며 책을 보지 않고 술술 이야기를 풀어나갔다.

● 줄거리

옛날에 부처님이 사슴과 낙타를 동시에 만들다가 낙타의 불알까지 사슴에게 다 줬다. 화가 난 낙타가 부처님께 불알을 달라고 하자 부처님이 뒤돌아 있는 낙타에게 불알을 던졌고, 그래서 낙타의 불알은 궁둥이 뒤에 붙게 되었다. 그 때 사슴은 본래 뿔이 없었는데, 낙타의 뿔이 부러워 하루만 빌려가겠다고 했다. 뿔을 빌린 사슴은 뿔을 돌려주기 싫어서 산속 깊이 들어가 살았다. 사슴의 뿔은 자기 것이 아니라서 1년에 한 번씩 떨어진다. 낙타가 물을 먹을 때 고개를 한 번씩 드는 것은 사슴이 왔는지 보기 위해서라고 한다.

부처님이 사람도 만들고, 동물도 만들고 그랬는데, 사슴하고 낙타를 만들었대요. 동시에 만들면서 낙타의. 우리나라 낙타를 보셨어요? 아니 그냥 낙타. [조사자 2: 네. 동물원에서 봤어요. 등 이렇게 굽은.] 네!

그래서 낙타를 만들면서. 낙타하고 사슴을 동시에 만들면서 낙타의 불알을 빼먹었대요. 못 만들고. (웃음) [조사자 1: 아! 낙타의 불알을?] 네. 깜빡하고 못 만든 거예요. 그리고 인제 사슴을 만든 거예요. 그래서 인제 낙타가 인제 부처님한테 가가지고.

"나한테 뭐가 빠졌는데, 그거 달라."

그랬더니,

"알아서 줄게. 네가 가 있어. 나 지금 바쁘니까 줄게."

그래가지고 일하다가 뒤에서 던졌다고. 그러니까 낙타의 불알이 뒤에 있다고. 동물들은 다리 중간에 있잖아요? 낙타 거 뒤에 나와 있어서. 그래서 부처님이 뒤에서 던졌다고.

아! 이걸 빼먹었네요. 낙타하고 사슴을 동시에 만들었는데 사슴하고 낙타한테 나눠 줄 불알을 인제 사슴한테 다 준 거예요. 그랬더니 낙타가 와서 달라 그러니까,

"어 없다."

그러니까,

"내 덩치가 큰데 없을 수가 있냐?"

이랬더니,

"조그마한 거 있긴 있는데 받으면 받아. 안 받으면 그만이지."

하고 던져줬다고. 그래서 그렇게 되었다고.

(잠시 낙타에 대한 다른 이야기를 함.)

사슴이 그때 부처님이 만들 때 뿔이 없이 만들었는데. 그래서 부처님이 사람들한테 남은 거 나눠준다고 그 이야기를 들어가지고 사슴이 가서,

"나한테도 줄 거 없냐?"

그랬더니,

"줄 거 없다."

이랬더니,

"나도 이렇게 덩치도 크고 좋은데, 나도 여기 뿔이 있었으면 좋겠다."

이랬더니,

"낙타한테 가 봐. 낙타는 덩치도 크고 다 많이 가졌다."

그랬더니,

“낙타한테 가서 뿔을 빌려봐.”

그랬대요. 그래서 인제 사슴이 낙타한테 가가지고.

“나 내일 어디 좀 가야 되는데 하루만 네 뿔을 가지고 내가 좀 자랑하고 올게. 하루만 빌려주라.”

그랬더니.

“알았다.”

그래가지고 빌려주었대요. 그래서 그 이후로 사슴이 산속으로 들어가서. 낙타한테 뿔을 안 줄라고 산속으로 멀리 도망가고.

그래서 원래 사슴이 부처님이 만들 때 ‘자기 꺼’라고 했으면 안 떨어질 텐데, 일 년 돌아가면서 한 번 사슴뿔이 떨어져요. 완전 떨어져요. 자기가 원래 떨어지는 거예요. 그래서 본인 거 아니고 자기 거 아니니까 다른 낙타 거라 한 번 떨어진다.

그렇게 되고, 그리고 인제 낙타가 이렇게 물 먹으면서 우리도 그 어릴 때부터 봐가지고. 물 먹고 꼭 바로 이렇게 머리를 들어요. 그래서 그거를,

‘아 물먹고 있을 때 사슴이 뿔을 주러 왔나?’

확인하려고 바로 이렇게 본다. 그래서 또 시골 사람들이,

“왜? 사슴 왔어!”

이렇게 그런다고. 그런 뜻이 있어요.

낙타의 뿔이 없어진 유래 [2]

● **구연정보**

조사일시 : 2017. 02. 23(목) 오전

조사장소 : 인천광역시 부평구 갈산동

제 보 자 : 바야르사이한 [몽골, 여, 1966년생, 결혼이주 10년차]

조 사 자 : 조홍윤, 황승업, 김자혜

● **구연상황**

몽골인들의 말(馬)에 대한 특별한 사랑에 대해 설명한 뒤 유목민족의 특성상 낙타에 대한 이야기가 많다면서 낙타의 뿔이 없어진 유래에 대한 구연을 시작했다. 문화 수업을 위한 준비과정에서 접하게 된 이야기라고 했다.

● **줄거리**

낙타에게는 원래 아름다운 뿔이 있었다. 그런데 모임에 참석하려고 뿔을 빌려간 사슴이 뿔을 돌려주지 않아 현재 낙타에게는 뿔이 없다. 사슴은 뿔을 빌려가면서 물을 마시러 올 때 돌려주겠다고 했는데, 아직 돌려받지 못한 낙타는 물을 마실 때마다 사슴이 왔는지 살피기 위해 목을 길게 빼서 두리번거리게 되었다.

낙타 이야기들이 되게 많았어요, 낙타. 왜 낙타 이게, 뿔이 되게, 뭐지? 사슴? 사슴처럼 이렇게 아름답게 예쁘게 있었대요. 옛날에 [조사자 2: 옛날에는?] 응. 근데 몽골에서 그 동물들이 이렇게 숲속에서 이렇게 만나서 누구누구한테,

"너는 그런 거니까 이거 예쁜 거 준다."

이렇게 ,이렇게 해서 하늘에서 오는 누구가 그렇게 예쁘게 만들었다고 하는데, 낙타가 옛날에 이렇게 사슴한테 빌려줬대. 뿔 빌려줘

서 걔는 어떤 모임이 있을 때 내가 예쁘게 할려고 낙타에(게)서, 그 뿔 빌려줘서 이제,

"물 먹을 때, 먹으러 올 때 내가 준다."고.

했는데 걔가 안 줘가지고 아직까지 물 먹으면서 낙타가 되게 (목을 길게 빼서 두리번거리는 시늉을 하며) 이렇게 봐요, 진짜로. 그래서,

"아직까지는 뿔 안줬다."

이런 이야기 있어요.

[조사자 1: '사슴 어디 오나?' 이렇게?] 어.

'사슴이 왜 내 뿔 안 주고 아직까지.'

그 낙타 이야기 되게 많아요, 낙타들이. 그런 그 동물 얘기 되게 많아요, 몽골에. 뭐 그 또

"낙타하고 누구한테 뭐 보내줬다 했다."

그런 동물들의 얘기가 많아요.

"누구한테 뭐 빌려줬더니 그게 아직까지 안 와서 그렇게 생겼다."

이런 이야기들이, 동물 이야기들이, 왜냐면 유목민들이기 때문에, 몽골 사람들이.

낙타의 뿔이 없어진 유래 [3]

● **구연정보**

조사일시 : 2018. 02. 12(화) 오전
조사장소 : 서울시 종로구 서린동
제 보 자 : 게델마 [몽골, 여, 1972년생, 결혼이주 14년차]
조 사 자 : 김정은, 황승업, 강새미

● **구연상황**

제보자가 이주 생활담을 구술한 뒤 조사자가 설화 구연을 청하자 몽골의 유명한 이야기라며 구연을 시작했다.

● **줄거리**

옛날에는 사슴이 아니라 낙타에게 뿔이 있었다. 낙타는 눈도 동그랗고 멋진 뿔도 있어서 동물들이 부러워했다. 낙타는 자기가 세상에서 제일 예쁘다고 생각하며 머리를 높이 들고 다녔다. 어느 날 사슴이 낙타에게 와서 모임에 가는데 필요하다며 뿔을 빌려갔다. 사슴은 모임에 다녀온 후 낙타에게 뿔을 돌려주었다. 이후에도 몇 번 뿔을 빌려간 사슴은 뿔을 제때 잘 돌려주었다. 어느 날 다시 사슴이 뿔을 빌려가면서 해가 질 때 호수에서 만나 돌려주겠다고 약속했는데 영 돌아오지를 않았다. 지금도 낙타는 물을 천천히 마시면서 혹시 사슴이 오는지 멀리 바라본다고 한다.

몽골에서는 낙타 이거 아 뭐라 그러지 이거. [조사자: 혹?] 아 혹, 혹이 있잖아. 혹이 있는 낙타가 몽골에 있고, 또 다른 데는 어딘가 있긴 하는데 아무튼 몽골에 많이 있어요.

낙타는 옛날 옛날에는 이거 풀 있잖아. 사슴에 있는 풀. [조사자: 뿔.] 뿔이 있었던 거예요. [조사자: 아, 낙타에게 뿔이 있었어요?] 옛날, 옛날에. 네, 사슴이 아니고 낙타에 뿔이 있어가지고 너무 아름답고,

그리고 눈도 예쁘잖아. 눈도 동그랗고 그렇게 예쁜데. 그 동물들이 아주 부러워했었대. 낙타가 제일 예뻐 가지고. 자기도

'난 제일 예쁘다.'

라고 하면서, 이렇게 또 갈 때는 막 얼굴을, 뭐라 그래야 되지?

[조사자: 이렇게 막 뽐냈어요?] 아니 좀 잘난 사람들이 얼굴을 조금 이렇게 높게 다녔었잖아, 다니잖아. 그렇게 다녔었는데. 왜냐면,

'나는 제일 예쁘다.'

라고 해서.

그렇게 다녔는데, 사슴이 한 번 낙타한테 와서 부탁했는 거야.

"낙타야 나 파티에 가야 되는데 너 이렇게 아름다운 뿔을 나한테 한 번 빌려주면 안 될까?"

라고 하는 거예요. 그래서 낙타가,

"그래 알았어. 한 번 줄게."

라고 해서 그래서 사슴이 한 번 사가지고 가서 파티를, 파티해서 이제 오는 거야. 그래서 줬어.

"감사해. 나는 오늘 너 덕분에 너무 아름다웠다."

그런 거예요 사슴이.

그래가지고 다음에 또 두 번이나 부탁하는 거 같아. 다음에도 사슴이. 그래서 또 갖다 주니까, 약속을 잘 지키니까 낙타가 또 사슴을 빌려줘 가지고 두 번씩 왔다 갔다 했는데. 마지막으로 사슴이,

"또 오늘 또 갑자기 필요하게 됐다. 너 한 번 뿔을 나한테 좀 빌려주라."

그랬더니,

"그래 알았어. 그럼 너는 언제 우리가 만나서 이 뿔을 나한테 갖다 줄 거야?"

라고 하니까, 저기 사슴이. 호수 있어요, 큰 호수.

"큰 호수에 해가."

해가, 뭐지. [조사자: 해가 떠오를 때?] 아니 떠오를 때 아니고. 지나가, 뭐지? 질 때인가? 아 그렇지.

"해가 질 때쯤에 내가 뿔을 갖다 줄게."

라고 하고 가는 거예요.

그랬더니 안 왔어요, 사슴이. 사슴이 안 왔어.

그 후에부터 낙타가 있잖아. 강이나 호수 갈 때 물 마시면서 이렇게 먼 곳을 바라보는 거 있잖아. 그거는 그 사슴을 지금까지 기다리고 있다.

"니 뿔을 줘야 된다."고.

그런 이야기 있어요.

낙타의 뿔이 없어진 유래 [4]

● **구연정보**

조사일시 : 2018. 02. 13(화) 오전
조사장소 : 인천광역시 부평구 갈산1동
제 보 자 : 멀얼게렐 [몽골, 여, 1983년생, 결혼이주 14년차]
조 사 자 : 오정미, 한상효, 엄희수

● **구연상황**

제보자가 〈엄마 바위〉 구연을 마친 후 비슷한 이야기가 또 있느냐고 묻자 잘 떠오르지 않는다고 했다. 조사자가 몽골의 영웅에 대한 이야기를 물었으나 제대로 기억나지 않는다면서 고민하다가 낙타와 관련된 이야기를 시작했다.

● **줄거리**

옛날에 사슴은 뿔이 없고 낙타에게 뿔이 있었는데, 어느 날 사슴이 낙타의 뿔을 부러워하며 뿔을 빌려갔다. 하지만 사슴은 약속을 어기고 뿔을 돌려주지 않았다. 사슴의 뿔은 자기 것이 아니라서 1년에 한 번씩 떨어진다. 낙타는 사슴이 왔는지 확인하기 위해 물을 먹을 때마다 고개를 한 번씩 들게 되었다. 한편, 말도 낙타에게 긴 꼬리를 빌려 가서 돌려주지 않았다. 그래서 말과 낙타의 사이가 안 좋게 되었다.

낙타가, 그, 우물이나 이런 데 가면. 낙타는 원래 멀리를 보는 동물이잖아요. 그래서 우물 이런 데를 가면 한참 오랫동안 멀리 지켜보면서 되게 천천히 물 마셔요. 그런 이야기도 되게 짧아요. [조사자 1: 어 괜찮아요. 해주세요 선생님. 낙타가 물을 천천히 마신다구요?]

음, 일단 제가 이야기할게요. 그래서 음, 또 아주 옛날에 늑대, 아니 낙타가 원래 이렇게 사슴 뿌리(뿔)를 가지고 있었대요. 사슴에 있는 부리? 뿌리? [조사자 1: 뿔?] 뿔을 이렇게, 뿔을 가지고 있었는데. 되게 자기가 몸집도 크고, 뿔도 있고 그러니까 너무 멋있는 거예요. 동물들도 다

"너 너무 멋있다."

이렇게 이야기해주니까 너무 좋아가지구 그래서 되게 막, 거들먹거리면서 가고 이러고 있는데. 어느 날, 동물들의 모임이 한다고, 동물들이 다 모여서 만날 거니까 사슴이 와 가지구

"내가 뿔, 멋있는 뿔도 없구 꼬리도 없구 너무 보여줄 거 없어서 나 한 번만 저 뿔을 좀 빌려달라. 내가 한 번만 예쁘게 꾸미고서 돌려줄게."

이렇게 얘기하는 거예요. 그랬더니 그, 낙타가

"그러면 딱 하루만 쓰고 다시 돌려줘라."

해가지구 그래서 줬어요, 주구서. 그랬더니 사슴,

"그러면 우리 내일 우물에서 만나자. 우물에 물 먹으러 올 때 만나서 내가 다시 돌려줄게."

이렇게 얘기한 거예요.

그런데 낙타가 또, 말 꼬리 있죠? 낙타는 이렇게 조그만 꼬리 있는데, 말이 긴 꼬리 있어요. 그래서 그런 꼬리도 있었어요 낙타가. 그랬더니, 그러고 있는데 말이 온 거예요. 말이 와가지구,

"낙타야 너두 키도 크고, 멋있고 하니까 나 꼬리좀 빌려줘라. 그러면 나 내 갈기랑 같이 꼬리로 해서 멋있게 동물들의 모임에 갔다올게."

그렇게 얘기하는 거예요. 그래서, 그랬더니 낙타가,

"내일 꼭 빌려줘라(돌려줘라)."

하고서 빌려줬어요.

빌려줬는데, 그래서 낙타가 계속 기다리는 거예요. 이렇게 멀리 쳐다보면서.

'얘네들 언제 오나?'

이렇게 보다가, 우물가에 갔어요. 다음날이 되어가지고, 우물가에 갔는데. 기다리는 거예요, 계속. 아무리 기다려도 안 오는 거예요,

사슴이. 사슴은 나타나지 않구. 그래서 물 먹고 한 모금씩 먹고, 한 모금씩 먹고 멀리 보구 이러는데도 안 와요. 그래가지구 가끔 낙, 그래서 낙타가 그때부터 항상 멀리를 이렇게 보는, 보게 되구. 또 가끔 물 먹고 이러면 눈물 흘려요, 낙타가. 그래서 눈물도 흘리구.

또, 그래서 사슴은 그래서 자기 그런 멋있는 뿔이 생겼는데, 사슴은 이렇게 몇 년 되면 뿔이 떨어지잖아요. 뿔 갈이를 해요. 그리고 또 다시 자라면 또 자기, 그래서 때가 되면 뿔이 떨어지구. 그래서 자기, 원래 자기 거 아니기 때문에 때가 되면 떨어지는 거예요. 이렇게 하고.

그래서 그러더니 말이 또 꼬리를 안 갖다 주는 거예요. 그래서 낙타는 몸은 큰데 꼬리는 이만해요. 이만해가지구 되게 조그매요 꼬리가. 그래가지구 낙타가 말하고 사이가 그렇게 좋진 않아요. 물론 같이 있으면 그런 신경 안쓰는데 가끔, 양이나 염소는 항상 이렇게 섞여 있는데 말하고 낙타는 항상 떨어져 있거든요. 어떻게든 분리가 돼 있어요. 그래서, 그래서 둘이 항상 분리가 돼 있다구. 그렇게 하는 그런 얘기 있었어요. (웃음)

[조사자 2: 다 뺐겼네요. 뿔도 뺏기고, 꼬리도 뺏기고.] [조사자 1: 빌려주면 안 돼.] (웃음) 그래도 자기는, 낙타도 되게 잘난 척하다가 다 없어지구. (웃음) 낙타도 되게 울어요. 눈물도, 엄청 큰 눈에서 막 뚝뚝 떨어지면서. 보면은. [조사자 1: 아, 울 때 진짜 눈물이 나와요?] 네. 아까 그 마두금 있잖아요. 그거 연주하면 낙타가 막 울어요. 울면 그거 보는 사람들 다 울어요.

[조사자 1: '저 놈이 내 꼬리를 가져갔어.' 그래서 우나?] [조사자 2: '마두금은 내 꼬리로 만든 건데.'] (일동 웃음) 그래서, 낙타가 그렇게 됐대요.

낙타의 뿔이 없어진 유래 [5]

● 구연정보

조사일시 : 2018. 05. 17(목) 오후

조사장소 : 경기도 하남시 덕풍동

제 보 자 : 바트 [몽골, 남, 1986년생, 이주노동 9년차]

조 사 자 : 김정은, 황승업

● 구연상황

제보자가 〈둥근 빵 칼라복과 꾀쟁이 여우〉에 이어 징기스칸의 조상 중에 눈이 세 개 있는 사람 이야기를 짧게 했다. 조사자가 동물과 관련된 이야기를 묻자 잘 기억이 안 난다고 하다가 낙타와 관련된 이야기가 생각났는지 구연을 시작했다.

● 줄거리

옛날에는 낙타에게 뿔이 있었다. 하루는 사슴 한 마리가 낙타에게 와서 자기가 모임에 가는데 좀 꾸미고 싶다며 뿔을 빌려달라고 했다. 사슴은 그렇게 뿔을 빌려가고는 도망가고 안 나타났다. 그래서 낙타는 현재 뿔이 없으며, 사슴을 부르며 운다고 한다.

아, 옛날에 낙타가 그 뭐지? 뿔이 있었다고 그런 얘기 혹시 들으셨어요? [조사자 1: 예, 낙타가 뿔이 있었는데.] 그 얘기 혹시 들으셨어요? [조사자 2: 한번 해주세요.]

그 뿔이 있었는데. 그것도 좀 정확히 모르는데. (웃음)

어떤 사슴이 좀 나와 가지고 어떤 파티에 가고 싶은데, 너무 멀쩡한, 저기 너무 허전하다고. 그래서 좀,

"한번 빌려 달라."고.

가지고 가서 뭐 도망갔다고 그런 얘기도 있어요.

[조사자 2: 원래는 낙타 뿔이었는데, 뿔을 사슴이 가지고 갔었군요.] 네. 그래서 낙타가 지금 뿔이 없고. 그래서 뭐 그거 사슴을 부르고 뭐 울음소리 뭐 한다고. (웃으며) [조사자 1: 그 사슴을 부르려고 울음소리를 낸다고.] 네, 그런 사슴을 부르고. 그런 얘기도 있고.

낙타의 뿔이 없어진 유래 [6]

● 구연정보

조사일시 : 2019. 01. 07(월) 오후
조사장소 : 강원도 춘천시 효자동
제 보 자 : 툽신자르갈 [몽골, 여, 1988년생, 결혼 6년차]
조 사 자 : 박현숙

● 구연상황

제보자가 〈타이하르 바위 유래〉 구연을 마친 뒤 이런저런 이야기를 생각해 보다가 조사자가 제보자에게 낙타의 뿔에 대해 언급하자 낙타의 뿔이 없어진 이유에 관해 구연을 시작했다.

● 줄거리

옛날에는 낙타에게 뿔이 있었다. 어느 날 숲속에서 파티가 열렸는데 낙타는 참가하지 않았다. 그러자 뿔이 없는 사슴이 낙타에게 가서 뿔을 빌려달라고 했다. 낙타는 사슴에게 뿔을 빌려주었는데, 사슴이 뿔을 돌려주지 않았다. 그래서 낙타는 사슴이 언제 뿔을 돌려주러 오나 하고 목을 길게 빼고 기다리다가 목이 길어졌다.

[조사자: 낙타가 옛날에 뿔이 있었어요?] 네. [조사자: 뿔이 있다가 없어진 이유가 있어요? 지금은 없잖아.] 옛날에는 있었던 게 아니라, 그 이야기는.

지금 사슴이 뿔이 있잖아요. 사슴 뿔이 옛날에 낙타 뿔이었다고. 그렇게 재미있게, 재미로 나온 이야기인 것 같아요, 그게. 근데 그게, 근데 민담이긴 한데, 그게 그 이야기는 들어보셨나요? [조사자: 아뇨 못 들어봤어요.] 아 그래요?

그게 그 원래 낙타가 이렇게, 이렇게 뿔이 있었는데. 그 거기 숲 속에 동물들이. 아니, 동물들이 숲에서 파티를 한다고 그래서 여러 가지 이쁘게 꾸미고 뭐 이렇게 갔는데. 낙타가 거기 파티에 안 간다고 그래서 사슴이 낙타한테 찾아가서,

"파티 안 갈 거면 그 뿔을 좀 하루만 빌려주시면 안 될까요, 이렇게 좀 이쁘게 갔다 올게요."

했는데.

"그래 쓰고 갔다 와."

이렇게 주는데 사슴이 다시 안 갖다 줬다고 그런 이야기예요. 그래서 낙타는, 낙타는 그,

'자기 뿔을 언제 갖다 주나.'

하고, 계속 이렇게 쳐다보고, 쳐다보고.

사슴을 기다리다가 목이 길어졌다고 그런 이야기도 있고. [조사자: 아. 재미있네.]

호랑이 털이 얼룩덜룩한 이유 [1]

● **구연정보**

조사일시 : 2016. 11. 03(목) 밤
조사장소 : 서울특별시 동대문구 이문동
제 보 자 : 툭스자르칼 [몽골, 여, 1976년생, 결혼이주 12년차]
조 사 자 : 오정미, 이원영

● **구연상황**

준비한 책 자료를 보면서 구연을 시작했다. 제보자는 많은 아이들이 봤으면 좋겠다는 생각에 이 이야기를 번역하여 현재의 직장인 '아시안허브'에서 동화책을 출간한 바 있다. 하지만 책에 본인이 담고자 한 원래 내용이 충분히 반영되지는 못했다고 했다. 이번에 구연한 자료에는 빠진 부분이 없다고 말했다.

● **줄거리**

아버지 호랑이가 아들 호랑이에게 사람은 너무 똑똑하니 가깝게 지내지 말라는 유언을 남기고 죽었다. 그래도 사람이 궁금했던 아들 호랑이가 길을 떠났는데 제일 먼저 야크를 만났다. 호랑이는 야크에게 사람이냐고 물었고, 야크는 자신 사람이 아니며 사람은 자기에게 일을 시키는 주인이라고 했다. 사람과 힘겨루기를 해보고 싶다는 호랑이에게 야크는 그러지 마라고 경고한 뒤 떠났다. 다음으로는 낙타와 만났는데 낙타도 야크와 같이 대답했다. 사람을 만나는 일에 겁을 먹은 호랑이가 드디어 사람을 만났다. 호랑이가 사람에게 지혜로움과 힘을 달라고 하자 사람은 집에 두고 왔다며 다녀오겠다고 했다. 그러면서 뒤돌아서 갈 때 호랑이가 잡아먹을까 봐 걱정이 된다면서 호랑이를 나무에 묶어놓고 가는 것으로 합의를 봤다. 호랑이를 나무에 묶은 사람은 집으로 가지 않고 나무 밑에 불을 붙였다. 그러면서 이것이 나의 지혜로움이고 힘이라고 했다. 호랑이는 이때 불에 그슬려 얼룩덜룩한 털가죽 무늬를 가지게 되었다고 한다.

'사람이 똑똑하다'라는. [조사자: 사람이 똑똑하다?] 사람이 동물보다 똑똑하다. 이제 요즘에 진짜 사람들한테 좋은 이야기인 거 같은데. 너무 사람인데도 생각하면서 실없게 살 수 있는데, 동물처럼 사는 사람들이 너무 많아서.

그래서 제가 이거를 동화책 중에서, 동화 중에서 제가 뽑았어요. [조사자: 이게 몽골의 아주 옛날 얘기?] 이제 동화라고 봐야죠. 이제 '호랑이가 알록달록 된 이유'라고 된 동환데.

인제 늙은 호랑이가. 호랑이 할아버지가 돌아가시기 전에 자기 아들 호랑이한테, 이제 인간이라는, 인간하고 사람하고. 뭐 인간이라고 여기 나오는데,

"사람하고 가깝게 하지 말아라. 너무 똑똑하니까. 사람하고, 똑똑하니까, 사람하고 가깝게 하지마라라. 아주 멀리 살아라."

해가지고 그런 말씀 해가지고 인제 가셨어요. 가셨는데, 그 아들이, 그 아들 호랑이가 못 참아가지고.

'그 사람이라는 동물이 어떤 동물일까? 진짜 알고 싶다.'

그래가지고 그래서 사람을 만나러 다니는 거예요. 이제 사람을 찾으러 가는데, 뿔도 인제 두꺼운 뿔을 가진 그런 덩치 큰 동물을 만난 거예요.

'아 얘는 사람인가보다.'

만나서,

"야, 사람아. 우리 좀 힘을 좀 봅시다. 누가 제일 힘이 세냐? 그게 더 똑똑하다며? 힘이 세다며?"

그 동물이 뿔이 있는, 두꺼운 뿔이 있는 동물이,

"나는 사람이 아니다. 사람이 내 주인이다. 나는 나를 '야크'라고 한다. 그래서 사람은 내 주인이다. 나를 이제 자기 일을 할 때 쓴다."

그래서 인제,

"사람을 왜 찾느냐?"

그래서,

"힘을 보고, 서로 힘을 보고 싶다. 누가 더 힘이 센지 보고 싶다."

이렇게 해서 이렇게 했더니.

“그런 생각하지 말아라.”

했더니.

“알았다.”

그러고선,

“그래도 난 찾으러 갈 거야.”

그러고 또 가는데, 또 엄청 덩치 크고 그런 힘도 센 그런 동물 만났는데,

‘아 얘는 사람인가 보다. 진짜 덩치 크다. 힘도 세다.’

그랬더니,

“야 사람아. 우리 힘 좀 붙여 봅시다.”

인제 했더니,

“누가 힘센지 봅시다.”

그랬더니

“아 나는 사람이 아니고 나는 낙타다. 나를 낙타라 그런다. 사람은 내 주인이다. 모든 인제 삶의 일에 나를 이용한다. 사용한다. 그래서 너는 사람하고, 사람도 내 주인이다, 사람하고 힘을 붙으려고 하지 말라.”

그래서,

‘포기할까보다. 이렇게 덩치도 크고 이런 사람들의 주인이라 하는데, 엄청 무서울 거다. 포기할까?’

이렇게 하고 가고 있는데, 또 조그만 동물을 만난 거예요.

“너는 누구니?”

“나는 사람이다.”

사람이 그 호랑이를 무서워하면서도, 사람이

“나는 사람이다.”

이렇게 얘기를 했대요.

“아 나는 니, 그 저거 지혜로움을 가지러 왔다.”

그렇게 얘기를 한 거예요.

“너도 그렇게 똑똑하다며. 그 똑똑한 지혜로운 생각을 달라. 나 그거 가지러 왔다. 그리고 우리 힘 좀 봅시다. 누가 힘센지 좀 봅시다.”

그랬더니 그렇게 했더니, 사람이,

"네. 알겠습니다. 그럼 제가 제 지혜로움과 제 힘을 집에 두고 왔습니다. 집에 가지러 갔다 오겠습니다."

그러니까(그러고서는) 안 갔대요.

"넌 왜 안가니? 자꾸 왜 돌아보니?"

"내가 가면 호랑이가 나를 잡아먹을까 봐 무서워한다."

그랬대요. 그랬더니,

"그렇게 무서우면 나를 여기 나무에다가 묶고 가주고 가라."

그렇게 했더니 사람이 좋아가지고 인제 묶었대요. 자기 뜻대로 됐으니까.

그래 또 묶어가지고 그렇게 해서 갔는데. 지혜로움을 가지고 온 게 아니고 나무를 가지고 와서 호랑이 묶은, 아 호랑이가 묶어져 있는 그 나무 밑에 태웠대요. 나무를. 그래가지고 인제 가버리는 거예요.

"이건 내 지혜로움과 내 힘이다."

하고 얘기하고 가버리는 거예요.

그 이후로부턴 호랑이가 알록달록 됐다고.

그래서 사람이, 사람이 아무리 덩치 크고 아무리 크고 힘이 세도 동물보다 똑똑하다 그래서, 그 지혜로운 마음과 머리를 갖고 좀 저거하게 살아야 된다. 제대로 올바르게 살아야 된다.

호랑이 털이 얼룩덜룩한 이유 [2]

● **구연정보**

조사일시 : 2017. 03. 24(금) 오후
조사장소 : 강원도 원주시 개운동
제 보 자 : 수흐바타르 [몽골, 여, 1966년생, 결혼이주 16년차]
조 사 자 : 박현숙

● **구연상황**

제보자가 〈낙타가 열두 띠에 들어가지 못한 이유〉 구연을 마친 뒤 호랑이 털이 얼룩덜룩한 이유에 얽힌 이야기도 있다고 했다. 제보자는 어릴 때 러시아 동화책을 읽은 이야기와 성장 후 러시아 어학연수를 다녀온 이야기를 한 뒤 이 이야기 구연을 시작했다. 제보자는 구연을 마친 뒤 어릴 때 많이 들은 이야기라고 했다.

● **줄거리**

옛날에 늙은 호랑이가 죽기 전에 자식에게 사람을 조심하라고 유언을 남겼다. 유언을 들은 호랑이가 길을 가다가 무섭게 생긴 소를 만나서 대결을 신청하자 소는 자기보다 더 끔찍하고 무서운 건 사람이라고 했다. 호랑이가 길에서 나무꾼을 만나 대결을 신청하자 나무꾼은 집에 가서 준비해 올 것이 있다고 둘러댔다. 호랑이는 나무꾼이 안 돌아올까 봐 자신을 밧줄로 나무에 묶어두고 다녀오라고 했다. 나무꾼은 집에서 불을 가져와 나무에 불을 붙였고, 호랑이는 불에 타죽었다. 그때 호랑이 몸을 감싼 밧줄 부분의 털이 타지 않아 호랑이 털에 얼룩덜룩한 무늬가 생겼다.

옛날 옛날부터, 옛날 옛날에 어느 늙은 호랑이가 자기 자식이랑 살고 있었어요. 그래서 눈 감기 전에 유언했어요. [조사자: 유언을 남겼어요?] 유언을 남겼어요.

"이 세상에 제일 무서운 사람이라는 동물이 있어요. 그걸 조심해요."

그렇게 말했어요. 그래서 떠났어요. 하늘나라에 떠났어요. 그래서 호랑이가 어떤 날 길 가다가 어떤 끔찍한 동물을 만났어요. 만나서,

"한 번 붙어보자."

라고 말했어요.

그랬더니 그 소가 그랬어요.

"저보다 그 끔찍한 무서운 동물이 저의 주인이에요. 저의 주인이에요. 우리 만나."

"그러면 그 끔찍한 무서운 동물, 사람이랑 어디서 만날 수 있어요?"

그 말 했어요.

그러더니 나무꾼이 나무를 자르고 있었어요. 그러더니 그 호랑이 왔었어요. 그래서 나무꾼이 좀 무서워했어요. 그랬더니 호랑이가 말 꺼냈어요.

"한번 붙어보자, 사람이랑."

"그러면 그 먼저 그 내가 집에 가서 준비할 게 있어서 집에 갔다 와야 돼. 그래서 그다음에 붙어보자."

고 말했어요, 너무 무서워가지구.

그랬더니 호랑이가 그랬어요.

"저를 여기 나무에 묶어놓으세요."

왜냐면 안 올까 봐. 거짓말하고 안 올까 봐. 그래가지고 묶어놨어요. 묶어놓고 밑에 나무, 작은 나무를 해놨어요. 이따 집에 갔다가 (웃으며) 불을 갖고 와서 태워버렸어요.

그랬더니 이거 호랑이 그 불에 태워버렸는데요. 호랑이 이거 끈을 묶어주고, 그 호랑이 털이 얼룩덜룩해졌어요. 그래서 죽은 듯이 도망갔어요. (웃음)

[조사자: 그니까 호랑이가 이게 끈이 묶여있는 쪽은 안 타구, 그쵸? 끈이 안 묶여진 쪽은 타서 얼룩덜룩해졌구나.] 네네. [조사자: 재밌다. 이 이야기도 어릴 때 많이 듣던 이야기인 거죠?] 네.

호랑이 털이 얼룩덜룩한 이유 [3]

● **구연정보**

조사일시 : 2018. 02. 13(화) 오전
조사장소 : 인천광역시 부평구 갈산1동
제 보 자 : 멀얼게렐 [몽골, 여, 1983년생, 결혼이주 14년차]
조 사 자 : 오정미, 한상효, 엄희수

● **구연상황**

몽골의 문화에 대해 설명한 뒤 제보자가 호랑이가 알록달록한 이유에 대해 자기가 말한 적이 있는지 물었다. 조사자들이 들어보지 않았다고 하자 그 이야기를 시작했다.

● **줄거리**

아버지 호랑이가 죽어가면서 아들 호랑이에게 인간을 조심하라고 주의를 주고 죽었다. 아들 호랑이는 인간이 어떤 존재인지 궁금해서 인간을 찾아 길을 떠났다. 호랑이가 황소와 낙타한테 인간의 지혜에 대해 들은 후 사람을 만났다. 호랑이가 사람에게 지혜를 보여달라고 하자, 그 사람은 지혜를 집에 두고 와서 가져와야 하지만 자기가 돌아서면 호랑이가 잡아먹을 것 같아서 못가겠다고 했다. 그러자 호랑이가 밧줄로 자신을 나무에 묶으라고 하였고, 사람은 호랑이가 묶인 나무에 불을 붙이고 도망갔다. 호랑이는 이때부터 모양이 알록달록해졌고, 인간이 없는 깊은 산속에서 살았다.

옛날 옛날에, 그 호랑이, 어느 호랑이가 살고 있었는데, 호랑이가 나이가 들어서 이제 죽게 되는 거예요. 그래서 자기 아들한테 얘기했어요.

“아들아, 세상에 여러 동물도 있고 짐승도 많고 위험한 것도 많은데, 그중에서 인간을 조심해라. 인간은 만나지 마라, 절대로.”

이렇게 해서 돌아가셨어요. 그랬더니 아들이 더 궁금해지는 거예요.

'이 인간이 왜 뭔데 이렇게 날 못 만나게 하는 거지?'

이렇게 생각하게 돼서,

'내가 사람을 찾아봐야겠다. 도대체 뭐가 그렇게 다른 거지?'

이렇게 생각해서 찾아갔어요. 찾으러 갔는데, 찾으러 가고 있는데, 그 황소 만나는 거예요. 황소 만나서,

"어, 안녕. 너는 사람이냐?"

그랬더니,

"난 사람 아니야. 근데 나는 사람의 도와주는 도우미 일 하는 거다."

이렇게 얘기하니까 '아니 도대체 사람이 뭔데 이렇게 등치가 큰 황소가 시킨 일을 다 하는 거지?' 이렇게 생각을 했는데,

"아니 사람이 그렇게 큰 건가요?"

그랬더니,

"크진 않아. 나보다 작아."

이렇게,

"어, 근데 왜 니가 시키는 거 다 하냐?"

그랬더니,

"사람은 지혜가 있어. 지혜가 있어서, 함부로 못 하구 날 보면,"

소가, 일하는 소가 여기 코에 이렇게 뚫려서, 그게 뭐 그, [조사자: 코뚜레.] 코뚜렌가요? 두레? [조사자: 코뚜레.] 네,

"그런 걸 봐봐. 날 이렇게 만들었어. (웃음) 넌 만나지 마라."

이렇게 얘기한 거예요. 그랬더니,

"어, 그럼 지혜? 그 지혜는 도대체 사람의 지혜라는 게 뭔지 내가 또 알아야겠어."

하고서 또 사자가 계속 가는 거예요. 가다가 낙타를 만났어요. 그런데 낙타를 만나서

"낙타야,"

아니, 잘 모르니까,

"넌 사람이니?"

"나는 낙타야."

이렇게 하니까,

"그럼 너 왜 사람을 찾아?"

이러니깐,

"너 사람 아니니? 나는 사람을 만나야 되겠어. 사람이랑 만나서 할 얘기 있어."

이러는 거예요. 그랬더니 낙타가,

"사람 만나지 마라. 사람은 보통, 보통 저기가 아니야. 너 만나면 나처럼 이렇게 돼."

이렇게 자기 코뚜레를 보여주는 거예요, 그거를. 코 뚫은 거를.

"나, 나를 이렇게 만들어서 나를 잘 조종할 수도 있어,"

[조사자: 낙타도 코뚜레가 있구나.] 네. 그랬더니,

"그러면 그, 사람이 너보다 힘이 세냐?"

고 물어보니까 낙타가,

"아니, 나보다 힘은 세지 않구. 나보다 아주 작아. 나보다 많이 작아서 내가 태울 때 무릎을 꿇어서,"

이렇게 사람 타면 낙타가 밑으로 앉아요. 무릎 꿇는다고 해야 하나?

"앉아서 그렇게 태우지."

이렇게 하니깐 사자가 못 믿는 거예요. [조사자: 호랑이, 호랑이가. 사자가 아니라.] 아, 호랑이. 호랑이가, (웃음) 호랑이가, 그걸 듣구서 안 믿는 거예요.

'아니, 몸도 작고, 힘도 없고 그런데 도대체 왜 황소랑 낙타가 이렇게 사람을 못 이기는 건가?'

이렇게 생각해서 또 계속 사람을 아무래도 찾아야겠어요. 그래서 계속 찾아다녔어요. 찾아다녀서, 숲속으로 가는데, 숲속에서 나무꾼 만났는 거예요. 그래서 자기가 모르니까 다가가가지고,

"어, 넌 사람이니?"

물어보니까 사람이, 그 나무꾼이 너무 갑자기 호랑이 나타나니

까 무서운데, 무섭지만은 그거 들키기 태연한 척하면서,

"그래, 뭐."

막 그러는, 물어보는 거예요. 그랬더니 호랑이가,

"나 사람 만날 일이 있는데 사람이 그렇게 지혜가 있다고 들었어. 그리고 너는 이렇게 조그만 게 뭐가 대단한 거야?"

이렇게 물어본 거예요. 그랬더니,

"아이구, 너 소식 잘 듣고 왔구나."

여기서 사람이 그랬더니,

"그럼 니 지혜가 대단하다고 들었는데 너 그 지혜를 얼른 보여줘라."

그러는 거예요, 호랑이가. 그랬더니 사람이,

"어우, 난 그 지혜가 아주 귀해서 집에 두고 왔는데."

이렇게 하는 거예요.

"들고 다니진 않아."

그랬더니 호랑이가

"그럼 나 집에 가서 보여달라,"구.

"앞장서서 가라."

이랬더니 그 나무꾼이,

"내가 앞장서서 가면 뒤에서 니가 와서 날 잡을까 봐 겁이 나서 못하겠어."

이러는 거예요. 그랬더니 호랑이가

"그렇다면, 너 걱정하지 않게 나를 나무에 묶어놓고 가라."

이렇게 호랑이가.

"그럼 내가 여기서 가만히 기다리고 있을게."

그랬더니 나무꾼이 얼른 가서 나무에다가 호랑이를 칭칭 다 묶어놨어요. 그랬더니 호랑이가

"얼른 갔다 와. 여기 있을게."

이랬더니 나무꾼이,

"아, 내 지혜 내 주머니에 있었네."

이러면서 불을 그, 불을 대는 거 꺼내서 불 밑에서 태워 넣고, 나

무를 밑에 쌓아서 불을 태워놓는 거예요. 그랬더니 호랑이가 겨우 거기서 빠져나와 가지고 도망치고서 나오니까, 털, 그 무늬가 없었던, 타서 까만색이 생긴 거예요, 줄무늬들이. 원래는 무늬 없고, 맨, 사자처럼 노란색 그냥, 였다가.

[조사자: 아, 그 밧줄로 묶은 자리 때문에 탄 게 그렇게 됐나 봐요.] 네네. (웃음)

그래서, 그래가지고 어리석어서 호랑이가 그렇게 됐다고. 그래서 사람 있는 곳에 안 가고 그냥 멀리, 깊은 산속이나 이런 곳에 가서 산다고 하는 이야기 있었어요. (웃음)

[조사자: 재밌다, 재밌다. 호랑이가 몽골에 많죠, 선생님?] 호랑이요? 호랑이는 실제론 없죠. 실제로 호랑이랑 사자는 없어요. 그런데 그래서 사람들이 신기하게 왜 이렇게 몽골 이야기에서 호랑이, 사자가 항상 등장하냐. 코끼리 이런 거 다 나와요.

그러니까 옛날에 약간, 그 넓구, 지금보다 훨씬 더 넓구 남쪽으로 좀 더 많이 들어가 있구. 그래서 동물들이 있었을 것이다. 이렇게 생각, 그런 설명도 있구. 또, 문화적으로도 불교나 이런 거 많아서, 옛날부터 들어와서 인도나 그쪽으로 사람들 많이 가요. 교류가 아주 깊어가지구 그래서 사자나 이런 거 많이 등장하는 거 같드라구요. 그래서 코끼리, 사자, 호랑이 이런 거 없는 동물들이 많이 등장, 되게 많이 나와요. (웃음)

근데, [조사자: 실제로는.] 실제로는 살지 않지만은 그 문화적 교류나 이런 것 있구. 중국이나 티벳이나 인도 그쪽으로, 그런 관련이 많거든요. 옛날부터 그쪽으로 교류가 많이 돼 있어서 그랬을, 그렇다구.

개미와 구더기와 올챙이가 생겨난 유래

● 구연정보

조사일시 : 2016. 12. 14(수) 오전
조사장소 : 서울시 용산구 용산동
제 보 자 : 툭스자르칼 [몽골, 여, 1976년생, 결혼이주 12년차]
조 사 자 : 오정미, 이원영, 이승민

● 구연상황

어머니의 사랑과 관련한 〈뻐꾸기 전설〉을 끝낸 뒤 제보자는 준비한 몽골 민담집을 훑어보고 숨을 고른 뒤 다시 이야기를 시작했다. 어린이들이 좋아할 동화같은 이야기라고 했다. 어릴 적부터 알고 있던 몽골의 대표적인 이야기라며 내내 미소를 지었다.

● 줄거리

옛날에 한 나쁜 왕이 옆 나라의 좋은 왕을 시기해서 그를 죽일 사람 셋을 뽑았다. 나쁜 왕이 그 세 명을 좋은 왕에게 보냈고 세 명은 좋은 왕에게 각각 산만큼 돈을 달라고 하고, 산을 덮을 만큼의 종이를 달라고 하고, 바다만큼 우유를 달라고 했다. 좋은 왕은 무엇이든지 들어주는 사람이기에 세 명의 사람들이 요청한 것을 들어주기 위해 고민하고 있었다. 마침 왕을 존경하던 백성의 딸이 좋은 왕을 위해 그 요구에 대한 답을 제시했다. 산의 무게를 저울로 재오면 산만큼 돈을 주고, 자를 가지고 산을 재오면 산만큼 종이를 주고, 우유 통으로 바닷물의 양을 재면 바다만큼 우유를 주겠다고 했다. 나쁜 왕이 보낸 세 명의 사람은 각각 산의 무게를 재다가 개미가 되고, 산을 자로 재다가 구더기가 되고, 우유 통으로 바닷물을 재다가 올챙이가 되었다.

옛날에 어떤 왕이 살아있었는데 그 왕이 자기 있는데 인제 자기 주민들이 달라고 하는 걸 다 주고 그런 마음 좋은 왕이었대요. 그런

데 옆에 뭐라고 해야 되나? 또 다른 왕이 있었는데, 그 왕이 옆에 그 왕의 행동을 보고 너무 싫어한 거예요.

그 사람이 맨날 사람들이 이제 뭐 그 왕이 좋다, 뭐 사람들이 원하는 거 다 준다, 그래가지고 너무 질투난 거예요. 그래서 그 나쁜 생각 가진 그 왕이 자기 주민 세 사람을, 나쁜 마음 가진 세 사람을 보낸 거예요.

"그 사람을, 그 왕을, 마음이 좋은 왕을 없애라. 없애고 와라. 어떻게 하던 간에 없애고 와라."

그렇게 보낸 거예요. 그래서 인제 왼쪽 눈 없는 사람, 오른쪽 없는 사람, 그리고 눈이 안 보이는 세 사람을 보냈대요. 보냈는데 그 세 사람이 가서. 그 마음 좋은 왕한테 가서 이렇게 이야기한 거예요.

"그렇게 마음씨가 좋다며? 나한테는 산만큼 돈을 달라."

그랬더니 둘째 사람은,

"그럼 그 산을 덮을 수 있는 종이를 나한테 달라."

그리고 세 번째 사람은,

"바다만큼 우유를 달라."

이렇게 요구를 했대요. 착한 왕한테. 그래서 착한 왕이 그렇게 가진 돈도 없고, 그렇게 가진 우유도 없는데 당황스러워가지고,

"나한테 삼 일을 달라. 그동안에 내가 준비할 수 있으면 준비해 놓을게,"

그랬대요.

그래서 인제 3일 생각하고 해야 되는데 어떻게 할 줄 몰라갖고, 자기 인제 계속 도와주었던 백성들한테 이야기했대요. 그랬더니 그 중에 똑똑한 딸을 가진 백성이 있었대요. 그 남자가 있었대요. 그 남자가 인제 집에 와서 이야기하는 거를,

"어떻게 우리 착한 왕이 인제 곤란하게 생겼대. 만약에 그 원하는 세 가지를 안 주면 그 세 사람이 와서 왕의 머리를, 왕을 죽인다고. 대신에 자신의 머리를 달라고 그런단다. 곤란하다."

그렇게 이야기했더니 딸이 그걸 들어가지고,

"그러면 우리 왕이 마음이 좋으니까, 사람이 원하는 걸 다 주시

는 왕이니까 내가 한 번 갔다 올게요.”

하고 그 딸이 간 거예요. 가서 인제 왕한테,

“자기 왕 자리를 잠깐 3일 동안 달라. 3일은 자기가 왕 하겠다.”

이랬더니, 그 마음이 좋으니까.

“그래, 주마.”

그래가지고 인제 있었는데 그동안에 생각해서 왕이 왕 자리가 아니더라도 자기가 계속 생각한 거예요. 그 세 사람에 오면 내가 어떻게 해 줄지. 그래서 딱 삼 일째 되니까,

“그 세 사람이 온다. 인제 네가 하지 말라. 내가 머리를 줘도 내 머리를 주마. 네가 하지 말라.”

그랬더니. 이제 마지막으로 제 부탁을 들어가지고.

“그 사람 가고 나서 제가 그 왕 자리를 드릴게요.”

하고 그 여자 아가씨가 그랬대요.

그래서 그 사람이 와가지고,

“내가 원하는 거 요구한 거 달라.”

그랬더니 그 아가씨가 산만큼 돈을 달라고 한 사람한테,

“저울을 달라.”고.

저울을 주면서,

“이 저울로 재면 그 산만큼 돈이 얼마큼 되는지 세고 와라.”

그리고 둘째 사람한테. 그 산만큼 종이를 달라는 사람한테 자를 줬대요. 자 주고,

“너는 산만큼 종이는 얼마큼 긴지 재어 와라.”

그리고 세 번째 사람한테 우유 물을 담는 그 통을 줘가지고,

“이 통으로 얼마큼 바다를 재면 얼마큼 우유를 줄 수 있는지, 바다만큼 우유를 줄 수 있는 건지 다 재어 와라. 양을 알아 가지고 오라.”

그렇게 했대요.

그랬더니 그 세 사람이 눈도 없고 머리도 부족해가지고, 진짜로 그거를 자기 왕한테도 돌아갈 수도 없고, 그래서 그 착한 왕의 머리를 가지고 가야 되기 때문에 어쩔 수 없이 한 사람은 산을 재다가 구더기가 되어 버리고, 그래서 구더기가 생기고.

그리고 두 번째 사람은 (말이 없다가 정정하고 다시 이야기하며) 아! 첫 번째 사람은 개미가 되고. 산을 재는 개미가 되고. 두 번째 사람은 이렇게 재어야 되니까는 굴러가는 개미가 되고, 구더기가 지렁이가 되고. [조사자: 지렁이요? 구더기요? 지렁이?] (조사자를 보며) 이렇게 가는 거는 지렁이예요? 구더기예요? 구더기죠! 이렇게 가는 거. [조사자: 하얀 거.] 구더기.

그리고 바닷물을 재온다는 사람이 올챙이가 되었다고. 바닷물을 재보겠다고 올챙이가 돼버렸다.

그래서 이 세 가지 동물이 생겼다고.

개미와 올챙이와 자벌레가 생겨난 유래

● **구연정보**

조사일시 : 2018. 01. 12(금) 오후
조사장소 : 서울시 중구 쌍림동
제 보 자 : 멀얼게렐 [몽골, 여, 1983년생, 결혼이주 14년차]
조 사 자 : 오정미, 한상효, 엄희수

● **구연상황**

제보자가 〈새의 왕 항가르디와 사람 살린 참새〉 이야기를 마친 뒤 어떤 이야기를 할지 잠시 고민하였다. 조사자가 제보자에게 서울시 공모전에 제출했던 몽골 설화를 구술하면 좋겠다고 제언하였고, 이에 제보자가 그 이야기를 시작했다.

● **줄거리**

백성들의 말을 모두 들어주는 착한 왕이 있었다. 옆 나라의 나쁜 왕이 착한 왕을 시기하여 신하 세 명을 보냈다. 세 명의 신하가 착한 왕에게 각각 들어주기 어려운 부탁을 했다. 한 명은 숨베르온 산만큼의 금을 달라고 했고, 다른 한 명은 순달라 바다만큼의 우유를 달라고 했다. 마지막 사람은 초원만큼의 비단을 달라고 했다. 착한 왕이 고민하자, 소식을 들은 소년이 착한 왕에게 자신의 소원은 오늘 하루 왕이 되어보는 것이라고 했다. 왕이 부탁을 들어주자 소년이 왕이 되어 세 신하를 만났다. 소년은 저울을 주면서 산의 무게를 재오면 그만큼 금을 주고, 바가지를 주면서 바닷물의 양을 재오면 그만큼의 우유를 주겠다고 했다. 그리고 자를 주면서 초원을 재오면 그만큼의 비단을 주겠다고 했다. 나쁜 신하들이 그 말대로 하다가 각각 개미가 되고, 올챙이가 되고 자벌레가 되었다.

옛날 옛날에, 되게 그, 착한 왕 하나 살고 있었어요. 그 왕은 모든 백성들이, 자기 나라의 백성들에게 항상 도와주고, 뭔가 도움이

있으면 많이 들어주고 이런 왕, 착한 왕인데. 그 왕의 특징은 누구한테 아니라고 말, 거절을 못하는 왕이에요. 근데, 그러구 백성들이 부탁하는 걸 다 들어주고 싶은 그런 왕인데.

그 이웃 나라에는 되게 나쁜 마음을 가진 세 명이 있어요. 다른 왕이 있는데, 그 나쁜 왕이 그 다 다스리고 싶은데 그 착한 왕 때문에 자기가 온 세상을 못 다스리고 있다고 가서 그 세 부하가, 부하들한테 명령을 내렸어요.

"가서 그 왕을 어떻게 할 것이냐? 그 왕의 자리에서 내리게 해달라."고.

근데 그 착한 왕을 자기가, 착한 왕을 거절 못하는 것도 있지만,

"만약 누군가의 소원 하나도 못 들어주면 자기가 왕의 자리에서 내려가겠다. 내가 왕 할 필요가 없다."

이렇게 선언하신 거예요. 그래서 그걸 이용해서 이 세 명의 부하가,

'어떻게 이 왕을 자리에서 내려가게 할까?'

이렇게 생각하는 거예요. [조사자 1: 아, 그러니까 착한 왕이 "내가 소원을 못 들어주는 게 있으면 나는 왕위에서 내려가겠다."] 네. 그래서 왜냐면 그 왕은,

'자기 나라에는 누가 가난한 사람 있거나, 배고픈 사람 있으면 그거는 다 내 잘못이다.'

이렇게 생각하는 거예요. 그래서 그 세 명의 부하가 계속 궁리를 하다가 방법을 찾았어요.

"그 왕이 절대로 못 하는 거, 사람이 못하는 걸 우리 가서 부탁을 하자."

그래서 한 명은 그 몽골 신화에서 등장하는 산하고 바다가 있어요. 그 산은 뭐냐면 '숨베르온'이라고 그 신화에서 나타나는 [조사자 1: 숨베르온.] 네. 그런 아주 커다란 산이 있어요. 그 그리스 올림픽 산처럼 엄청 큰 산이 있는데.

"그 산만큼의 금을 달라고 하자."

이렇게 하구, 한 명 두 번째는 '순 달라'라고 바다라고 있어요.

'순 달라'라고 이름이, 엄청 큰 바다인데.

"그만큼 우유를 달라고 하자."

이렇게 하구. 세 번째 사람은 우리 초원이 넓잖아요.

"그 초원을 다 비단으로 덮고 싶다. 그만큼 비단을 달라고 하자. 왕한테 가서."

라고 이야기했어요.

그래서 셋이 가서 이제 가는 거예요, 착한 왕의 나라로. 그래서 가서 물어본, 왕한테 가서 이야기 했어요 다.

"이런 숨베르 온만큼 금을 달라."

"순 달라만큼 우유를 달라."

하나는,

"초원을 다 덮을 만큼 그런 비단을 달라."

이렇게 다 부탁, 이야기해서 했는데, 왕이 이제 아무래도 많이 놀랐어요. 왕이 너무 놀라서 생각하다가,

"그러면 너희들 3일 후에 다시 와라. 그때 내가 대답해 주겠다."

이렇게 보냈어요. 그래서 다들 이제 생각하는 거예요.

'이런 걸 어떻게 하냐.'

그런데 그 착한 왕의 신하들이 화가 나서,

"이 사람들이 일부러 우리를 이렇게 어,"

[조사자 1: 골탕 먹일려고.]

"골탕 먹일려고 일부러 이런 작전 짜고 온 거다. 우리 잡아서 벌주자."

이렇게 다 했는데. 왕은 다른 방법이 있을 것이라고 계속 생각하는 거예요. 그래서 아무리 생각해도 방법도 떠오르지 않고,

'아무래도 내가 내려갈 때가 됐나 보다.'

이렇게 생각하고 있는데 백성들 사이에 이 이야기가 더 퍼진 거예요. 그래서,

"방법 있으면 다 알아 와라."

이렇게 하니까 신하들이 여기저기서 알아보고 다니다가 이제 뭐 사람들이 다 알고, 그랬더니 어떤 소녀가, 소년. 남자가 소년이가, 아

니야 소녀가. [조사자 1: 여자아이?] 남자.

[조사자 1: 남자아이? 남자아이는 소년.]

그래서 소년이가 가다가 얘가 들었어요. 듣구서, 자기 아버지한테 얘기하는 거예요.

"아 그렇다면 내가 방법이 있다. 날 데리구서 왕한테 좀 데리고 가달라."

그래서 아빠랑 같이 왕한테 갔는데. 왕한테 가서,

"임금님, 제가 소원 하나 있어요. 소원을 좀 들어주세요."

이렇게 얘기하니까 왕이,

"말해 보거라."

이렇게 하니까,

"제가 왕의 자리에, 왕좌에 앉아보고 싶다."

이렇게 말하는 거예요, 소년이가. 그래서 모두 다 놀라서,

"너 왜 그러냐? 왕한테 그러면 안 된다."

그렇게 하니까 왕이,

"아무래도 이건 내 마지막 소원 들어주는 마지막 기회일 수도 있으니까 그렇게 하라."

해서 소년을 그 자리에 앉게 하고, 자기 모자를 주고서 자기가 내려왔어요.

그런데 그때 그 세 명의 나쁜 부하들이 들어오는 거예요. 막 달려 들어와가지고 어떻게 하나 궁금해서 막 빨리 들어오는 거예요. 그래서 보니까 다른 애 앉아 있구. 근데 그 소년이가 아, 뭐지? 왕이,

"이제 손님들 왔으니까 이제 니가 내려와라. 내가 이 사람들 내가 만나겠다, 내가 만나야 된다."

그러니까 소년은

"제가 이 사람들이랑, 내가 만나고 싶다. 근데 저한테 자, 재는 자 하구, 저울하구, 바가지 이렇게 세 가지를 저한테 주십시오. 그리고 그냥 옆에서 지켜봐주세요."

이렇게 얘기하는 거예요. 그랬더니 왕이 그냥 원하는 대로 해주구서, 보고 있는데. 그 세 명이 들어 와 가지구 기다리고 있었어요.

그래서 그 남자아이가,

“그럼 누가 그 숨베르 온 그 산만큼 많은 금화를, 누가 원했냐?”

그랬더니 원했던 사람이,

“저요.”

이렇게 달려오니까 그, 저울을 주고서,

“내가 주고 싶은데, 얼마나 무겁고 얼마나 많이 있는지 몰라서 니가 가서 재고 와라. 그러면 주겠다.”

이렇게 하는 거예요.

그다음에는, 그런 식으로 계속 순 달라만큼 우유 원하는 사람한테는 바가지를 주구서,

“나 이 양을 다 모르겠다. 그 얼마나 줘야 될지. 순 달라랑 비슷할지 몰라서 이거로 재 와라.”

그렇게 보내구. 그 비단 달라는 사람한테는 자를 주고서,

“이 초원을 한 번 재 와라. 그러면 너희가 원하는 만큼 주겠다. 내가 얼만지 모르겠다.”

이렇게 해서 세 명을 보내주는 거예요. 그래서 그 세 명은 이제 다시 못 오죠. 못 오니까 그래서 나라를 살렸다고.

임금님도 다시 자리에 앉아서,

“너, 되게 지혜롭고.”

근데 여기서 특징이 뭐냐면 그 아이게 약간 가난한 집 아이예요. 그래서,

“가난하고 어리다고 얕보면 안 되고 누군가 다 생각이 있고 지혜가 있다. 작으면 작지 않고, 어두움을, 그 빛이 나게 할려면 그 성냥도 작지 않다. 그래서 누구든지 방법이 있고 생각이 있다.”

말씀하셔가지구 되게 좋아서, 그 나라가 다 전체가 기뻐하고 그런데, 그러고 있는데.

그 세 명은 거기 가가지구 그걸 재는 거예요 그거. 그 산에 가가지고 저울로 그 돌멩이를 재고, 왔다갔다하고, 돌 왔다갔다하니까. 구부러지다가 이게 지금 개미가 되어 버리구. 그래서 개미가 계속 짐을 옮기고 계속, 끝없이 맨날 짐을 옮기고 왔다갔다하잖아요. 그래

서 그렇게 되구.

음, 우유를 달랬던 사람이 바다에 가서 바가지를 막 이렇게 옮기다가 바가지로 아무리 해도 끝이 없잖아요. 이렇게 하다 보니까 이, 벌레가 바가지 벌레가 되어버린 거예요. [조사자 1: 아, 자벌레.] 아, 바가지 벌레 아니에요. 올챙이가 되어 버린 거예요. (웃음) 아니 왜냐하면 올챙이가 몽골어로 바가지 벌레라는 뜻이 있어요. (웃음) 생긴게 약간 바가지같이 생겨가지고. [조사자 1: 아, 배가 뽈똑하니까.] 그래서, 그래서 올챙이가 됐구. 그래서 올챙이는 항상 물가에 가가지고 조금만 하면 위로 굴러다니고 그렇게 됐구.

그래서 비단을 달랬던 사람은 자를 들고 초원에서 이렇게 계속 이렇게 이렇게 가다보니까 자벌레가 돼버린 거예요. 자벌레는 약간 이렇게 이렇게 다니잖아요. 그래서 끝도 없이 항상 그렇게 다니는 벌레가 되구.

그래서 욕심, 지나친 욕심을 이렇게 본인을 안 좋게, 불행하게 된다. 이렇게 이런 이야기입니다. [조사자 1: 재밌어요.]

뻐꾸기 전설

● **구연정보**

조사일시 : 2016. 12. 14(수) 오전
조사장소 : 서울시 용산구 용산동
제 보 자 : 툭스자르칼 [몽골, 여, 1976년생, 결혼이주 12년차]
조 사 자 : 오정미, 이원영, 이승민

● **구연상황**

제보자가 일하는 사무실에서 두 번째 만남을 가졌다. 제보자는 간단하게 사무실을 소개한 뒤 '뻐꾸기'가 발음이 맞는지 확인한 뒤 준비해온 〈뻐꾸기 전설〉 구술을 시작했다. 옛날에는 뻐꾸기가 없었는데 어떻게 생겼는지에 대한 유래담이라고 했다.

● **줄거리**

아들 네 형제를 사랑과 정성으로 키우던 홀어머니가 병이 들었는데 아들들은 각각의 핑계를 대며 어머니를 보살피지 않았다. 그러자 어머니는 양털로 만든 몽골의 전통 옷을 입고 새로 변하여 날아갔다. 엄마가 날아가면서 아들들에게 말을 하려니까 뻐꾹뻐꾹 하는 소리만 났다. 그 새가 뻐꾸기이다. 뻐꾸기는 자기 알을 낳으면 다른 새의 집에 알을 두고 가버린다.

옛날에는 뻐꾸기라는 새가 없었대요. 아 인제 어떤 엄마가 자기 아들 넷을 데리고 인제 같이 살고, 그렇게 살고 있었는데. 음, 애들은 엄마를 도와주지 않고. 엄마는 너무 열심히 살았대요. 그래서 인제 아이를 한 번도 안 시키고, 인제

"내 아이들이니까."

라 하고 인제 그 사랑과 정성을 다해서 키웠는데 어느 날 엄마가

아픈 거예요. 엄마가 아파서 누워 있는데,

"애들아 엄마가 아프다. 너희 좀 물 좀 떠와라. 엄마가 약을 먹고 싶다. 인제 뭐 밥을 해야 된다."

이랬는데,

"나는 신발이 없으니까 못 간다."

이러는 거예요.

둘째 아들은,

"나는 바지가 없어서 못 간다."

그래서 그 막내아들이 또 인제, 아, 셋째 아들이,

"나는 신발이 없어서 못 간다."

막내는 아무 이야기 안 하고.

"나는 놀러 간단다."

이렇게 나가는 거예요. 네 명이 다 나가는 거예요.

그래서 엄마가 너무 힘들고, 인제 아침부터 저녁까지 아이들 오는 걸 기다렸다가 더 힘들고, 더 병나고 그래서 인제 속으로 생각했대요.

'이렇게 아이들을 내 몸보다 더 아껴서 아이들을 키웠는데 이렇게 아플 때 아이들이 도와줘야 되는 거 아니냐? 그래서 나 괜히 고생한 것 같다.'

그렇게 생각하고. 그래서 인제 아이들을 기다렸대. 그래서 인제 밤늦게 되니까 아이들이 배가 고파서 집에 왔대요.

"엄마 밥 줘! 밥 줘!"

하면서 왔는데. 큰 애가 들어왔더니.

"엄마 밥 줘."

라고 들어왔더니, 엄마가 우리 전통 옷을 입어요.

델이란 옷 있는데 한복처럼 생긴 거. 그 겨울 거는 인제 양 새끼털, 그 인제 하얗게 이렇게 생긴 것 있잖아요. 그 털로 만든 그 겨울 털 입어가지고 앉아있었대요. 그래서,

"엄마가 밥 줘."

그랬더니 엄마의 그 옷에 털이 새털로 변해가지고, 엄마의 얼굴

이 새 얼굴로 변해가지고 날아갔대요. 그래서 날아가서, 날아가는데 애들이 아니, 인제 제일 큰 형이,

"동생들아 엄마가 새로 변해서 날아갔다. 엄마의 사랑을 우리가 모르고 이렇게 아플 때도 도와주지 않고 이렇게 엄마를 너무 많이 인제 마음 아프게 했다."

그랬더니 인제 그때서야 애들이 인제 생각을 해가지고,

"엄마 물 떠왔어."

"엄마 약 갖고 왔어."

이러니까 엄마가 그때서부터 엄마가 날아가면서 말을 하려고 하니까 말이 안 나오고,

"뻐꾹뻐꾹"

하는 몽골말로 '꾹꾹' 소리인데, 한국말로는 뻐꾹뻐꾹 소리가 났데요.

그래서 뻐꾹뻐꾹 소리 났는데, 그 말이 아이들한테 새 소리인데, 새가 뻐꾹 하는 소리인데. 그거는 인제 아이들한테 들릴 때 사람의 말로, 엄마의 목소리로 들렸대요.

"인제는 물을 줘도 필요 없다. 나는 날아가는데 내 앞에 바다 그대로 보인다. 나는 바닷물을 먹어도 된다."

그리고… (잠시 기억이 안 나는지 이야기하기를 머뭇거림.) [조사자: 그래서?] 그래서 인제 그 뻐꾹뻐꾹 소리가 인제 뻐꾹뻐꾹 새 소리인데 아이들한테는 엄마의 목소리로 들렸대요. 그래서,

"인제 나는 물이 필요 없다. 나는 날아가는데 내 앞에 바다가 보인다. 그리고 약도 필요 없다. 인제 나한테 내 앞에 있는 모든 식물들이 나한테 약이 된다. 그래서 인제 아이들 키우면서 행복한 날이 하나도 없었는데, 이제 더 이상 아이들 키우지 않겠다. 나는 필요 없다. 애들이 필요 없다."

이렇게 하면서 날아갔는데 뻐꾸기가 됐다고. 그 새가 뻐꾸기가 되고 그때서부터 뻐꾸기가 생겼는데.

그래서 뻐꾸기는 자기 알을 낳아도 다른 새의 집이라고 해야 하나요? [조사자: 네. 둥지.] 둥지에다가 가서 알을 낳고, 그리고 멀리서

사람들이 없는데, 사람들 눈에 안 보인 데 사는 이유가 그거라고 합니다.

마두금 악기 유래 [1]

● **구연정보**

조사일시 : 2017. 02. 23(목) 오전

조사장소 : 인천광역시 부평구 갈산동

제 보 자 : 바야르사이한 [몽골, 여, 1966년생, 결혼이주 10년차]

조 사 자 : 조홍윤, 황승업, 김자혜

● **구연상황**

제보자는 한국에 이주한 내력과 몽골 문화에 대해 이야기하다가 자연스럽게 자기의 말을 사랑한 남자에 의해 만들어졌다는 몽골의 전통악기 머룽호르(마두금, Морин хуур)에 대한 유래담을 구술했다.

● **줄거리**

옛날에 한 사람이 자신의 말을 너무나 사랑했는데, 어느 날 그 말이 죽게 되었다. 실의에 빠진 남자가 무기력하게 지내고 있었는데, 꿈에 말이 나타나 자신의 가죽으로 공명통을 만들고 꼬리로 현과 시위를 만들어 악기를 제작하면 언제나 같이 있을 수 있다고 했다. 이에 잠에서 깨자마자 꿈에서 들은 대로 악기를 만드니 그것이 몽골의 전통 악기인 머룽호르이다.

말 되게 좋아해가지고, 그 말 얘기 중에서 제일 좋아하는 이야기는, 그 말 너무 사랑해서, 그 말 죽는 거예요. 죽었는데 그 꿈에서, 꿈속에서 그 옛날 얘기, 꿈속에서 그 말 죽는데

"내 옆에 계속 있을 수 있는 거 뭐냐면 그 내 꼬리로 이렇게 음악을 만들어라."

음, 악기!

"악기 만들으라."고.

해서 그 전통 악기 생겼는 거예요.

악기 있잖아요. 머릉호르라고 [조사자: (양손으로 아래위로 길쭉한 모양을 표시하며) 이렇게 생긴 거?] 어어, 말 머리 여기에 달려있는, 이게 옛날에 그렇게 생겼는 거예요. 그래서 그 꿈속에서 그,

"내 가죽으로."

이게 이렇게 달려있는 거 뭐지, 옆에 이렇게 네모로 되어 있는 거? (손으로 통 모양을 표시하며) 이렇게 돼 있는 거 있잖아. 그게 말 가죽으로 만든 거예요. [조사자: 아, 이 통이요, 통?] 아, 통. 가죽으로 만들어서 내 꼬리로 이렇게 줄 만들고 이거는 뭐지? (옆으로 현을 켜는 시늉을 하며) 이렇게 하는 거. [조사자: 활(시위)?] 활, 활!

"그거는 또 내 꼬리로 만들어라."

이렇게 해서 일어나서 이렇게 만든 거예요.

그 말 죽은 다음에 꿈으로 와가지고, 그 말 꼬리로 만들어서 이렇게 했더니 말소리 되게 많이 좋게 나와가지고, 옛날에 그렇게 마두금이라는 거 생겼다. 마두금. [조사자: 마두금?]

근데 몽골어로, 한국 사람들은 마두금이라고 하는데 머릉호르예요. 머릉, 말의 그, 호르(xyyp)라는 것은 악기 이름이예요.

그 옛날에 이야기도 있어요. 그렇게 생겼다. 그게 몽골어로 다 있어요. 그거는 그래서 되게 그 말들을, 그 좋아하는 거들이 다 말에서 나온 거예요. [조사자: 머릉호르가 이제 주인이 너무 말을 사랑했다가 이렇게?] 너무 사랑해서, 죽는데 죽은 다음에 먹지도 않고 씻지도 않고 이렇게 슬퍼하고 있길래 꿈속에서,

"슬퍼하지 말라. 그냥 이렇게 하면 항상 옆에 있을 수 있다."

라고 하는 거, 꿈속에서 나와 가지고 일어나자마자 그 말 마두금 만드는 거예요.

[조사자: 말이 위로해주려고 '나를 가지고 악기를 만들어라.' 이랬구나?] 악기를 만들었다. 그런 이야기 있어요. [조사자: 아름다운 이야기네요.] 네 그거 되게 좋은 이야기인데.

마두금 악기 유래 [2]

● **구연정보**

조사일시 : 2017. 03. 24(금) 오후
조사장소 : 강원도 원주시 개운동
제 보 자 : 수흐바타르 [몽골, 여, 1966년생, 결혼이주 16년차]
조 사 자 : 박현숙

● **구연상황**

제보자가 〈맑은 타미르강 유래〉 구연을 마친 뒤, 조사자가 다른 이야기에 대해 묻자 몽골 유목민들은 강아지와 말을 좋아한다고 말문을 열고서 마두금 악기에 관한 이야기를 시작했다. 제보자가 구연을 마친 뒤에 조사자가 마두금 악기에 대하여 여러 가지 질문을 하자 제보자는 성실하게 답해 주었고, 집에 소장중인 마두금 악기를 갖고 와서 보여주었다.

● **줄거리**

옛날에 몽골 서쪽 지방에 목소리가 좋아서 뻐꾸기 남질이라고 불리는 남자가 있었다. 남질은 동쪽 지방에 있는 군대에 입대했다. 남질의 탁월한 목소리를 알아본 부대 상관은 훈련을 면제시키고 노래만 부르게 했다. 남질은 훈련에서 제외되어 다른 군인보다 자유로웠다. 남질은 밤마다 검은 용마를 타고 연인을 만나러 갔다가 아침에 군대로 돌아왔다. 그렇게 삼 년 동안 검은 용마를 타고 날아다녔으나 아무에게도 들키지 않았다. 그런데 남질에게 마음을 두고 있던 한 여인에게 들키고 말았다. 여인은 남질이 나무에 말을 묶어두고 들어간 사이에 말의 두 날개를 가위로 잘라버렸다. 다음날 남질은 말의 죽음을 확인하고 깊은 슬픔에 빠졌다. 남질은 나무를 가져와서 말 모양으로 깎고 죽은 말의 꼬리로 현을 만들어서 마두금 악기를 만들었다.

몽골에 유목 문화 생활하면서 말, 말 타고 강아지하고 너무 친하게 지내요. 사람들 좋아해요. [조사자: 그러니까 말하고 강아지가 사이가 좋아요?] 자기, 자기 키우는 그 강아지나 말이나 좋아해요.

강아지는 그 있잖아요, 낚시, 낚시 많이 가잖아요. 늑대, 늑대, 여우 이거 낚시 갈 때 같이 가요. [조사자: 강아지.] 네, 강아지 같이 가요. 그리고 말, 말도 좋아해요. [조사자: 유목민들이?] 네. 원래 몽골에서 동물, **하는 동물 중에서 말을 좋아해요. 그래서 말 이야기는 많아요.

[조사자: 말 이야기가. 지금 해 주실 이야기가 말 이야기예요?] 예, 근데 있잖아요. 일본에 수호 하얀 말이라는 이야기 있는데요, 거기서 일본에서 어떤 우주, 누구지? 아까 검색했는데 기억이 안 나네요. 그 그림 그리고 그림책 만들었어요. [조사자: 아, 수호 하얀 말. 저 그림책 봤어요.] 봤어요? [조사자: 예. 그 몽골 이야기죠? 원래?] 몽골 이야기에서 나온 거예요.

근데 수호 그림도 그리고 일본 사람인 거 같애요. 그래서 일본 학교에서, 거기 일본 교과서에 실려 있대요. [조사자: 실려 있어요? 그게?] 네. 실려 있대요. 처음 들었어요, 저는. 그 춘천교육대학교에서 그, 어떤 문학 선생님하고 번역하고 있을 때, 이야기하고 있을 때 그 때 알았어요.

[조사자: 그럼 이 이야기가 몽골에선 아주 유명한 이야긴 거잖아요?] 예. [조사자: 그쵸? 그걸 일본 작가가 번역 했나 보다. 그쵸?] 네. 우리 거, 말 좋아하는 거, 동물을 좋아하는 거를 아이들한테 알려줄려고. 자기 거. 어려서 자랄 때 이런 거를. 그래서 교과서에 실은 거 같애요. [조사자: 음, 네. 그 이야기 해주세요.] 네.

이거는 (일본 그림책과) 비슷한 이야긴데요, 근데 좀 다르게요. 마두금 악기 생긴 이야기예요. [조사자: 마두금 악기.] 네. 생기는 이야기예요. 한국에서 마두금이라고 불러요. [조사자: 이건 뭘로 어떻게 만든 악기예요?] 나무로 만들은 건데요, 나무로, 그 말 모양으로 만들어요. [조사자: 말 모양으로?] 네. 저도 이 악기가 있어요. 이따 보여드릴게요. [조사자: 아, 네.]

그리고 이거, 현이 있잖아요. 현이 두 개 있어요. 그 두 현은 그 자기 좋아하는 말, 그 말 죽었잖아요, 죽은 말꼬리로 만들었어요. [조

사자: 아, 그 악기 현을 자기가 아끼고 사랑하는 말을, 그 죽은 말의 그 꼬리? 털로?] 응. 그걸로 두 현을 만들었어요. [조사자: 이야기 너무 궁금해요. 해주세요.] 네네.

옛날에 옛날에 뻐꾸기 남질이라는 아름다운 남자가 살고 있었습니다. 근데 그때 그 남질이라는 남자는 동쪽에 있는 군대에 갔어요. 들어갔어요. 근데 그 군대 장이, 그 뻐꾸기 남질이라는 남자를 알아, 알아냈습니다. 노래를 엄청 잘하고요, 목소리가 좋아요. 목소리가 엄청 좋아요. 그래서 좋은 목소리를 갖고 있어요. 그래서 그 군대 연습을 시키지 않고 그 노래만 시켰어요. 그래가지구 아침에 그래서 내 멋대로 고향에 갈 수 있었어요, 갔다 왔다.

그래서 아침에 그 군대 갔다 있다가 저녁때 잠깐 자기 사랑하는 아름다운 여자 있었어요. 그 여자한테 만나러 저녁때 갔다가 아침에 왔었어요. 군대에 왔었어요. 군대는 동쪽에 있고 자기 고향은 서쪽에 있고. 근데 서쪽까지 말 타고 갔어요. 근데 그 군대 가기 전에 자기 사랑하는 소녀는 그 자기 사랑하는 남자한테 검은 말, 말을 선물 드렸어요. [조사자: 검은 말을 선물로 줬어요?] 네. 말이 많은데요, 검은 말. 근데 검은 말, 날개. [조사자: 아, 날개 있는 말?] 네, 날개 있는 말이에요.

그래서 그 저녁에 사랑하는 소녀한테 가고 싶어서 검은 말을 타고 서쪽까지 갔어, 날아갔어요. 그리고 삼 년 동안 군대 갈 때 아무도 몰랐어요. 날린 거. 말이 날린 거. [조사자: 아, 아무도 그 말이 날아다니는 거를 몰랐어요?] 예.

그때 그 고향이(고향에) 안 좋은 마음 가지고 있는 여자가 있었어요, 뻐꾸기 남질한테. 왜냐하면 자기가 먼저 뻐꾸기 남질한테 마음을 줬는데요, 근데 쳐다보지 않고 좋아하지도 않았어요. 그래서 궁금했었어요. 그 말만 타고 다른 말 안 바꿔 타니까요. 그래서 모르게 오는 거를 봤어요, 날아오는 거를. 그래가지구 피곤해서, 말이 이거 너무 늦어서 피곤해서 말을 풀어놓지 않구 나무에 묶었어요. 그랬더니 나쁜 마음먹은 여자가 와가지구 가위로 잘라버렸어요, 날개를. [조사자: 그 말의 날개를 잘라버렸어요?] 예. 그래서 검은 말이 죽었어요.

그래서 빼꾸기 남질, 그 빼꾸기 남질이라는 이름은 왜냐면 빼꾸기처럼 목소리가 좋다고. 그래서 빼꾸기 남질이라고 불려요. 남질은 자다가 일어나서 그 말을 깊은 숲에 풀어 놓구 스프를 먹으라구 보낼려고 했는데요, 깜짝 놀랐어요. 자기 말이 죽어 있었어요. 그래서 깊은 슬픔에 빠져 가지구 며칠을 집에서 나가지도 않았어요.

그러다가 어떤 날 정신 차리고 내가 사랑하는 말 위해서 한 거, 나무로 말 모양 만들어가지구 악기 만들었어요. 그거 자기 돌아가신, 죽은 말 꼬리를 잘라서, 그 악기 현을 만들었어요. 그 이후에 이렇게 아름다운 악기가 만들어졌어요.

[조사자: 그 마두금은 이 전통악기잖아요? 몽골.] 예. [조사자: 근데 어떨 때 많이 쳐요? 어떤 행사할 때 연주를 해요? 아님 일상적으로 연주를 해요?] 그, 말, 마두금은 요르모라고 불려요. 요르모를 집마다 거의 있어요. [조사자: 응, 집집마다.] 네. 왜냐면 명절 때 이거 식구들 많이 모였을 때 많이 사용해요. [조사자: 아, 같이 많이 불러요?] 네.

근데 이거 마두금을, 그 여자는 자세가, 앉은 자세가 좀 불편해요. 그래서 옛날에 여자들이 이거 옷 입잖아요? 그래서 허리띠 하고, 그리고 그 자세로 앉아서 좀 불편해요, 여자들이. 그래서 여자들은 사용 안 하고 남자들만 사용… [조사자: 거의 남자들이 연주를 많이 해요?] 네네. 요즘에는 여자들도 사용해요. 네. 그래서 우리 엄마가 고향에 갔을 때 남편한테 선물 하나 드렸어요.

[조사자: 그럼 어릴 때부터 이렇게 마두금을 배워요?] 예. 거기 지역에 있는 사람들은. (웃음) 저는 음악에 할 줄 몰라요.

[조사자: 소리가 어때요? 현 두 개면 이렇게 여러 가지 음을 낼 수 있어요? 높낮이가 다양해요?] 네. 바이올린처럼 좋아요. 근데 그거 약이 있어야 돼요. 약이 어떠냐면, 나무 있잖아요? [조사자: 네.] 나무 이거, 불처럼 이렇게 붙어 있잖아요. 뭐가. [조사자: 끈적거리는 거?] 껌, 껌, 껌처럼 생긴 거. [조사자: 송진 같은 거.] 예. 그거로 발라야 소리가 잘 나는데요. 그거 없어서 소리가 잘 안 나요. (웃음) 약을 안 갖고 왔어요.

[조사자: 그니까 생긴 건 말의 모습, 모양으로 생겼다는 거죠, 악기가?] 예. [조사자: 그리구 이렇게 말꼬리로 만들었고. 그러면 그 원래 처음에 마

두금이 생겨날 때는 그 검은 말, 자기가 아끼던 말의 꼬리고, 지금 만들어지는 것도 다 말꼬리로 만들어요?] 말꼬리로 만드는 것두 있구요, 낚싯대 만드는 거 있잖아요? 그걸로도 사용할 수 있어요. 거의 다 말꼬리예요.

[조사자: 그러면 집 안에 누가 결혼을 하거나 이런 행사할 때도 연주하고 해요?] 예. 설날 때 많이 사용해요. 설날. [조사자: 뭐할 때?] 설날. [조사자: 설날에?] 네. [조사자: 설날에 요거 켜는 시간대도 있어요? 뭐 12시가 넘어서 한다거나 그런 거 시간대는 따로 없어요?] 없어요. 그 식구들 모여가지고 즐겁잖아요? 그때 이거 노래 듣고 연주도 하고 그래요.

[조사자: 그리구 연주할 때는 악곡이 경쾌하고 밝은 연주들을 해요, 아니면 슬픈 연주들이.] 여러 가지. [조사자: 여러 가지 해요?] 네. [조사자: 상황에 맞게?] 네. [조사자: 그러면 저거 연주할 때, 보통 설날에는 전통 복장을 입고 연주를 해요?] 네.

[조사자: 연주하실 수 있으시죠?] (웃음) [조사자: 들려주세요.] 소리, 소리 안 나요. [조사자: 소리 안 난다고?] 네. 왜냐면 약을 있어야 돼요. [조사자: 아, 그 송진 같은 그 약이 있어야 소리가 나요?] 그거 나무에서 찾을 수 있겠죠? 산에 가면? 찾아와서 해야 돼요. 그거 약을 다 떨어졌어요.

[조사자: (마두금 악기) 그거 지금 있어요, 집에? 한 번 보여주세요.]

(제보자가 악기를 가지러 자리에서 일어남.)

마두금 악기 유래 [3]

● 구연정보

조사일시 : 2018. 02. 13(화) 오전
조사장소 : 인천광역시 부평구 갈산1동
제 보 자 : 멀얼게렐 [몽골, 여, 1983년생, 결혼이주 14년차]
조 사 자 : 오정미, 한상효, 엄희수

● 구연상황

제보자가 〈떠돌이 스님과 만두〉에 관련된 여러 일화 구연을 마친 뒤, 조사자가 말에 관련된 옛날 이야기가 없는지 묻자 잠시 생각하다가 마두금 이야기를 시작했다.

● 줄거리

날 수 있는 말을 가진 노래 잘하는 남자가 있었다. 남자는 말을 타고 매일 밤 공주를 만나러 갔다. 나쁜 왕이 공주를 뺏고 싶어서 남자를 군대에 보내고 그 사이에 말을 죽였다. 결국 공주는 나쁜 왕과 결혼했다. 남자는 죽은 말의 말갈기와 꼬리털을 뽑아 줄로 만들고 말 모양의 머리 부분을 만들어서 악기를 만들었다. 그 악기의 이름이 마두금이다.

옛날 옛날에, 노래를 너무 잘 하는 남자, 되게 잘생긴 남자가 살고 있었어요. 자기가 말도 한 마리 있는데. 그 말은 날아다닐 수 있는 말이에요. 되게 아름다운 말이 하나 있구. 그래서 그 잘생긴 남자가 노래하고 그러면 사람들이 마치 악기소리 같다구. 되게 사람들이 되게 좋아했었어요.

그때 그 남자가 가다가, 다른 이웃나라 공주, 나라에서 어떤 아름다운 여자를 만나게 된 거예요. 그래서 둘이 사랑하게 되구. 근데 집이 너무 멀어요. 집이 먼데, 만나고 싶은데 자기는 날아다니는 말이 있으니까 밤에, 밤이 되면 날아가서 여자 만나구, 아침엔 돌아오구 뭐이렇게 하는데. 그 나라의 어떤 왕자님이, 좀 약간 못된 남자가 그걸 알아가지구 그 아름다운 여자를 자기가 갖고 싶어서, 여자랑 결혼하겠다구 하는 거예요.

그런데 그 잘생긴 남자가 오는 거를 알아가지구,

'어떻게 하면 이 남자를 없애버릴까?'

생각하다가 자기 하인을 보내서 그 날아다니는 말의 날개를 잘라버린 거예요.

그래서 날아다니지 못하게 되구, 그 여자 만나기 힘드니까 슬퍼서 남자가 노래하구 막 이랬는데. 그래도 가서 여자를 만났어요, 만났는데. 그 왕이 남자를 군대를 보낸 거예요. 전쟁에 보내버렸어요. 거기는, 거기 기간이 없구 전쟁이 끝나야 와야 되는 그런 건데. 그래서 보내, 보낸 거예요. 그래서 남자가 가구, 근데 그 말이 날개가 잘려졌으니까 말이, 있다가, 좀 있다가 죽었어요. 말은 죽구, 그 남자는 군대 가구. 그래서 여자는 거기, 그 못된 왕자랑 결혼하게 된 거예요.

그래서 결혼을 했는데 남자는 군대에서 다시 돌아와가지구, 너무 자기 말도 그리워하구 [조사자 1: 아까 죽었다는 게 누가 죽었다는 거예요?] 말이요. [조사자 1: 아, 말이.] 말이 죽었어요. 그래서 그, 말이 너무, 그 자기 말도 그리워하구, 여자도 그리워하구 그래서 자기 말을 기억하기 위해서, 그 말의 머리털, 그 갈기인가? 그 머리 털하구 꼬리를 뽑아서 그 줄 만들구. 나무로 그, 말의 배, 몸집을 그 나무로 네모나게 표현해서, 네모나게 만들구. 그래서 머리 위에다가, 말이 머리 모양을 만들어서 머리 위에다 놓구. 그러구 꼬리로 줄 만들어서 그래서 그 악기를 만든 거예요.

그리구서 그 악기 연주하니까 되게 아름, 아름다운 소리 나구. 자기가 노래 잘 하니까 좋은 소리를 내서 거기, 그래서 그 악기 이름이 '마두금'•이 되구.

• 몽골의 전통 악기로 두 개의 현을 가진 찰현악기이며 머리 부분에 말머리 장식이 있다.

그 마두금으로 말의, 자기 말에 관련된, 말의 걸음걸이를 그 마두금으로 많이 해요. 그 따라하는 거 연주를 많이 해요. 그래서 그 연주도 많이 하구. 그래서 자기 말 소리 이런 것도, 내는 것도 되, 연주되거든요. 그래서 그런 것두 하구. 그래서 마두금이 생겨났다구 그런 얘기가 있어요.

[조사자 1: 어, 그러면 그 남자는 어쨌건 그 여자랑, 그 아름다운 여자랑 결혼 못한 거네요?] 네. 여자도 그립구 그래서. 그 어떻게 보면 그 마두금 소리가 되게 슬픈 거 같으면서도 되게 아름다운. 우리가 들었을 때 아무튼 되게 좋은 소리가 나요. 그래서.

[조사자 2: (사진을 보여주며) 이렇게 생긴 거예요?] 네네네. 그래서 여기 머리 모양 있구. 여기 귀라고 우리가 하거든요? 그래서 말 귀하고, 여기 줄은 다 말 꼬리로 만들어요. [조사자 1: 실제로? 진짜로?] 네. 진짜로. 그래서 이거, 이거 뭐지? 활 같은 것도 다 꼬리, 갈기로 만들어가지구. [조사자 2: 너무 예쁘게 생겼어요.] 소리도, 소리도 엄청 좋아요. 그래서 요즘도, 요즘에는 집집마다 있을 거예요, 아마. 마두금.

호 남자, 그 남자 이름이 호호남질. [조사자 1: 호호나?] 호호남질. (웃음) (조사자가 이름을 받아 쓰고) [조사자 2: (마두금 연주 동영상을 찾아 재생하며) 이런 소리예요?] 네. 되게 아름다운 소리가 나요. 슬픈 거 같은 그런 거 있죠. [조사자 1: 구슬프다.] 네. 구슬픈.

그래서 호호남질, 이 이름으로 많이 나와요. 호호남질 이야기. 여기서 호호가 뻐꾸기예요, 뻐꾸기. 그래서 그 뻐꾸, 그 소리, 목소리 좋고 이런 사람을 '뻐꾸기같은 소리' 이렇게 많이 하거든요. [조사자 1: 아, 뻐꾸기.]

[조사자 2: 저, 다른, 현숙샘이 전에 몽골분 만났을 때도 남지르, 남지르 이렇게 나왔던 거 같애요.] 네. 네. 이 이름으로, 호호남질 이름으로 많이 나와요. [조사자 2: 그분은 그 댁, 그분 댁에서 만났는데, 직접 악기를 보여주셨어요. 집에 있더라고요 진짜.] 네, 아마 거의 다 있을 거예요. [조사자 1: 아, 이게, 마두금이 웬만한 집마다 다 하나씩 가지고 있어요?] 네. 다 있어요.

[조사자 1: 선생님도 연주하실 수 있으세요?] 연주는 못하고. 우리

집에 있긴 한데, 관리 안 돼가지구 이상하게 됐어요. (웃음) 전 연주는 못하고 그냥 장식으로. 근데 애들은 보면 다 알아요. 그래서 어떤 축제나, 가족 뭐 이런 거 큰 행사같은 거 있을 때 항상 마두금으로 열어요. 연주해서.

[조사자 2: 이 마두금은 뭐 보통, 주로 남자가 한다, 여자가 한다 이런 거 있어요?] 원래 남자가 했었어요. 근데 요즘엔 여자들도 많이 배우더라구요. 그래서 거의 남자가 다 해요. 아무래도 여러 가지 행사 이런 거 다 여는 거라서. 아직도 남자가 여는 게 더 좋다고. (웃음) [조사자 1: 근데 이제 아무래도 이 이야기상으로 보면, 주인공이 남자니까. 남자가 연주자인 것이 데.]

그래서 요즘, 한동안 몽골 사람들도 잘 이거, 잘 안 하다가 요즘에는 집집마다 이렇게 놓게 되구. 애들도 많이 배워요. 한국에도 이거 사람들이 모여서, 모임에서 배우고 그래요. 되게 좋은 음악 소리가 나요. 그 무슨 일, 어떤 행사 하면 꼭 여기 등장하고 있어요. (웃음)

[조사자 2: 가장 어떻게보면 대표적인 몽골의 전통 악기인가요?] 네, 그쵸. 몽골의 악기 하면 이거, 일등으로 하고. [조사자 1: 근데 옛날에 이 악기를 머리 부분을 그렇게 말 얼굴로 만들려면 되게 힘들었을 거 같애. 그냥 찍찍 만드는 게 아니라, 얼굴을 조각해야 되는 거잖아.] 네, 그쵸.

그래서 이거 만드는 사람들, 따로 훈련하는 사람들 있어요. 머리, 네. 그래서 또 지역마다 약간의 뭐, 모양, 형태가 조금 다르지만은 큰 차이는 없고. 그래서 장인들, 장인 뭐 나이 드신 분들 많이 하고. 요즘 젊은 사람들이 하는데 그렇게 말 머리 제일 중요해가지구.

그래서, 아, 여기 있다. (연주 동영상을 보여주며) 여기 네모 이런 것들. 이 호호 남질 이야기를 할 때, 이야기꾼들 할 때 하는 음악인데 이 음악이 그 말의 이름으로 지어진 음악이에요. 연주해요. 그래서 말이 약간 날아다니고, 이렇게 걸음걸이도 이렇게 아름답게 걸어가는 모습을 악기로 표현한 거예요.

이야기꾼들은 너무 아름답게 이야기해요. 그 말을, 그 묘사할 때 머리는 어떻구, 머리는 어떻게 움직이구, 걸음걸이가 너무 그, 깃털 같이 가볍게 걸어가구 뭐, 몸짓이 아름답구. 되게 아름답게 그려져 있

어요. 그래서 그거를 음악으로 표현하면 이렇게 하는 거예요. (웃음)

[조사자 2: 근데 진짜 이 악기는 말 얼굴 모양도 있고, 그 털도 다 말 털이고, 그냥 말 자체네요.] 네, 다 모든 것들 다 들어가 있다고 그래서. 좋아요. 지금 이거 약간 이런 리듬 있잖아요. 이건 또 말의, 말이 약간 조금, 걸으면 이렇게 걸어요. (웃음) 그래서 보시면, 혹시 여기저기 그림 이런 거 보면, 전통 그림에서 말이 날아다, 그 날개 있는 말들의 모습 좀 많이 보일 수 있어요.

마두금 악기 유래 [4]

● **구연정보**

조사일시 : 2018. 03. 10(토) 오전
조사장소 : 경기도 양주시 덕정동
제 보 자 : 게델마 [몽골, 여, 1972년생, 결혼이주 14년차]
조 사 자 : 김정은, 황승업, 강새미

● **구연상황**

제보자가 〈낙타가 열두 띠에 들지 못한 이유〉를 마친 후, 조사자가 마두금 이야기를 요청하자 준비해 온 이야기였다며 구연했다.

● **줄거리**

옛날에 남질이라는 남자가 집에서 먼 곳으로 군대를 갔다. 그 지역은 왕이 살고 있는 곳이었는데, 왕의 가족 중 한 명의 여인과 사랑에 빠졌다. 남자가 몇 년 간의 군복무를 마치고 다시 집으로 돌아가야 하는 상황이 되었다. 그러자 여자가 남자에게 날개 달린 말을 주면서 이 말을 타고 오면 자신을 만날 수 있다고 했다. 그래서 남자는 집으로 돌아가서 결혼도 하지 않은 채 낮에는 일하고 밤이면 말을 타고 여자를 만나러 갔다. 이를 수상하게 여긴 한 여자가 남질이 새벽에 돌아오는 모습을 보고 말에 날개가 있다는 사실을 알아챘다. 그 여자는 말의 날개를 잘라 죽게 했다. 매우 슬펐던 남질은 죽은 말의 갈기와 가죽을 가지고 마두금이라는 악기를 만들었다. 그는 마두금을 연주하며 노래를 불렀는데, 그 소리가 너무 아름다워 '종달새 남질'이라고도 불렸다.

마두금이 옛날에 옛날에 저기 어떤 남성이 군대 가게 되는 거예요. 근데 군대 가서 이제 왕이, 군인이 돼가지고 거기서 몇 년 동안 생활하게 됐는데.

그 왕이 이렇게 살던 지역에서 여자친구를 만나는 거예요. 그래서 여자친구를 만나고 그 군대에 있는 동안 너무 서로서로가 사랑하게 됐고, 그렇게 있는데 갑자기 군인 기간이 이제 만료가 돼서 자기의 지역으로 가게 되는 거, 집으로. 그랬더니 그 왕이, 그 왕이 그 지역에 있는 여자가 말을 주는 거예요.

"이 말이 그냥 말이 아니다. 날개가 있는 말이다. 그러면 빨리 나한테 와서 올 수 있다."

라고 해서. [조사자 1: 여자가 말을 주는군요.] 여자가 말을 주는 거예요.

여자는 그 왕의 여자거든. 왕의 가족 여자거든. 근데 이 남자는 그냥 군인이고, 또 군인에서 이제 기간 몇 년 동안 군인생활을 했다가 이제 자기의 집으로 가게 되는 거죠. 그래서 이 여자가 이거 주는 거야. 그래서,

"나 이 말을 타고 오면 우리 빨리 만날 수 있고, 날라 오니까."

그래가지고 그 말을 듣고 이제 가는 거예요. 그래서 가는데 거기에서는 낮에는 자기가 생활을 다하고. 그리고 가족들이 또,

"너는 결혼해야 되는데."

라고 이야기를 하는데 아무 말 없이 계속 저녁이 되면 나가서 이제 밤새도록 그 왕이 그 말 타고. 왜냐면 사람들 보면 안 되니까 낮에는.

그래서 해가 떠나면 깜깜해지면 그 말을 타고 여자 만나가지고 몇 년 동안 이렇게 생활하고 있는데.

그 남자의 사는 지역에서 어떤 좀 안 좋은 여자가 있대. 이렇게 말이 많은 여자가 있어. 그래서 이거 좀 수상해.

'이이는 왜 자꾸 이렇게 이 여자도 안 만나고, 이렇게 오랫동안 이렇게 있지?'

라고 해서 막 보는 거예요.

그랬더니 막 밤이 되니까 그 이렇게 날개가 있는 말로 타가지고 가는 거를 보는 거예요. 그때부터 따라다니다가. 그래서,

'이거 이 말에다가 무슨 문제 뭐가 있는 거 같아.'

라고 해서 그 여자가 와서.

원래 그 자기 주인이가 나타나면 이 날개가 보이는 거래. 그래서

그거를 이 남자가 새벽에 와가지고 집으로 갈 때, 저기 뭐지 숨겨야 되는데 그걸 잊어버려가지고 집으로 들어가는 거예요. 그래서 그거를 본 여자가 와가지고,

'어 이 말이 그냥 일반 말이 아니구나. 날개가 있다.'

라고 해서 자르는 거야. [조사자: 날개를요?] 응.

잘라가지고. 그래가지고 그 후에는 이제 가지 못하게 된 거야. 그리고 자른 말이 죽은 거죠.

죽어서, 그 남자 이름이 '남질'이라고 해요. '남질', '남질'이라는 남잔데. 그래서 그 남질이 자기 사랑하는 말이 죽으니까. 말이 이렇게 뭐지 그거? [조사자 1: 꼬리?] [조사자 2: 갈기?] 그렇지 이렇게 나타난 거. [조사자 2: 갈기?] 갈기. 응 갈기로, 갈기를 베서 두 개 줄로 이렇게. 이제 말 봤죠? 네 그거 만들고. 그리고 나무를 이용해가지고, 그래서 그 마두금을 이제 만들어야 되는데. 나무를 이용해가지고 그리고 자기의 사랑하는 그 말을, 살이 있잖아 살. 살을 베서 이렇게 만드는 거예요 이제.

[조사자 3: 가죽으로?] 가죽으로. 그렇죠 가죽으로. 가죽으로 만들어가지고, 그리고 머리 있잖아. 머리를 그리고 위에다가, 마두금이 그 머리 말 모양이 있잖아요. 그거를 저기 말 모양을 위에다 놓고. 그래서 그거를 이렇게 만들어가지고 자기가.

아 그 남질이 처음에는 노래를 아주 잘하는 남자였어. 그래서 아주 소문나가지고 사람들이, 그거 있잖아 새가. 아 이제 생각났어, 잠깐만요. 그 있잖아 새 중에 이렇게 소리가 아주 좋은 그거. 꾀꼬리인가? 종달새인가? 소리 좋은 그거 있잖아요. 그래서 지역 중에서 '종달새 남질'이라고 하는 거 있어. 소문이 있어. 그래서 노래를 엄청 잘하는 거예요.

그래서 자기가 그거를 이제 마두금을 만들어가지고 그렇게 해서 이제 자기 말 있잖아. 말의 소리, 죽은 말의 소리. 이렇게 (탁자를 치면서) 다니는 소리. [조사자 1: 말발굽 소리.] 말발굽 소리. 그리고 또 이 나오는 소리를 만들어가지고 노래하면서, 이거 마두금을 만드는 이야기 있거든요. [조사자 1: 소리 되게 아름답죠.]

마두금 악기 유래 [5]

● **구연정보**

조사일시 : 2018. 07. 09(월) 오전

조사장소 : 경기도 오산시 은계동

제 보 자 : 온다르마 [몽골, 여, 1973년생, 결혼이주 12년차]

조 사 자 : 김정은, 황승업, 강새미

● **구연상황**

러시아의 김알라 제보자가 바바야가에 대한 이야기를 마친 뒤 조사자가 온다르마 제보자에게 혹시 기억나는 이야기가 있는지 묻자 워낙 유명해서 많은 사람들이 알고 있는 이야기라며 몽골 전통악기 마두금 이야기를 꺼냈다. 말은 몽골을 대표하는 동물로 몽골사람들은 예전부터 말을 존중하며 살았다는 설명을 덧붙였다. 이야기를 하며 제보자가 울먹이기도 했다. 러시아 김알라 제보자가 이야기를 함께 들었다.

● **줄거리**

옛날에 할머니와 양치기 수호가 단둘이 살았다. 어느 날 수호가 망아지 한 마리를 데리고 와서는, 초원에 두면 늑대에게 잡아먹힐 것 같아서 데리고 왔다고 말했다. 수호와 망아지는 친구처럼 친하게 지냈다. 시간이 흘러 수호가 열여덟 살이 됐을 때 마을에서 말타기 대회가 열렸는데 1등을 하면 원님의 딸과 결혼을 할 수 있었다. 수호가 그 말을 타고서 1등을 했는데, 원님은 가난한 양치기와 자기 딸을 결혼시키는 게 싫어서 말만 빼앗아 갔다. 말은 수호가 그리워서 도망쳤고, 원님은 말을 못 가게 하려고 화살을 쏘았다. 말은 상처를 입은 채로 수호를 찾아와서 죽게 되었다. 수호가 너무 슬퍼하자, 꿈에 말이 나타나서 자신을 기억하고 싶으면 자신의 뼈와 힘줄과 털로 악기를 만들라고 했다. 그렇게 만들어진 악기가 마두금이다.

옛날에 할머니가 양치하면 알죠? 양치, 양 키우는 거. [조사자: 양치기.] 맞아. 한 양치기랑 할머니와 같이 살았어요. 근데 새벽 아침부터 일어나고 저녁 밤새 같이 양을 넓은 초원에서 기르고 살았는데.

어느 날 양치기 '수호' 그 양치기 수호라고 했는데. 수호가 늦은 밤이 됐는데 집에 안 왔어요. 그래서 할머니가 너무 걱정해가지고 다른 양치기들한테 가서 물어봤어요.

"우리 손주를 봤어요? 아직도 안 왔네요. 걱정한다."고.

얘기하는데 다른 양치기들은,

"우리는 못 봤어요. 어떡하지 이렇게 시간이 너무 늦었는데."

다들 걱정했는데 그 순간에 양치기가 하나 망아지를 안고 왔어요. 할머니가,

"아이고, 내 새끼. 너 어디 갔다 오느냐? 어디에서 망아지를 가지고 오냐?"고.

"이 망아지 누구 망아지냐?"고.

할머니가 물어봤는데,

"할머니, 저 몰라. 저 초원에서 양들을 기르고 있는데 이 망아지가 혼자 남아 있었어요. 그래서 거기 놔두면 늑대가 잡아먹을까 봐서 걱정돼서 그냥 가져왔어요."

라고 했어요. 할머니는,

"알았다. 그러면 오늘은 우리 집에서 재우고 내일은 주인한테 갖다 드리자."

라고 했어요.

그랬더니 아침이 됐는데 주인도 안 오고 며칠 후에도 안 오고. 계속 그랬다가 망아지를 할머니와 같이 키웠어요. 옛날에는 넓은 초원에서는 한 집만 이렇게 살고 그러니까 친구들도 없고 수호가 너무 외로웠는데 망아지가 생겨서 자기 친구처럼 둘이 친했어요.

그랬다가 어느 날 커서 청소년, 그 열여덟 살 되면 뭐라고 하죠? [조사자: 청년.] 청년이 됐는데 그 마을에 말 타기 대회가 되게 됐어요. 대회에서는 만약에 1등 되면 그 마을 원님이라고 해요? 조금 돈 많은 관리하는 그런 사람이, 원님이,

"만약에 이 대회에서 1등 되는 사람 되면 자기 딸과 결혼시킨다."고.

이렇게 나왔어요. 그래서 마을주민들 수호한테,

"너는 이렇게 잘 기르고 잘생기고 착하니까 너는 자기 말과 말대회 나가라."고.

"그러면 1등 될 수 있다."고.

라고 했어요.

그래서 자기 말과 같이 대회를 나갔는데 1등 됐어요. 그랬는데 원님이 그거 알아가지고,

"어떻게 이렇게 가난한 사람이 1등 됐냐?"고.

"안 되겠다."고.

"그 말을 뺏어오라."고.

라고 해서 그 말을 뺏어왔어요.

수호를 엄청 많이 때려가지고 말을 뺏어왔는데 수호가 집에 와가지고 할머니한테,

"우리 말 뺏어갔다."고.

"어떻게 하냐."

막 울었어. 울고 있었는데,

그 마을 원님이 다른 마을에서 말 대회로 그 말을 보냈어요. 거기로 보냈는데 말이 너무 자기 주인과 수호와 같이 가야 되는데 혼자 막 가니까 괴롭고, 거기서 도망치고 자기 주인 수호한테 갔어요. 근데 갔는데 원님이 사람들을 쫓아가고 활쏘기로 막 그거 엄청 많이 그랬는데. 피도 나고 그 말이 엄청 다치고. 그러면서도 자기 주인을 막 찾아가고.

엄청 멀어. 그 초원이 엄청 넓었잖아. 거기서 막 며칠 동안 이렇게 다니다가 자기 주인한테 가는데. 수호랑 만나가지고 그 자리에서 바로 죽었어요, 말이. 그래서 수호가 엄청 슬퍼가지고 맨날 이렇게 울고 있는데, 어느 날 꿈속에서 말이 나타났어요.

"너는 슬퍼하지 마라. 만약에 나를 기억하고 싶고 나랑 같이하고 싶으면 예쁜 악기를 만들어. 내 뼈와 내 힘줄, 내 털로 이렇게 예쁜

악기를 만들라."고.

했어요. 그래서 아침에 일어나서 수호가 생각나는 대로 자기 말의 뼈, 힘줄로 악기를 만들었어요. 그래가지고 '마두금'이라는 악기를 만들었는데,

"그리고 너 항상 나를 보고 싶으면 악기를 쥐면 나 친구랑 같이 있는 느껴지는 거야."

그렇게 얘기했어요.

그래서 마두금이 이렇게 생겼다고, 옛날얘기 좀 너무 슬퍼요. 이거 어렸을 때 들었을 때 엄청 많이 울고.

몽골 모자가 새 모양인 이유

● **구연정보**

조사일시 : 2017. 06. 02(금) 오후
조사장소 : 강원도 원주시 개운동
제 보 자 : 수흐바타르 [몽골, 여, 1966년생, 결혼이주 16년차]
조 사 자 : 박현숙

● **구연상황**

제보자가 〈징기스칸 양아들이 된 차강〉 이야기 구연을 마친 뒤, 조사자에게 모자와 관련된 이야기가 있다고 했다. 조사자가 구연을 요청하자 제보자는 먼저 몽골 모자 터르처구의 사진을 찾아 보여주면서 한국 전통 혼례에서 신부의 머리에 쓰는 족두리와 비슷하다고 설명했다. 구연을 마친 뒤, 몽골에서는 까치를 좋아하고 까마귀를 싫어한다고 했다.

● **줄거리**

옛날에 어떤 나쁜 사람들이 몽골 사람들을 죽이려고 몽골에 식인 까마귀를 보내기로 했다. 까치가 이 결정을 몰래 듣고 몽골사람들에게 이 사실을 전하며 조심하라고 했다. 몽골사람들은 새 모양의 모자를 만들어 쓰고 식인 까마귀 공격에 대비했다. 식인 까마귀들이 모자의 새 모양을 보고 까마귀 왕인 줄 알고 무서워서 도망갔다.

옛날에 동북에 있는 유목민들이 살고 있었습니다. 그때 몽골인들을 죽일려고 했는, 나쁜 맘 먹는 사람들이 있었어요. [조사자: 사람들을 죽이려고 하는 사람들이 있었던 거예요?] 몽골사람들이 죽이려고. [조사자: 몽골사람들을 죽일려고?] 네. [조사자: 어느 나라 사람들이?] 그건 정확하지 않아요. 있었어요. 나쁜 맘 먹는 사람들이 있었어요.

그래가지고 먼저 사자들 보내고, 잡아먹으려고

'사자들을 보내볼까?'

라고 했다가 사자는 안 될 것 같고요.

그래서 그 이른 아침부터 새벽까지 의논했어요.

"뭐를 보내야 몽골사람들이 죽을 수 있을까?"

라고 말했어요.

그래서 갑자기 식인 까마귀를 보내기로 했어요. [조사자: 식인 까마귀?] 예, 식인 까마귀로.

그래서 그 착한 까치들이 나쁜 사람들 이야기를 들었어요. 근데 남자 두 명 보냈어요, 남자 두 명. 그 남자 두 명 자기 전에 둘이서 이야기하는 거를 까치가 들어가지고, 그래가지고 몽골사람들한테 가서 미리 말해 드렸어요.

"나쁜 마음 먹는 사람들이 죽이려고 식인 까마귀를 갖고 오는데, 그래서 조심하라."구.

근데 그래서 몽골사람들이 그 모자 있잖아요, 새 모양으로 만들었어요, 그 아내들이. 그래가지고 두 명이 일어나가지고 그 식인 까마귀를 보냈어요. 그랬더니, 까마귀들이 잡아먹으려고 사람들 가까이 다가왔는데, 근데 머리 위에 그 모자를 보고,

"이건 그 까마귀 왕, 왕이다."

무서워가지고 도망갔어요.

그래서 그 아내들이 그 자기, 자기 나라 사람들이 이거 평화를, 평화를 줬어요. [조사자: 뭘, 뭘 줬다고?] 평화를. 그 슬프지 않게 평화를 옮기고 좋은 삶을 줬어요. 그 나쁜 사람들한테 이거 자기 구했어요. 자기 나라 사람들이. [조사자: 자기 나라 사람들이.] 예.

[조사자: 그래, 그래서 다 죽지 않고 살았겠네요?] 네. 죽지 않고 살았어요.

[조사자: 그럼 까치한테 뭐 해줘야 되는 거 아니에요? 비밀 알려줬는데.] (웃음) 그런 거 없어요. [조사자: 그런 건 없고. 까치 덕분에 새 모양으로 된 모자를 만들어 써서 살인 까마귀들이 다 도망가게.] 네.

그래서 몽골에서 이 이야기 있어요. 손님, 우리 집에 손님이 오면 나무 위에 까치가 많이 와요. 그래서 말해줘요. [조사자: 그럼 그런

말이 있어요? 까치가 오면 손님이 온다는 말 있어요?] 네, 있어요. 좋아해요. [조사자: 우리나라도, 한국에도 있어요.] 몽골사람들이 좋아해요. [조사자: 까치가, 까치가 울면 손님이 온다고.] 예.

[조사자: 사람들이 까치에 대해서, 까마귀에 대해선 별로 안 좋아하나 봐요?] 예. 까마귀 싫어해요. [조사자: 까마귀 싫어하고, 까치 좋아하고?] 네. 까마귀 오면 사람 죽을 거 같다, 사람이나 뭐가. 죽는 그런 그 소식 온다고. 나쁜 소식 온다고 그래요. [조사자: 나쁜 소식 전해준다고, '까마귀가 울면 나쁜 소식 전해준다' 그러고, '까치가 울면 손님이 온다' 그러고?] 예. 그런 이야기예요. [조사자: 그런 말이 있군요. 재밌는데요.]

전통 씨름 복장이 변한 이유 [1]

● 구연정보

조사일시 : 2018. 02. 13(화) 오전
조사장소 : 인천광역시 부평구 갈산1동
제 보 자 : 멀얼게렐 [몽골, 여, 1983년생, 결혼이주 14년차]
조 사 자 : 오정미, 한상효, 엄희수

● 구연상황

제보자가 아기 있는 집에 멀쩡한 그릇이 없는 이유에 대해 구술한 뒤, 생각난 게 있다며 몽골 전통 씨름 옷에 대한 이야기를 해주었다.

● 줄거리

어떤 젊은 사람이 씨름판에서 승승장구하던 씨름 선수를 이겼다. 씨름 선수가 분한 마음에 이긴 사람 집을 찾아갔더니 가난한 집에 늙은 남자가 홀로 있었다. 씨름 선수가 그에게 아들이 언제 오느냐고 묻자 늙은 남자는 자신은 아들이 없다며 의아해했다. 마침 그때 여자가 무거운 짐을 들고 집으로 들어왔다. 씨름 선수는 자신을 이긴 사람이 여자임을 알게 되었다. 씨름 선수는 사람들에게 그 사실을 알리고, 그 후로부터 가슴 앞이 뚫린 씨름 옷을 입게 하여 씨름 경기에 여자가 출전하지 못하게 했다.

아, 그래서 이 얘기하다 생각난 거 있는데. 그, 몽골 전통 씨름 옷이, 이렇게 소매가 있는데 앞이 없어요. 앞이 뚫려 있어요. 근데 맨몸에다 그걸 입어야 돼요. 그니까 몸, 배가 나오겠죠? (웃음) 배랑 가슴이. 그래서 그거 왜 그렇게 됐는지, 이야기가 있어요.

그, 또, 아주 옛날에, 아주 옛날에 이렇게 씨름 대회가 계속 열리는 거예요. 근데 거기, 그 여러 지역마다 자기 대표 선수, 씨름 선수들을 보내서 이렇게 한 번씩 전국적인 대회를 해요. 그 대회는 어떻게 하냐면 이렇게 예를 들어서 100명이면, 두 명씩 두 명씩 붙어가지구 이긴 사람은 50명이 남잖아요. 그러면 서바이벌처럼 이렇게 해서 그 50명은 또 다시 두 명 두 명씩 해서 또 남은 사람 이렇게 이렇게 해서 마지막에 두 명 남아서, 한 분이 이기는 이런, 이렇게 씨름해요.

그러고 한 분이 이기면 그 사람을, 아까 얘기했던 것처럼 '사자', 아니면 '항가르드' 이런 계급을 주면서 아주 전사, 뭐지? [조사자 1: 천하장사.] 천하장사, 이렇게 해서 되게 높이, 이렇게 존경하구. 그 지역에, 어느 지역에서 그 사람이 나왔는지, 그 지역의 아주 명물이 되는 거예요.

그래서 그런 대회가 계속 열리는데, 그때, 그 어느 시댄가, 어떤, 되게 엄청, 갑자기 엄청 힘이 센 사람이 갑자기 나타났어요. 그래서 한 번 두 번씩 되게 조그만 대회부터 다 이겨가지고 마지막 전국 대회에도 이렇게 나갈려고 그랬는데. 그, 왜, 그때 옷이 다 이렇게 일반적으로 앞이 안 보이고, 다 그때 그 옷처럼 이렇게 있었는데. 그래서 하다 보니까, 그,

"그 힘센 사람, 걔는 왜 이렇게 힘 세냐?"

어떤 심술난 사람이. 그 이긴 사람의 집에 가서 보는 거예요. 봐서, 보니까 너무 가난한 집에 있는 거예요. 근데 할아버지 하나 있어요. 그래서 할아버지한테 가서 얘기하다가,

"어, 아드님 언제 오세요?"

이렇게 물어보는 거예요. 아들이, 그 집에 애들이 안 보여가지구. 그랬더니 할아버지가,

"어, 우리 집엔 아들이 없는데."

이렇게 하는 거예요.

"아니, 분명히 이 집 맞는데. 그럼 누구지?"

하고 기다리고 있는데, 저기서 엄청 큰 짐을 들구선 누군가 이렇게 들어오는 거예요. 그 집 자녀가.

보니까 그 대회에서 이겼던 사람인 거예요. 그래서 보니까 아들 아니고 딸인 거예요. 엄청 힘이 세가지고. 그래서 그 사람도 깜짝 놀

라가지고. 얼마나 힘세냐 했더니 이만큼 큰 돌도 들수 있구. 씨름선수였으니까 아무래도 힘센 사람들 모였는데 그런 사람들을 다 이긴 거예요. 그래가지구.

"딸이 있냐?"

고 그랬더니

"우리 집 딸, 자식 하나밖에 없어서, 이것저것 시키다 보니까 애기가 너무 힘이 세구. 그래서 씨름대회 잘 나갔나 보다."

이렇게 얘기하구. 그니까 그래서 그 심술한 사람이 가서, 그 위에 높은 사람한테 일른 거예요. (웃음) 그래가지구,

"아우 여자가 어디서 씨름하고 있냐? 어떻게 남자가 여자랑 씨름, 힘 대결하냐?"

이래가지구 그 옷을 앞이 이렇게 뚫리게 만들어 놓은 거예요. 그래서 맨몸에다가 이렇게 입으면 배가 나오고, 가슴이 나오고. (웃음) 그래가지구 바지도 약간, 한국 사람들 보면 저 밑에 좀, 부끄러운데 약간 삼각 팬티같은 바지 입고. [조사자 1: 아, 우리나라도 그래요. 한국두.]

그래서 옷을 그렇게 만들어 놓구. 옛날에는 남자들도 머리가 길었어요. 그래서 그 머리 기니까 구분이 안 되고 그랬다고 그래서. [조사자 1: 재밌다.] 옷을 그렇게 만들었다고. 힘이 센 여자 그렇게 있었다고. [조사자 1: 아, 그래서 가슴이. 나쁜 놈이네.] (웃음)

[조사자 1: 근데 이 씨름 옷 얘기두 너무 재미있네요. 왜, 왜 앞에가 이렇게 뚫리나.] (사진을 보여주며) 보시면 이렇게 돼 있어요, 완전. 이렇게 있으니까. [조사자 1: 뒤에도 이렇게 있는데 앞에가 완전히.] 누가 봐도 이렇게. [조사자 1: 그러네. 여자는 절대로 나갈 수가 없겠다.]

그래서 보시면 여기 앞에 이렇게 동그란 것들 있죠? 여기에 다 계급이 그림으로 다 있어요. 그러면 항가르드면 항가르드 모양 있구, 사자면 사자가 있구 이렇게. 다, 그 이 빨간 거에두, 이긴 순서대로 표시 해놔요. 그러면 서로 계급을 보고서 인사하구.

[조사자 1: 그럼 뭐가 계급이 제일 높은 거예요? 항가르드? 아니면 사자?] 그냥, 대장 같은 거 이런 뜻, 단어 있어요. 대장 있고, 그다음에는 사자, 그다음에는 항가르드. 이렇게 있어요. [조사자 1: 아, 신기하

다. 그렇구나.]

[조사자 2: 이거, 이 씨름을 몽골어로 뭐라 그래요?] 부흐. [조사자 1: 부흐?] 부흐. 부흐. (발음을 알려주고) 그래서 지금 부흐 시작하기 전에, 선수들이 이렇게, 이렇게 이렇게 가면서 인사해요. 이거는 항가르드의 모양을 보여주는 거예요 이렇게 날개를 펴서 반대, 상대방을 좀 이렇게 위협하는 식으로. 그래서 새가 날아가는 것처럼 이렇게 해서. 뒤에 가면 제일 멋있게 하는 사람이 더 좋고 이렇게. (웃음) [조사자 1: 오, 그렇구나.]

아, 그러구 여기 모자 있죠? 모자 보면 이렇게 위로 이렇게 뾰족하게 돼 있죠? 그러면 이거, 그 숨베르 오드예요. 숨베르 오드, 아까 그 높은 산 있죠? 네. 숨베르 오드. 다 이렇게 여기, 혹시 나중에 몽골에 가시면 다 눈에 들어오실 거예요. [조사자 1: 그러니까요. 알아야 재밌지.] 이렇게 됐는데, 이거 숨베르 오드처럼 뾰족하게 이렇게 해 놓은 거예요. [조사자 1: 이런 거 하나하나가 다 의미가 있는 건데.]

그래서 여기 동그란 모양은 해. 태양이 이렇게 해 가지구. 보면 여기 노란 줄들이 내려가 있어요. 그 햇빛이 이렇게 들어가 있고. 그래서 보시면 몽골 모자가, 약간 사람들이, 다른 사람들은 중국 모자랑 만주족이랑 헷갈리는데 몽골은 뒤에 이렇게 뚫려있어요. 내려가 있구. 근데 만주들이 약간 몽골을 이렇게 지배했을 때랑, 자기 옷을 많이 이렇게 생활화시킨 거예요.

근데 그거를, 만주는 뚫리지 않고 동그래요. 근데 몽골 사람들이 이거를 뚫어놔야겠다 해가지고 이걸 뚫어가지고 그래서 이렇게 해 가지구. 숨베르 오드하구, 이거. 이렇게 항상 뚫려서, 나가서 이렇게 자기네를 찾아야 된다 이런 식으로 하구. 뭔가 햇빛이 이렇게 주르륵 이렇게 해서.

전통 씨름 복장이 변한 이유 [2]

● **구연정보**

조사일시 : 2019. 01. 07(월) 오후
조사장소 : 강원도 춘천시 효자동
제 보 자 : 톱신자르갈 [몽골, 여, 1988년생, 결혼 6년차]
조 사 자 : 박현숙

● **구연상황**

제보자가 몽골의 다양한 민간요법과 풍속에 관해 구연을 마친 뒤 더이상 아는 이야기가 없다고 했다. 조사자가 2차 조사를 기약하며 이야기판을 정리하려고 할 때 제보자가 문득 생각이 났다면서 구연을 시작했다. 이 이야기를 끝으로 이날의 조사를 마무리했다.

● **줄거리**

옛날에는 신분이 높은 남자들이 다른 지역의 여자들을 마음대로 데리고 가서 강제로 같이 살았다. 한 가난한 집의 예쁜 여자가 남자에게 잡혀갔다가 도망친 뒤 남자로 변장하여 살았다. 남자로 변장한 여자가 씨름 경기에 나가서 이겼는데 나중에 여자임이 밝혀졌다. 그때부터 씨름 경기를 할 때 여자인지 남자인지 확인하기 위해 씨름 복장을 팬티로 바꾸었다.

그 몽골에 전통 씨름 있어요. 씨름. [조사자: 씨름?] 네, 씨름. 세 가지 전통 스포츠가 있는데. 씨름. 하나는 씨름. 그다음에 화살. 화살 쏘기, 활쏘기. 그리고 세 번째는 말 타기. 말 경기.

이렇게 세 가지 스포츠가 전통 그거 들어가는데. 그 나담Naadam 축제*라고 있어요. 몽골에. [조사자: 무슨 축제?] 나담. 나담 축제. 여름

* 나담은 해마다 7월 11일부터 7월 13일까지 몽골 전역에 걸쳐 즐기는 전국적인 축제로, 씨름, 말타기, 활쏘기 등 3가지의 경기가 주를 이룬다.

에 7월, 7월 달에, 7월 11일부터 삼 일 동안 하는 축제예요. 그 축제 때, 그 활쏘기 그리고 말타기, 씨름 이렇게 세 가지 경기를 하는데. 그 씨름, 몽골 전통 씨름 복장을 아세요? 혹시? 그 복장이 좀 특이하게 생겼어요. 근데 그 옷이 왜 그렇게 생겼는지 이야기가 있어요.

옛날에 그 진짜로 그런 일들이 많이 있었나 봐요. 그 지역들이 있잖아요, 몽골에서? 그래서 좀, 좀 등급이 좀 높은 사람들이 그 다른 지역에서 여자들을, 만약에 좋아하는 여자 생기면 그냥 훔쳐가서 강제로 같이 산다고. 그런 거. 실제로 그런 일들이 있었대요. 그래서 아주 옛날에 그 엄마랑 가난하게 살던 좀 이쁜 딸 있었는데. 그 옆 지역에서 그 좀 등급이 큰 사람들이 와서 잡고 가서 하니까 거기서 도망치고 나와서 여자가 이렇게 이런 거 당하고 사는 게 힘들다고 남자로 살게 되었대요.

다른 지역에 가서 도망치고 나와서 남자로 살다가. 힘도 있고 진짜 남자처럼 살다가. 남자들이 씨름하는 거를 거기도 참가했어요. 근데, 참가했는데. 나중에 여자였다는 게 밝혔대요. 그래서 그때부터 그 씨름 옷이 이렇게 아까처럼 이렇게 소매만 있고, 팬티만 있고, 그렇게 디자인을 바꿨대요. [조사자: 그니까 이제 여자인 걸 확인하려고?] 예. 여자들이 이렇게 가슴이 있으니까. 그런 걸 남자들만 씨름해야 된다고 그래서 옷이, 씨름 옷이 그렇게 생긴 거래요.

자장가의 유래

● 구연정보

조사일시 : 2017. 03. 13(화) 오후
조사장소 : 충청남도 천안시 동남구 안서동 단국대학교
제 보 자 : 노로브냠 [몽골, 여, 1970년생, 이주노동 4년차]
조 사 자 : 신동흔, 오정미, 이원영, 이승민

● 구연상황

제보자가 〈사계절이 생긴 유래〉 구연을 마친 뒤 자장가에 대한 이야기가 있다면서 이야기를 시작했다.

● 줄거리

'일데'와 '딜데'라는 사냥꾼 형제에게 여동생이 있었다. 어느 날 두 형제가 사냥을 나간 사이에 올케들이 여동생을 속여 반지를 삼키게 해서 죽였다. 사냥에서 돌아온 형제들은 매우 슬퍼하며 사슴의 뿔에 여동생을 매달아 보냈다. 사슴은 여동생을 산속의 노인들이 사는 집으로 데려갔다. 노인들은 여동생을 살려서 잘 키웠고 그녀는 나중에 왕비가 되었다. 어느 날 우연히 일데와 딜데 형제들이 왕비가 된 여동생의 집에 가게 됐는데, 여동생은 오빠들을 알아보고서 그간의 사연을 담은 노래를 불렀다. 노래를 들은 오빠들은 아내들에게 아홉 마리의 말꼬리에 묶어 찢어 죽이는 벌을 준 후 여동생과 함께 행복하게 살았다. 이 노래가 바로 자장가의 유래이다.

그 자장가가 생긴 이야기. [조사자들: 자장가, 자장가!] 자장가.

일데, 딜데. 일데랑 딜데라는 형제가 있었대요. 그 둘은 둘 다 사냥꾼이고 그리고 여동생이 하나 있었대요. 근데 여동생은 '일든던드그'라고 하거든요. 일든던드그라고 그래요. 여동생 이름은. 그런데 이 그 둘이서 그 사냥 그 두 형은 이 장가들어, 장가들어가지고 그 와이프들이랑 같이 사는데 동생을 데리고 사는 거예요.

그랬더니 그 어느 날 그 일데, 딜데 둘이서 사냥에 나간 이후에 그 뭐라고 하지, 그걸? 숙모? 어떻게 형의 와이프이면? [조사자 1: 형수.] 형수, 두 형수(올케언니)가 딜데 그 동생을 불러 가지고 셋이서 놀자고 그랬대요. [조사자 2: 그 여동생?] 여동생, 예, 그 남편의 여동생. [조사자 1: 새언니.] 예, 새언니들이.

그 두 새언니가 여동생을 불러가지구 셋이 놀자구 그리고 이 반지 하나 꺼내가지고

"이걸 삼키는 놀이 하자."

이렇게 해가지고 둘이서는 삼킨 듯이 해가지구 안 삼키구 했는데 얘가 삼켜가지구 목에 걸려서 쓰러져요. 그래가지고 아, 그, 죽었다고, 아, 긍까 삼켜가지고 여기 목 이거 뒤로 꺼내자구 그 반지를. 그렇게 해가지구 둘이서

"이쪽으로 이렇게 해가지고 이쪽에서 아, 이렇게 나왔다."

이렇게 속여요. 동생을. 그런데 또 그 동생이 실제로 그렇게 한 줄 알고 삼키다가 그거 걸려가지고 쓰러지는 거예요.

근데 형들은 사냥을 갔다가 그 사냥에서 돌아와가지고

"우리 동생이 어떻게 됐냐?"고.

그러니까

"동생이 죽었다."고.

그 형수, 그 새언니들이 그 이야길 해요. 그래서 그 되게 슬퍼해가지고 그 형 두 형은 한, 하나는, 그 사슴 한 마리를 그 산 채로 잡아와가지고 그 뿔, 뿔에서 그 동생을 그, 이렇게 매달아주고 그냥 보내요. 그 사슴한테 주어서 보내는 거예요. 뿔에 이렇게 매달아서 보내요.

그랬더니 그 산 그 사슴이 산에 갔다가 그 어느 그 노인 두 명이 사는 집 밖에 와가지고 그걸, 그 떨어뜨리고 가버려요. 그래 그 노인들이 와 보니까 여자애가 이렇게 기절해서 그 쓰러진 여자애가 하나 있길래 그걸 받아가지고 키워가지고 살려, 그 살리는 것이 아니라 그거 이거 걸렸으니까 그거 걸린 거 빠져나간 거예요. 그래가지고 살아가지고 키워요.

근데 키우는데 나중에 이 여자애가 커가지고 그 자라서 커가지고 왕비가 돼요. 그 지역 수령의 그 와이프가 돼요. 그래 와이프가 돼가지고 사는데 그 형들이 그 우연히 어느 날 그 와이프가 되가지고 애 낳고 그렇게 사는데 우연히 어느 날 형이 그 수령 집에 오게 돼요. 근데 그 여동생이 그 형을 알아봐가지고 거기 그 노래를 해요. 노래를 할 때 이거 두 가지를 했거든요. 하나는 그 할머니, 그 애 봐주는 할머니한테 시켜가지고

"이렇게 불러라."

하고 부르게 하고, 또 하나는 자기가 직접 불러요. 근데 부를 때는 그,

"하라데가 가네 손자다. 헤루툰데징, 그 헤루퉁데지에 아들이다. 일데, 딜데에 아, 그 조카다. 일든던득의 아들이다."

이런 식으로 노래를 불러요. 그걸 그 노래를 듣고 그 자기 동생인 걸 알고 이 두, 이 세 자매가 만나가지고 그 서로 알고 만나가지고 행복, 행복하게 살았는데 그 새언니 두 사람은 그 아홉 마리의 말꼬리에서 묶어가지고 찢, 찢겨죽었대요. 그래서 자기 그 동생을 자기가 자매인 걸 알고 아, 뭐지? 형제인 걸 알고 남매인 걸 알고 행복하게 살았다.

그리고 그 이후로 그 내력을 이렇게 이야기하면서 부르는 것이 바로 자장가가 된 거예요. [조사자 2: 아까 방금 그 그 오빠한테 불러줬던 그 노래가 자장가가 된 거예요?] 예. [조사자 1: 그러면 집안마다 자장가 내력이 다 달라요? 부르는 게. 아니면 금방 말씀하신 그 가사대로?] 예, 가사는 그 아까 그 이야기한 거 그거 이렇게 보편적인 거고 또 특수, 특수, 특수가 있어요. [조사자 1: 그럼 다른 집에서도 '일데 딜데' 이런 말을 해요?] 예, 뭐, 그렇게 하는, 보편적이니까 그렇게도 하고 이렇게 여러 변이가 있으니까.

[조사자 3: 올케들이, 새언니들이 애기 보기가 귀찮으니까 이렇게 일부러 이렇게 삼키게 만들었나봐. 반지를.] [조사자 2: 귀찮기도 하고 아마 질투심이었을 거 같애. 여동생을 막 오빠들이 챙겨주고 예뻐하는 게. 근데 재밌네요, 선생님. 이 노래가 자장가가 됐다는 게.] 그래서 자장가가 됐어요.

아이들을 잡아가는 망그스

● 구연정보

조사일시 : 2017. 03. 13(화) 오후
조사장소 : 충청남도 천안시 동남구 안서동 단국대학교
제 보 자 : 노로브냠 [몽골, 여, 1970년생, 이주노동 4년차]
조 사 자 : 신동흔, 오정미, 이원영, 이승민

● 구연상황

조사자가 제보자에게 한국의 망태 할아버지와 같은 존재에 대해서 묻자, 제보자가 망그스 이야기를 시작했다.

● 줄거리

몽골에는 한국의 망태할아버지와 같은 '망그스'라는 괴물이 있다. 망그스는 머리가 열다섯 개 달린 일종의 귀신으로 아이들을 겁주기 위해 부모가 부르는 존재이다.

[조사자 2: 선생님, 자장가 얘기 하시니까 궁금한 게 하나 있는데, 몽골에도 한국으로 말하면 망태 할아버지가 있어요? 왜 애기들이 막 밤에 안 자면 겁주냐구 "야, 망태할아버지 온다." 왜냐면 저희가 이렇게 지역마다 다니면서 망태할아버지 얘기가 다 있는 거예요.] 음. [조사자 3: 잡아간다?] [조사자 1: 애기 잡아가는 무서운.] [조사자 4: 호랑이가.] [조사자 2: 응, 어디는 할아버지구 어디는 할머니구 막 좀 그 대상만 다를 뿐.] [조사자 3: 귀신, 귀신도 있고요. 몽골은 그런 게 있나요? 늑대, 뭐 이런 건가?]

아니요, 망그스. [조사자 2: 망그스?] 예. 망그스가 그거거든요. 그러니까 괴물. 영웅서사시에서 항상 나오거든요. 아까 그 열다섯 개의 머리가 달린 망그스라고 하는 거, 그 망그스. 그 망그스, 망그스가 나

와요. 어릴 때는,

"망그스가 찾아와서 잡아간다."

뭐 이렇게 하면 그거 되게.

그래가지고 제가 그때 한 이천 년대 중반인가 그때 망그스에 대한 몽골 사람들의 이미지를 모을까 이렇게 해가지고 제가 그 어릴 때 티비 이런 거 없었잖아요. 그러니까 제가 어릴 때 생각을 했어요. 내가 어릴 때 어떻게 상상, 내 상상 속에 망그스가 어떤 모습이었을까?

그러니까 제가 어릴 때는 몽골에 서쪽지방 그 바위산 막 이렇게 붉은 바위산 뭐 이렇게 그렇게 있었거든요. 그래서 제가 비 오고 막 그러면 그 한국에선 산사태가 일어나지만 몽골은 바위가 굴러 떨어져요. 그 지역 그 특성상. 그런데 굴러 떨어지면 진짜 '퉁퉁쿵쾅' 이렇게 소리가 나면서 되게 무서워요.

그래서 제가 그 어린 마음에 이 망그스가 이 바위처럼 붉은 얼굴이고 이 바위처럼 울퉁불퉁 얼굴이 이렇고 이 열 이십 다섯 개의 머리가 있구 마흔 아홉 개의 머리가 있구 막 이런 것들을 상상이 되고 그랬었는데 그 이후 티비가 나온 이후에 그 아이들 그 상상 속에 그거가 망그스는 불교 그 신들, 좀 이렇게 무섭게 생긴 신들 있잖아요. 그 모습으로 고정됐드라구요.

그런데 요새 애들에 그런 신들은 만화에서 나오는 그 등장 그 나쁜 족, 그 이미지가 일본 만화에서는 그 뭐죠? 그 안 좋은 족. [조사자 2: 악당들?] 어, 악당 같은 거 그리고 뭐 그런 걸 더 이거 하드라구요.

[조사자 2: 그럼 어렸을 때 그 돌이라고 생각한 건 선생님 혼자만의 생각이셨던 거예요? 아니면 대부분 막 그때 당시의 어린이들은 다 그렇게 생각한 거예요?] 제가 그냥 저 혼자. 다른 사람한텐 안 물어봤어요.

[조사자 1: 그럼 보통 얘기할 때 표현되는 망그스는 머리가 많다는 게 공통점인 거예요?] 아, 그리고 그뿐만 아니라 표현이 막 다 나와요. 다 나와요. 손톱은 뭐 거기 이 초원으로 덮여 있구 막 머리카락은 뭐 어디를 하구 있구 머리가 몇 개구 발톱은 뭐 어떻게 어떻게 되어 있구 막 이렇게 다 표현이 있어요. 하나하나씩 나열하거든요. 그리고 그 배를 짤랐드니 뭐 카라반 60개가 나왔다. 이쪽 주민은 이쪽으로 가

고 저쪽 주민은 저쪽으로 갔다 뭐 이러니까.

[조사자 2: 잡아먹었구나?] 예, 잡아먹은 채로 그냥 있는 거예요. 옛날 그 거인, 거대한 뱀이 막 삼키면 그 안에서 나오듯이 영화에서 나오듯이 그대로. [조사자 3: 손톱이 초원을 다 덮을 정도면.] [조사자 2: 아, 역시 망태할아버진 다 있었어.] [조사자 3: 그 초원에도 그 요정이나 그런 난쟁이 같은 그런 고블린 같은 그런 괴물은 없어요?] 그건 없어요. 예. 그런 건 없구.

그런 게 이거 그 두려움의 대상? 이런 것들은 또 한국은 귀신 있잖아요? 하얀 옷 입고 막 이렇게 피 나고 머리카락은 이렇게 내려오고 그러는데 몽골은 온데간데없는 거. 형체가 없는 거 그걸 되게 무서워해요. 이거 해가지고. [조사자 3: 안 보이는 거?] 안 보이는 거. 형체가 없다는 거. 그래서 그런 거 형체가 없는 걸 제일 무서워하는 거 같드라구요.

제가 그냥 문화수업을 하거든요. 그러면서 한국에 학생들한테 젤 두려움의 대상, 두려운 거 뭐냐 그럼 귀신이라고. 그러면 어떻게 생겼냐 그러면 진짜로 그 고향의 전설인가요? [조사자들: 전설의 고향.] 전설의 고향인가? 그걸 봤을 때 제가 아, 한국 사람들의 두려움의 대상이 이거구나 이렇게 알겠드라구요. 근데 몽골 걸 그때 그 당시에 몽골 거 뭘까? 이렇게 생각을 해 보니까 제가 제일 무서워하는 거 뭘까? 형체가 없는 거드라구요. 이거 표현이, 표현이 없어요. 몽골에서는. 이걸 이렇게 이런 거가 그래서 이렇게 있다.

[조사자 2: 그냥 소리는 있는 거죠, 선생님? 형체는 없지만 소리.] 소리는 또 '쉬.' 이런 소리도 날 수 있고 그런데 예를 들면 그런 이야기가 많아요. 이렇게 말을 타고 가다가 이거 귀신이 말 그 발을 묶어 둔다. 그러면 말이 그냥 갈 수도 없고 그냥 서는 거야, 서는 거야. 그때 방법을 가리켜주는, 그때는 말 탄 사람이 내려가지고 그 말 그 네 발 사이로 오줌 싸면 된다고. 그러면 그거 풀어진다고. 그런 이야기가 있거든요. 그래서 그런 것도 보면 형체가 없잖아요. 누가 와서 보이는 것도 없고.

[조사자 3: 약간 악령 같은 그런 존재인가요? 아니면 자연의 기운 같은

건지?] 그렇죠. 그런 거. 뭔가 혼, 혼, 뭔가 혼, 영, 영, 혼인 거예요. 그걸 제일 무서워하는 거 같애. [조사자 2: 저번에 필리핀에서두 시골에서 제일 무서워하는 귀신이 자기 어렸을 때 형체가 없대요. 아무도 봤다는 사람은 없는데 소리가 있대요. 이상한 그 소리가 나면 '왔구나!' 한다는 거예요. 그러니까 형체가 없는 거죠.] [조사자 1: 기운이 다, 우리나라는 있으면 촛불이 갑자기 탁 꺼지는 게, 바람도 안 부는데, 사실 그 기운이.] 예.

제가 그 되게 놀란 적 있어요. 그때 진짜 가슴이 쾅쾅쾅쾅. 어렸을 때 시골이었거든요. 이렇게 혼자 밤에 이렇게 가는데 '혼자 간다, 내가 캄캄한 밤에 간다' 이렇게 생각을 하고 있었어요. 근데 무서운 거죠. 그런데 갑자기 가는데 갑자기 뒤에서 '스' 막 이러는 거야.

깜짝 놀라가지고

"아."

하면서 그냥 소리 지르면서 달렸는데 나중에 정신 들어가지고.

게르로 들어온 여우와 양털 펠트 유래

● **구연정보**

조사일시 : 2018. 03. 10(토) 오전
조사장소 : 경기도 양주시 덕정동
제 보 자 : 게델마 [몽골, 여, 1972년생, 결혼이주 14년차]
조 사 자 : 김정은, 황승업, 강새미

● **구연상황**

제보자가 〈지혜로운 토끼〉를 구연한 뒤, 조사자가 몽골의 외눈박이 괴물에 대한 이야기를 아는지 물었다. 제보자는 그 괴물에 관한 이야기가 너무 많아 기억이 잘 나지 않는다며 다른 이야기를 구연했다. 몽골에서는 아이가 태어나면 양털로 펠트를 만들어 아기 위에 걸어주는데, 그 이유와 관련된 이야기라고 했다. 중간에 제보자가 여우를 늑대로 바꿔 구연하기도 했다.

● **줄거리**

옛날에 여우 한 마리가 돌아다니다가 어떤 게르 안에서 가족의 행복한 웃음소리가 나오는 것을 들었다. 여우는 가족들이 잠시 손님을 배웅하러 나갔을 때 몰래 게르 안에 들어가서 아기에게 함께 놀자고 이야기했다. 하지만 아기는 태어난 지 얼마 되지 않아서 말을 못하고 배냇짓만 했다. 여우가 자기랑 안 놀면 엄마를 데려간다고 하자 아기가 울려고 했다. 아기가 울면 부모가 들어올 거라고 생각한 여우가 엄마를 안 데려가겠다고 하자 아기가 다시 웃었다. 그렇게 놀다가 가족이 들어오자 여우가 바로 도망갔다. 이를 본 아기의 아버지는 양털로 여우 모양의 펠트를 만들어 아기 위에 걸어놓았다. 그러자 여우가 이것을 보고 다른 여우가 있는 줄 알고 들어오지 않았다. 몽골에서는 여우를 '우넥'이라고 하는데, 아이가 배냇짓 하는 것을 '우넥짓'이라고 부른다.

아이가 태어나면 우리가 애기 앞에, 위에다가 펠트 있잖아. 몽골 게르 만들 때 사용하는 거, 펠트 알아요? 게르, 우리 몽골 게르 있잖

아. 게르 만들어 놓은 거 거기 양털로 우리가 펠트 만들거든.

한국어로… [조사자 1: 퀼트 같은 거예요?] 그렇죠. [조사자 1: 게르에 양털로 퀼트처럼 선을 만드는 거죠.] [조사자 2: 양털로 이렇게 뭐 짜듯이.] 아니 짜지는 않는데 이거 펠트인데, 한국어로 말할 때는. [조사자 2: 아 펠트 맞아요, 펠트.] 펠트 맞아요? [조사자 2: 네.]

그거는 양털로 만드는 거예요, 몽골사람들이. 양털로 막 해가면서 이렇게 원단처럼 만들어가지고 그거 절차가 저도 몰라요. 지역, 도시에 살아보니까. 그래서 그거로 이제 여우 있잖아요. 제가 아까 얘기하는 여우 똑같이 이렇게 잘라가지고. [조사자 1: 티벳여우 같이.] 애기, 태어난 애기 위에다가 이렇게 걸으는 거예요.

그 이유는 어떤 거냐면. 어느 날 애기가, 그 여우가 돌아다니고 있는데 행복한 가족이랑 만났대. 그 게르 몽골 전통 집, 게르 있잖아요. 게르 쪽에서 아이 울음소리도 나고 사람들이 웃음소리 났고. 그래가지고 그 늑대(여우)가 너무 궁금해가지고 가봤는데 조그만 애기가 하나 있었대. 그래서 그 안에 있는 가족이 손님이 와가지고 이제 배웅을 나가는 중에 애기가 혼자가 있는 거예요. 그래서 늑대(여우)가 집에 들어가 가지고 보니까 애기가 너무 이쁜 거예요. 그래서 여우가 너무 심심해가지고 그 애기랑 놀고 싶은 거예요, 여우가. 그래서 애기한테,

"아 애기야, 너 나랑 놀자."

그렇게 얘기했대. 그래가지고 태어난 애기잖아.

"얘 나랑 놀자. 그러면, 너 나랑 안 놀면 엄마가 간다."

라고 한 거예요. 그랬더니 애기가 지금 태어나는 애들이 있잖아. 막 이렇게 누우면서 웃는 거 있고, 웃고 이러잖아요. 그래서 그 여우가,

"그럼 너 나랑 안 놀면 니 엄마를 데리고 간다."

그랬더니 막 이렇게 배냇짓하는 거예요. 울려고 하고. 그랬더니,

'어 애기 울면 가족이 들어올 건데 어떡하지?'

그래서,

"알았어, 알았어. 니 엄마를 안 데리고 갈 거야. 그냥 엄마가 여기 있어."

그랬더니 막 웃는 거야. 그래가지고 그거를 보는 늑대가 너무 좋아, 아니 여우가 너무 좋아가지고 또 계속 애기랑 노는 거야.

"니 엄마를 데리고 간다."

라고.

왜냐면 애기가 아까 더 울려고 하고. 그다음에는,

"아니야, 아니야 엄마가 여기 왔다."

라고 하면은 막 웃고.

그래서 놀다가 가족이 오니까 자기가 그냥 가는 거예요. 그래서

'다음날은 또 와서 애기랑 놀아야지.'

그래가지고 가는데. 그랬더니 그거 늑대(여우)가 가는 거를 아빠가 본 거예요. 딱 집에서 이렇게 가족이 들어오려 그랬더니 바로 집에서 늑대가 도망가는 거 봐가지고. 아빠가 그 펠트를, 그 여우를 이렇게 잘라가지고 만들어서 애기 앞에다 걸은 거예요. 그래서 다음에 오니까 그 자기가 있는 거예요, 늑대(여우)가. 그래서

'아 너는 늑대(여우)가 있구나.'

라고 해가지고 다시 갔대.

그래서 우리가 그거를 한국말로는 모르겠는데, 우리나라는 여우를 '우넥'라고 했거든. '우넥'. 네, '우넥'이라고 했는데. 근데 애기 그 지금은 '배냇짓 하다'라고 했잖아. 그럼 몽골에서는 '우넥짓 한다.'고 그런 거를, 그런 얘기.

조상신 어머니 알롱고아의 지혜

● 구연정보

조사일시 : 2017. 03. 13(화) 오후
조사장소 : 충청남도 천안시 동남구 안서동 단국대학교
제 보 자 : 노로브냠 [몽골, 여, 1970년생, 이주노동 4년차]
조 사 자 : 신동흔, 오정미, 이원영, 이승민

● 구연상황

제보자가 몽골은 유목민이라서 화목이 중요하다며 화목과 관련한 이야기를 들려준다고 했다. 제보자는 이야기를 구술하기 전에 왜 이 이야기를 들려주는지 배경설명을 한 뒤 설화를 구술하는 특징을 지속적으로 보였다.

● 줄거리

몽골의 조상신인 '알롱고아'는 죽은 남편과의 사이에서 두 아들을 두었고, 남자 없이 게르에 들어온 햇빛으로 임신해서 셋째 아들을 낳았다. 그런데 두 아들들이 막내 동생이 생기자 어머니를 의심했다. 어느 날 알롱고아는 화살을 1개씩 주며 두 아들에게 부러뜨리라고 했다. 화살이 잘 부러지자 이번에는 5개를 주어 한꺼번에 부러뜨리게 했다. 아들들이 화살을 못 부러뜨리자 알롱고아는 이 화살들처럼 형제끼리 잘 화합해서 살아가라고 했다. 그 아들 중 한 명이 칭기즈칸의 조상이다.

근데 이 이야기에서 그 화목을 되게 중요하게 다루는 거. 그래서 교훈적인 그런 이야기 역할을. 이러기 때문에

'여러분들은 화목하게 살아야 된다.'

이렇게. 이거 화목 이거 또 몽골에서 되게 중요하게 생각하는 이유가 이 화목, 몽골 민족의 특성상 흩어지는 걸 좋아하거든요. 자꾸 유목 생활이다 보니까 흩어져야 살아요. 흩어져야 살고, 사실 이거

뭉쳐서 나라라는 개념이 생겨나 가지고 했을 때는 이거 뭉쳐야 나라가 되죠. 그런데 이거 나라가 이렇게 흩어지고 자꾸 분열이 되고 이러니까 이 화목에 대한 그런 교훈적인 이야기들이 많거든요.

그래서 그거 또 그 몽골 시조 신화 이런 쪽에 보면 '알롱과'라고 그 몽골 조상신, 조상신 어머니가 있는데 그 알롱과가 원래 그 남편한테서는 아이 둘이에요. 둘을 낳고 남편이 먼저 죽어요. 그러니깐 둘을 낳았는데 그 집에 하인 남자 한 사람이 있거든요. 근데 다른 남자가 없는데 그 알롱과가 임신을 세 번이나 해가지고 아들 셋을 얻어요. 그래가지고 아들 다섯이 되잖아요. 그래서 다섯이 됐는데 이 첫째와 둘이 이야기해요.

"우리 아버지도 없는데 이렇게 아들 셋을 더 어머니가 낳으셨다."고.

그래서,

"이거 아마 이 하인의 자식일 수도 있다."고.

그렇게 의심을 해요. 그러니까 자꾸 그러니까 엄마도 눈치 채셔가지고 그 어느 날 아이들을 불러가지고 그 이야기를 해요.

"내가 이렇게 매일 밤, 밤에 햇빛이 막 이렇게 그 몽골 게르* 천장으로, 천장을 통해서 햇빛이 들어와가지고 내 배를 이렇게 어루만지고 나면, 만지고 간다. 그거 때문에 내가 임신해가지고 이렇게 아들 셋을 낳았다."

이렇게 해가지고

"그러니까 분명히 얘네들은 일반 아이들이 아닐 거다."

이런 이야기를 해요. 그래가지고 너희 다섯 명은 그러면서 이 화살 다섯 개를 아이들한테 줘요. 나눠줘요. 나눠주면서.

"이걸 부러뜨려 보라."고.

그래서 아이들은 쉽게 부러뜨려요. 그러니까 그 어머니가 이거 이렇게, 그러면 이제는 하나만 아니고 다섯 개씩 줘요. 한 묶음으로 해가지고.

* 몽골족의 이동식 집이다.

"자, 이걸 부러뜨려 봐라."

그러니까 아이들은 그걸 부러뜨릴 수가 없어요. 단단하니까. 그래서 어머니가,

"너희들은 각자의 길로, 합이 없고, 각자의 길로 가게 되면 이 화살처럼 쉽게 부러지는데 이렇게 뭉치고 나면 너희들은 이렇게 부러지지 않고 튼튼하게, 단단하게 있을 수 있다. 그러니까 화목을 지켜라."

이렇게 이야기를 하게 돼요. 그거 몽골비사*에서도 그렇게 나오거든요. 그래서 이런 것들은 좀 화목, 화합, 이걸 되게 중요하게 생각했다는 그런 이야기예요.

[조사자 3: 다섯 형제가 나중에 어떻게?] 몽골 씨의, 그러니까 몽골 그 민족의 조상이 돼요. 그 다섯 중에서 그 몽골 씨족의, 부족의, 몽골 민족의 조상이 나와요. 그래서 이 다섯 명이 나중에 몽골 각각의 부족의 그런.

[조사자 1: 그럼 부족이 다섯 부족인가요?] 아니요, 그렇지도 않고 어쨌든 그 다섯 명 중에 하나가 칭기즈칸의 조상, 할아버지가 돼요. 이름들은 다 있는데 이름들은. [조사자 3: 실제로 어머니 말씀대로 다섯 명이 화목하게 잘 지냈고요?] 네, 그리고 어쨌든 그 이야길 하게 돼가지고 그다음에는 어쨌든 그 아들 셋에 대한 우애라고 할까요? 반감이나 이런 것들은 좀 없어졌겠죠.

그 그거에 대해서 나중에는 뭐 이어지는 이야기는 없는데 그냥 그런 부분적인 것들이 있으니까 원조비사, 몽골의 최초의 기록문학

* 『몽골비사(Mongγol-un ni'uča tobča'an)』는 칭기즈칸의 일대기이다. 또한 그의 선조인 부르테 치노(잿빛 푸른 이리)와 코아이 마랄(흰 암사슴) 내외부터 칭기즈칸 자신 그리고 그의 아들들, 손자들에 이르기까지 25대와 관련된 이야기로 되어 있다. 비교적 상세하게 때로는 아주 간략하게 기록되었는가 하면, 때로는 신화나 문학처럼 표현되고, 때로는 역사처럼 기록된 한 집안의 내력이다. 『몽골비사』는 또한 그들과 25대에 걸쳐 함께 살던 몽골 고원 유목민들의 삶에 대한 역사 기록이고 민속학, 언어학, 문학의 자료이며, 12세기 중엽부터 13세기 초까지 금, 송, 콰레즘, 서하, 고려를 비롯한 크고 작은, 그리고 멀고 가까운 나라들이 몽골을 겪은 역사이다.

이에요. 몽골비사가. 예, 몽골비사라는 책이 있어요. [조사자 2: 비석?] 비사. 비밀 역사. 몽골의 비밀 역사.

그래서 그 책에는 그 책은 칭기즈칸이 그 조상으로부터 쭉 이렇게 이야기를 해가지고 칭기즈칸 어릴 때 모습 그리고 그 나라를 만든 거, 통일시킨 거 그리고 세계 정복, 그 후손의 이야기까지 이렇게 가다가 끝나게 되는 그런 책이 있는데 그 책 앞부분에서 칭기즈칸의 조상에 대해서 이야기가 나와요. 그 이야기 중에 그런 이야기가 나오거든요. 조현설 선생님이 그때 그 박사 논문에서 그 기원 신화, 몽골 기원 신화 이런 것들 다룰 때 거기서도 그런 신화들이 나와요.

[조사자 1: 아까 조상신 어머니는 아동과?] 알롱과, 알롱과. [조사자 2: 알롱과. 알롱과.] 예. 알롱고아. [조사자 2: 알롱고아.] 고아. [조사자 2: 고아.] 예. [조사자 2: 그 칭기즈칸의 조상이 처음에 그, 그 남편의 아이들 두 아들들이었을까요? 아님 뒤에?] 뒤에 나온 거로 제가 기억하고 있는데. [조사자 2: 뒤에 셋?] 확인해야 돼요. 그런 거는.

[조사자 1: 혹시 그 알롱과 조상신 어머니는 어떤 특기한 뭐, 신직이 있는 신인가요?] 그렇진 않고 그냥 일반 사람이었는데 햇빛만 들어와가지고 그 햇빛으로 인해서 그 임신했다. 이거. 그래서 그거 좀 이렇게 신적인 존재 그 따를 수밖에 없는 존재다. 이런 거. 그 햇빛 때문에.

[조사자 1: 그럼 뒤에 신앙에서는 따로 안 나와요? 몽골인의 신, 신앙에서는?] [조사자 2: 어머니가.] [조사자 1: 알롱과를.] 그냥 알롱과에 대해서 그 전설만 이렇게 나오니까, 그걸 뭐 그냥 그대로 이렇게 하고 알롱과의 후예다 뭐 이렇게 이야기가 나오죠. 특별히 뭐 이렇게 알롱과는 신이 돼가지고 모셔진다 이런 건 없고. [조사자들: 없어요?] 예. 그런 건 없고.

[조사자 1: 전 궁금해서, 화덕이나 부뚜막이나 이런 데 신이 됐을까 싶어가지고.] 그건 한국에만 있는 신들이에요. 몽골의 신들은 화덕이나 이런 거 화덕보다는 그거 불, 불에 있거나, 아니면 물에 있거나, 수신. 예, 화신, 수신, 천신, 산신. [조사자 3: 자연 그 자체에만?] 예. 그렇게 이야기가 돼요.

징기스칸 어머니 알랑고아의 지혜

● **구연정보**

조사일시 : 2017. 06. 02(금) 오후
조사장소 : 강원도 원주시 개운동
제 보 자 : 수흐바타르 [몽골, 여, 1966년생, 결혼이주 16년차]
조 사 자 : 박현숙

● **구연상황**

조사자가 제보자의 자택에 방문하여 4차 조사를 시작했다. 조사자가 제보자에게 어떤 이야기를 준비했냐고 묻자 제보자는 징기스칸의 엄마에 대한 이야기를 준비했다며 구연을 시작했다. 이 이야기는 교과서에 실려 있어서 어릴 때부터 잘 알던 것이라고 설명했다.

● **줄거리**

옛날에 도본 메르겐과 알랑고아가 결혼해서 아들 둘을 낳았다. 알랑고아는 남편이 죽은 후 세 쌍둥이를 더 낳아서 다섯 아들을 키웠다. 알랑고아가 다섯 아들에게 화살을 하나씩 나눠주며 꺾어보라고 하자 다섯 아들 모두 화살을 쉽게 꺾었다. 알랑고아는 다시 화살을 다섯 개씩을 나눠주며 한꺼번에 꺾어보라고 했고 아무도 화살을 꺾지 못했다. 알랑고아는 아들들에게 다섯 개의 화살처럼 뭉쳐서 행동하면 지지 않을 거라고 가르침을 주었다. 다섯 형제는 어머니의 가르침대로 의좋게 지냈고 징기스칸은 몽골 제국을 건설했다.

옛날 옛날에 중국 청나라 때 신화, 신화예요. 그 징키스칸Genghis Khan* 그 아빠 도본, 도본 메르겐이라고 사람이 있었어요. 그리고 알

* 몽골제국을 건설한 왕으로 생몰연도는 1162~1227년이고, 재위 기간은 1206~1227년이다.

랑고아랑 결혼했어요. [조사자: 누구랑 누가 결혼했다구요?] 알랑고아. [조사자: 알롱과?] 네. 징키스칸 아빠가 도본 메르겐이 그 알랑고아랑 결혼했어요.

결혼했는데요, 그리고 그 아들 둘 낳았어요. 아들 둘 낳고, 아버지가 아들 둘이 어렸을 때 돌아가셨어요. 돌아가셨는데요. 그리고 엄마가 그 갑자기 생겼어요. 왜냐면 하늘에서 보내주는 아들 같아요. 쌍둥이를 세 쌍둥이를 낳았어요. [조사자: 세 쌍둥이?] 예, 아빠, 아비 없이 세 쌍둥이를 낳았어요. [조사자: 아버지도 없이?] 예, 그래서 아들 다섯 명이에요.

그래서 어떤 날, 어떤 봄날 그 엄마가 알랑고아가 그 아들 다섯 명 불러가지고 화살 하나하나씩 주면서 꺾어보라고 했어요. [조사자: 뭐를 하나씩 줬다구요?] 화살. [조사자: 핫살? 핫살이 뭐예요?] 화살, 그, 그거 있잖아요. 화살. [조사자: 아, 화살!] 화살 그거를 하나씩 줬어요, 나무를. 하나씩 줬는데, 이걸 꺾어보라고 했어요. 꺾어보라고 했는데, 애들이 쉽게 꺾었어요.

그래가지고 이번에는 그 다섯 개를 줬어요, 한 사람당. [조사자: 화살을 한 사람당 다섯 개씩?] 예, 다섯 개씩 묶어가지고 이것 좀 꺾어보라고 했어요, 다시. 그랬더니 누구도 아무도 꺾어, 꺾으지 못했어요. 많이 이렇게 힘써서 했지만 꺾으지 못했어요. 그래서 엄마가 말씀했어요, 말했어요.

"화살 하나하나씩 꺾을 때 쉽게 꺾었어요. 왜냐하면 이거 따로따로 행동하면 이 화살처럼 이렇게 쉽게 무너진다."고.

"꺾어진다."고.

"그리고 그 묶으면서 이거 묶어서 다섯 개로 화살, 이거 꺾을 때, 누구든지 꺾지 못했어요. 그래서 이거 다섯 화살처럼 이렇게 뭉쳐서 함께 뭐든지 함께 행동하면, 함께 하면 지지 않아요."

그렇게 말씀드렸습니다.

그래서 그 이후에 아이들이 사이좋게 지냈어요. 그래서 징키스칸은 제국 만들었어요. 징키스칸, 징기스 왕이 됐어요.

징기스칸 어머니의 지혜

● 구연정보

조사일시 : 2017. 02. 23(목) 오전
조사장소 : 인천광역시 부평구 갈산동
제 보 자 : 바야르사이한 [몽골, 여, 1966년생, 결혼이주 10년차]
조 사 자 : 조홍윤, 황승업, 김자혜

● 구연상황

몽골의 국보인 징기스칸 깃발이 어떻게 만들어졌는지에 대한 이야기를 나누다가, 조사자가 징기스칸에 관한 이야기는 없는지 물었다. 이에 제보자는 징기스칸의 어머니가 아들들에게 교훈을 준 이야기에 대해 구술했다.

● 줄거리

옛날 징기스칸의 형제들은 사이가 좋지 않아 자주 싸웠다. 이에 그들의 어머니는 화살을 한 데 뭉쳐 부러뜨리도록 했다. 형제는 아무도 그것을 부러뜨리지 못했다. 어머니는 다시 화살 하나씩을 주며 부러뜨리도록 하자 모두들 화살을 부러뜨릴 수 있었다. 어머니는 한 마음으로 뭉치지 않으면 이 화살처럼 부러져 없어질 것이라고 하며 형제끼리 단합할 것을 충고했다.

[조사자: 징기스칸 관련해서 다른 이야기는 없을까요?] 다른 이야기, 아, 징기스칸의 그 활쏘기.

아니 그 징기스칸의 어머니가 옛날에 그 아이들이 되게 서로가 안 좋길래, 그 활 (활 쏘는 시늉을 하며) 이런 활 있지. 그거 나무로 만든 거 이거(화살) 있잖아요. 그거 이렇게 또 되게 많은 거 이렇게 모아가지고 아이들한테,

"이거 부숴라."

이거 다 모인 거, 하나하나씩, 다 모여 있는 거 해서,

"부숴라."

했는데 다 못했잖아요.

하나하나, 그래서 하나하나씩 주고, 부서져. 그래서,

"이거 봐 다 너희들이 이렇게 사이가 안 좋으면 이렇게 부서지는 거야. 다 이렇게 없어지는 거고, 다 같이 한 마음으로 이렇게 모이면 이렇게 튼튼해지니까 이렇게 사이 안 좋게 있으면 안 된다."고.

그런 또, 뭐가 있다고, 교훈? 그거 있다고 해서 아직까지 그거 되게 많이 얘기해줘요, 아이들한테. [조사자: 징기스칸 어머니가 징기스칸한테 그런 이야기 해줬대요?] 어.

"징기스칸한테 그런 이야기해서 징기스칸 되게 사이좋게 이렇게 지냈다."고.

그래서 이렇게 서로가 안 좋으면 안 된다는 이야기 되게 많이 해주는 그런 거 생각났네.

그리고 또 뭐 있지? 그 징기스칸의 어머니가 되게 많은 이야기들이 있었는데 진짜 기억이 안 나네. 여기 와서 오래 살면 몽골의 이런 것들을 뭐 이거 까먹어요. 보지 않으면 진짜 잊어먹어요. 나 몽골에 있을 땐 되게 많이 봤던 거 같은데도.

징기스칸 양아들이 된 차강

● **구연정보**

조사일시 : 2017. 06. 02(금) 오후
조사장소 : 강원도 원주시 개운동
제 보 자 : 수흐바타르 [몽골, 여, 1966년생, 결혼이주 16년차]
조 사 자 : 박현숙

● **구연상황**

제보자가 〈징기스칸 어머니 알랑고아의 지혜〉 구연을 마친 뒤, 징기스칸과 관련되는 이야기가 또 있다면서 구연을 시작했다.

● **줄거리**

옛날에 징기스칸이 고향에서 사냥을 하러 갔는데 어떤 남자가 쓰고 있던 모자를 땅에 내려놓고 징기스칸에게 절을 했다. 징기스칸이 모자를 내려놓고 절을 하는 이유에 대해 묻자 남자는 위대한 사람이 마을에 온다는 소식을 듣고 예의를 갖춰 인사하는 것이라고 했다. 징기스칸은 그 남자를 양아들로 삼고 차강이라는 이름을 지어주었다.

옛날에, 그 징기스칸 어떤 그 고향에 이거, 그 사냥했어요, 사냥하러 갔는데요, 근데 두 명이, 두 명하고 만났어요, 어떤 아들이. 그래가지고 인사했어요. 인사했는데, 그 절 하면서 모자를 땅에 놓고 절했었어요.

그래서 징기스칸이 그 아들한테 물어봤어요. 그 이유는 [조사자: 왜 모자를 놓고 절하냐고?]

"왜 모자를 바닥에 놓고 절 하냐?"

물어봤어요. 그랬더니,

“우리는 귀한 사람, 귀한 사람? 어른들한테 인사할 때, 모자를 바닥에 놓, 땅에 놓고 절 합니다.”

라고 말씀드렸어요.

그랬더니, 그래서 이렇게 말했어요.

“우리 고향에 위대한 사람 방문했다는 소식 듣고 저는 예절을 이거 배우고 절하고 있습니다.”

라고 말했어요.

그랬더니 그 징기스칸 그 아들을, 자기 그 데려갔어요. 데려가서 자기 아들로 키웠어요. 그래서 그 아들한테 하얀, 하얀 흰색인데, 하얀 인데. 차강이라고 몽골 이름이 있어요. [조사자: 차강?] 예, 차강. 그래서 그 아들, 아들한테 ‘차강’이라고 이름 지어주고, 그 아들을 아끼고 자기 친자식처럼 키웠어요.

그래서 그 나중에 큰 다음에 그 아들을 이렇게 불렀어요. ‘지흐르 차강’. [조사자: 징기스칸?] 지흐르. [조사자: 지흐르?] 지흐르 차강. [조사자: 지흐르 창?] 지흐르 차강. 차강. [조사자: 아, 지흐르 차강?] 예. 그렇게 이름 지었어요.

차강 이거는 하얀색인데, [조사자: 하얀색?] 근데 몽골 이름이 있어요. 하양. 그 차강, 차강이라고 있어요. 말도, 말도, 자기 사랑하는 말도 차강, 차강이라고 해요. 하얀 말 좋아하는 애가. 그 이름이 좋아서. 좋아요. [조사자: 말도 차강이라는 이름을 짓고?] 예. [조사자: 음, 그 아이 이름도 차강이라고 이름을 지어주고?] 예. 근데 하얀 말 타기 좋아해요, 몽골 사람들. [조사자: 몽골 사람들은 하얀 말. 그 수호, 수호, 그 뭐지?] 수호 하얀 말. [조사자: 수호 하얀 말도 흰색 말이잖아요, 그쵸?] 예.

[조사자: 이것도 되게 유명한 이야긴가 봐요?] 예. 유명한 이야기, 이거 역사적인 이야기예요. 그리고 또, [조사자: 나중에 근데 차강이, 나중에 어떤 인물이 돼요?] 이거는 그 애는 큰 사람은 되진 않아요. [조사자: 큰 인물이 되지는 않고 징기스칸의 아들로?] 예.

염라대왕을 속인 등징후

● **구연정보**

조사일시 : 2017. 03. 13(화) 오후
조사장소 : 충청남도 천안시 동남구 안서동 단국대학교
제 보 자 : 노로브냠 [몽골, 여, 1970년생, 이주노동 4년차]
조 사 자 : 신동흔, 오정미, 이원영, 이승민

● **구연상황**

제보자가 〈유스걸데이 할아버지와 재주 많은 아홉 형제〉 구연을 마친 뒤 이어서 이 이야기를 들려주었다. 노로브냠 제보자는 다른 어떤 이야기보다 적극적인 태도로 구연을 이어갔다.

● **줄거리**

옛날에 '등징후'라는 사람이 살고 있었다. 카라반으로 장사를 하러 가는데 저승사자가 다가와 30마리의 낙타와 거기 실린 짐을 줄 테니 그 짐을 5마리의 낙타에 실을 수 있는 금으로 바꿔 오라고 말했다. 등징후가 그 말대로 해주자 사자는 죽은 자의 명부에서 등징후의 이름을 빼주었다. 그 후 그 사자는 매번 등징후가 죽어야 하는 상황을 모면하게 도와줬다.

매번 등징후를 잡아오지 못하자, 염라대왕이 직접 당나귀를 타고 등징후를 찾아갔다. 사자가 알려준 대로 소에 안장을 얹고서 북쪽으로 가던 등징후는 당나귀를 탄 염라대왕을 만나서 자신의 소와 당나귀를 바꾸었다. 그 당나귀는 '오무'라고 하면 하늘로 가고 '호무'라고 하면 세상을 세 바퀴 도는 재주를 가지고 있었다. 결국 등징후를 지옥으로 보내려던 염라대왕은 오히려 지옥으로 가게 됐다. 등징후는 지금까지도 살고 있다.

옛날에 '등징후'라고, 한 사람이 살았대요. 등징후, 등징후. [조사자 3: 등징후?] 예.

근데 이 등징후라는 사람이 그 카라반, 카라반*으로 해가지고 이거 그 옛날에 그 중세 때 이거 장사를 하게 되잖아요. 그러면 낙타에 이렇게 몽골에는 짐을, 특산품을 싣고 중국이나 아니면 뭐 그 중앙아시아 이쪽으로 가가지고, 장사를 하거든요. 필요한 물품을 구입해 오고. 필요한 자기한테 있는 걸 가져가서 팔고 거기서 필요한 걸 싣고 다시 와서 그걸 파는 이걸 이렇게 하는 그 장사치들이 있었어요.

근데 한 번에 또 그렇게 해가지고 가게 되는데, 가는 길에 누구 한 사람이 와가지고,

"나는 너한테 30마리의 낙타에 실은 30마리의 낙타를 주겠다."

30마리 낙타는 근데 짐을 다 싣고 있는 거예요. 근데 거기는 반은 비단, 비단 그리고 은. 이런 것들이 다 가득 실은 30마리의 낙타를 갖다줘가지고 나는 아,

"나는 염라대왕의 사자다. 너는 이 30마리의 물건들을 가져가가지고 거기서 5마리 낙타에만 금만 가득 싣고 와라."

30마리 그 짐을 5마리 낙타에 실을 만큼 금으로 바꿔오라고 그렇게 돼요. 그래서 알겠다고 그래가지고 실제로 그렇게 해와 와가지고 그 사람한테 줬는데,

"나는 사자다."

너는, 너를 그 사자, 뭐지? 죽은 자의 목록 뭐, 뭐, 무슨 목록이라 그러지? [조사자 1: 명부?]

"명부에서 너의 이름을 빼주겠다."

이렇게 이야길 해요. 그래서 이름을 빼요.

"이름을 뺐다."

이렇게 해요. 근데 지하세계에서는 그 할머니들이 계속 오는데,

"등징후의 부인이다."

이렇게 해가지고 계속 오는 거예요. 그 등징후는 안 오고 그 와

* 카라반(caravane)의 비슷한 말은 대상(隊商)으로, 사막이나 초원과 같이 교통이 발달하지 않은 지방에서 낙타나 말에 짐을 싣고 떼를 지어 먼 곳으로 다니면서 특산물을 교역하는 상인의 집단을 말한다.

이프들만 계속 죽어서 그 염라대왕한테 가는 거예요.

(제보자가 전화통화를 하느라 잠시 구연을 멈춤.)

[조사자 2: 그럼 그 등징후가 선생님, 영원히 살게 됐다는 거네요?] 그렇죠. 그거 명목에서 빠졌으니까. [조사자 3: 부인들이 계속 인제.] 예.

그래서 염라대왕이 되게 놀라가지고 이거 웬일이냐고 그래서 물어보면 이 등징후라는 사람은 일곱, 여덟 명의 와이프를 이렇게 바꿔가면서 이렇게 했다. 그러면서 그 와이프들이 계속 그 이야기를 해요.

"등징후의 그 부인이었다."

이렇게 해가지고, 그래서 그 염라대왕이 사자를 보내가지고,

"그 사람을 데리고 오라. 이거 명목에, 명목에 이거 왜 이렇게 빠졌냐?"

그렇게 해가지고 사자를 보냈는데, 그 사자가 그 사람이 그 사자거든요. 그래가지고 그 사자가 와가지고 등징후한테 이야기해요.

"널 그, 사자, 그 염라대왕 사자가 잡으러 올 거다. 그러니까 금은으로 만든 탑이 있으면 가까이하지 마라. 그것이 바로 사자다."

이렇게 이야기해요. [조사자 2: 금은으로 된 답이요?] 예. 답, 불상, 탑. 그랬더니 그 (제보자자가 잠시 이야기를 멈추고서) 아, 이렇게 길었나? [조사자 2: 길어도 돼요, 선생님. 저희.] 그리고 탑을 가까이하지 말라고 그랬대요.

근데 가다가 어느 날 그 가축을 이렇게 방목시키다가 가는데 그 모르고 금은탑 옆을 지나가다가 잡혔대요. 잡혔는데 그 사자 두 명이었다는 거예요. 두 명 사자한테 잡혔는데 이 사자 두 명이 그걸 들고 있었어요. 그 박스 하나, 그 상자 하나를 들고 있는데 되게 무거운 거 같드래요. 그래서 그걸 들고서 이렇게 그냥 2박 3일을 계속 갔대요. 그 무거워가지고 그냥 겨우겨우 그냥 천천히 간 모양이더라구요.

그래서 가다가 그 물어봤대요. 사자 두 명한테서.

"둘이서 뭘 무서워하느냐?"

이러니까 그 이렇게 움푹 이렇게 협곡처럼 이렇게 해가지고 근데 땅인데 좀 이렇게 이런 땅, 이렇게 뭐라고 하지? [조사자 1: 절벽?]

절벽이랑 비슷하게, 그런데 이렇게 바위가 아니라 그냥 흙만 있는 그런 데. 그리고 거기는 그렇게 이런 마른 풀, 이런 거. 부뜨라는 그런 나무가 있어요. 몽골에. 그런 나무가 있는 그 이런 협곡 이런 데서 무서워한다고 그랬대요.

그러면서 그 등징후한테서 물어봤대요, 사자들이.

"너는 뭘 무서워하니?"

그랬더니,

"소고기! 소, 그 뭐지? 허벅이(허벅지) 다리. 이걸 무서워한다."

이렇게 이야길 했대요. 그랬다가 갔다가 이런 데가, 그 막, 그 뭐지? 협곡처럼 그런 데가 나타나니까 등징후가…

아, 그전에 등징후가,

"그 무거운 짐을 내가 좀 덜어주겠다."

라고 해가지고 사자들의 그 무거운 짐을 본인이 들고 가다가 이런 그 협곡을 만났더니 거기로 그냥 얼른 들어가 숨었대요.

그랬더니 사자 둘이 그거 무서워하니까 거기 못 들어가고 등징후가 나올까 봐 그 소고기 그 소 허벅다리를 계속 던져, 3일에 한 번씩 계속 던져가면서 그랬더니 그걸 받아서 먹고 등징후가 그렇게 숨어가지고 안 나오고 거기서 그거만 먹고 그냥 살았대요.

그랬더니 그거 지쳐가지고 사자 둘이 그 염라대왕한테 돌아가게 돼요. 그래서 등징후가 그 이후 나와가지고 그 상자를 들고 가다가 어느 한 그 집을, 집에 가게 되는데 그 집에 들어가니까 그 거기가 또 상갓집이었던 거야. 그 집이 딸 하나를 잃어버려가지고 지금 3일이 되면 이 장례식을 치르려고 한다. 그러니까 그 딸 그 죽은, 그 뭐지? 안치한 그 거기서 자긴 들어와 볼 수 있냐고 그랬대.

그래서 들어가도 된다고 그래가지고 들어가 가지고 그 사자들이 들고 있었던 상자를 열어보니까 거기서 이렇게 거미, 거미가 나왔대요. 그런데 거미를, 그 죽은 여자한테 놓으니까 입속으로 들어가 가지고, 아니 코에 넣었더니 그 죽은 여자가 숨을 크게 쉬면서 살아났대요. 그러니까 일어났대요.

그러니까 그 집 사람들은 되게 고마워하고 뭐가 필요하냐고 그러니까 말만 필요하다고, 타고 갈 그게 없어서.

(제보자에게 전화가 와서 잠시 구연을 멈춤.)

그 집에 빨리 가야 되니까 그거 하겠다고. [조사자 2: 말을 달라고.] 말을 달라고. 그래서 말을 가져가 가지고 타고 집에 그, 가는데 그 도와준 그 사자, 그것이 왔대요. 그래서,

"다시 아마 그 염라대왕이 사자를 보낼 것이다. 그때는 너는 초원에서"

그, 아, 그걸 뭐라고 하지? 겨울에 그냥 이렇게 걸치는 거, 따뜻한 거, 이렇게. [조사자 3: 외투.] 외투, 외투를 걸치고, 외투를 걸치고,

"외투를 걸치고 입에 양고기를 물고 엉덩이에, 엉덩이 사이에 마른 풀을 끼고 그리고 눈에 피를 바르고 그렇게 누워 있어라."

이렇게 알려주고 가요.

그랬더니 그 사자 둘이 돌아갔잖아요, 염라대왕한테. 염라대왕한테 와가지고 그 이야기해요.

"우릴 속여가지고 이렇게 안 나타났다."

그랬더니 다시 갔다 오라고. 그래서 둘이 와서 보니까 이미 그 등징후가 그렇게 누워 있는 거예요. 그래서,

"아, 우리 오기 전에 죽었나 보다."

이렇게 해가지고 다시 돌아가요. 돌아가서 염라대왕한테 가서

"등징후가 이미 죽어 있었고, 그 죽어 있었다."

이렇게. 그런데 둘이 그전에 이야기를 나눠요.

"이 사람이 맞지?"

막 그 등징후를 보고 초원에서 보고,

"이 사람이 그 자가 맞지?"

그러니까

"맞아, 맞아."

"그리고 이거 지금 이거 어떻게 하는 거야? 이거 죽은 거야?"

추워서 얼어 죽었, 죽다니 이거 외투를 걸치고 있고, 그리고 굶어 죽었다니 입에 양고기를 물고 있고, 그리고 작년에 자랐다. 아니, 지금 막 자랐, 죽었다 하니 이거 이미 풀이 마른 풀이 이렇게 자라고

있고 자라서 이렇게 뭐지? 말라 있고. 어쨌든 이거. 아니요, 작년에 죽었다니 풀은 이미 말랐었고.

"그러니까 우리 오기 전에 죽은 거 같다."

이렇게 하면서 돌아가요.

그렇게 돌아가서 염라대왕한테 와가지고, 아, 그리고 피를 발랐잖아요, 눈에. 그런데 이게 "까마귀가 와서 이미 눈을, 눈알을 먹고, 파먹고 갔구나."

이렇게 해서 가요.

그래서 염라대왕이,

"자, 죽었니?"

"죽었다. 죽어 있었다."

그랬더니 염라대왕이,

"아주 참 신기하다. 이거 그럴 수 있냐? 내가 가서 확인해 봐야겠다."

이렇게 해가지고 그 3일 후에 그 염라대왕이 그 뭐죠? 당나귀, 그 자기가 타고 가는 당나귀, 그 당나귀를 타고 갔대요. 그랬더니 그 전에 그 도와준 그 사자가 와가지고,

"자, 이제는 염라대왕이 직접 납신단다."

이러니까. 너는 그 소, 소를 이렇게 뭐지? 안장을 쳐가지고, 소는 원래 안장을 치지 않거든요. 근데 그 손데, 그 야크랑 비슷한 소 그리고 그 수소, 수소를 안장을 쳐가지고 등자, 등자가 원래 이렇게 양쪽에 하나하나 2개 발 이렇게 놓는 거, 2개 있어야 하는데 그거 3개 만들어가지고, 그 북쪽으로 가라고 그렇게 알려줬대요.

그랬더니 그렇게 그 말대로 해가지고 등징후가 가고 있었더니 그 염라대왕이 왔어요. 와서,

"너는 그 40살의 등징후 맞니?"

이렇게 물어봤대요.

"맞다, 맞다."

라고 대답을 했대요.

"어디 가는 거냐?"

그랬더니

"당신의 집에 가려고 한다. 지하세계에 가려고 한다."

"너는 우리 사,자를 속이는 그렇게 대단한 사람이라메?"

이렇게 물어봤대요.

"뭐, 대단하기는. 그냥, 그냥 집에 있고 싶은 그런 사람이다."

"너는 왜 우리 그 명부에 없는 거니?"

"아니, 명부에 있는지 없는지 내가 어떻게 알아? 내가 가서 그걸 또 쓸 수도 없고."

"너는 왜 그 뭐지? 이 수소를 끌고 다니니?"

"당신은 왜 그 당나귀는 타고 다니니?"

"나는 학식이 있어서 당나귀를 타고 다닌다"고.

"그러면 당신의 그 학식은 뭐니?"

그러면 '오무'라고 할 땐 하늘에 가고, '호무'라고 할 땐 세상을 3바퀴 돈다. 그 당나귀가. 그렇게 학식이 있고 재주가 있다는 그 당나귀인 거야. 그래서,

"그 재주가 뭐냐?"

이렇게 할 땐,

"'오무'라고 할 때는 올라가고 그 '호무'라고 할 때 세상을 3바퀴 돈다."

그랬더니 그

"오, 그랬냐?"고.

그랬대요. 그랬더니 염라대왕이,

"너의 그 소는 어떤 그거 있니? 재주가 있니?"

라고 했대.

"나의 그 소는 '호무'랄 때 하늘에 가고 '오무'라고 할 때 이 세상을 3바퀴 돈다. 그리고, 그리고 땅속으로도 들어갈 수 있다."

이렇게 이야기했대요. 그랬더니 염라대왕이,

"아, 그러면 내 거보다 낫네. 땅속으로도 들어갈 수 있는 재주가 있다니, 우리 바꿀까요?" 이렇게 해가지고 바꿨대요.

그래가지고 등징후가 '오무'라고 하늘에 올라갔대요. 그리고 그

염라대왕은 '오무'라고 해도 안 되고 '호무'라고 해도 안 되고 그래서 그냥 그리고서 다시 돌아갔대요. 그리고 등징후가 '오무'라고 하늘로 가고 '호무'라고 세상을 3바퀴 돌고.

그 염라대왕 집에 갔대요. 그랬더니 그 사자들이 와가지고,

"등징후가 어떻게 됐냐?"고.

왔대요. 뭐, 어떻게, 어떻게, 어떻게 여기서, 그 뭐지?

"소 하나를 끌고, 끌고 오고 있다. 그, 나는 그 염라대왕이다."

저는 나보고,

"걔는 그거, "등징후다."

라고.

"여러 가지를 빠바바바(이것 저것의 의미)할 거다. 그러니까 거기…"

그, 그 뭐지? 죄 많은 사람들 가는 세계. [조사자들: 지옥?] 지옥, 지옥에,

"어찌타무이라는 지옥에 처넣어라."

이렇게 이야길 해요.

그랬더니 사자들이 걔는 아주 그, 뭐라고 해지?

"등징후는 아주 그 얄미운, 우리 항상 속였던 그런 자다. 조심해야 된다. 바로 잡아가지고 해야 된다."

이렇게 해가지고 그래가지고 진짜 염라대왕은 가서 지옥에 넣고, 지옥에 넣었대요. 그래가지고 그 이후로 지옥이라는 곳이 없어지고, 그리고 등징후가 지금도 살고 있대요. 그런 이야기가 하나 있고.

[조사자 2: 그런데 왜 그 후로 지옥이 없어진 거예요?] 그래서 지옥이 없어진 거. [조사자 2: 그래서? 그래서? 아!] 그래서 요새 사람들은 지옥에 안 갈 수도 있다. 안 간다.

[조사자 1: 염라대왕이 원래 땅속에 있다고 얘기를 해요? 지하에?] 아니요, 이 염라대왕이 어쨌든 그 사는 지역은 땅속이라고 안 나왔어요. 어디냐면 세계를 3바퀴 돌면 나오는 데예요. 그러니까 땅속에는 뭐가, 근데 그 소를 이야기할 때 등징후가 그랬잖아요. 내 이 소는 땅속으로도 들어간다고 했잖아요. 근데 내, 내 이 그 뭐죠?

"내 이 당나귀는 땅속으로도 안 들어가니까 우리 바꿔치기하자."

그러니까 염라대왕 집은 땅속은 아니고 우리 세상이랑 맞물려 있는 거 같애요. 그런데 지옥은 땅속에 있고. [조사자 4: 지옥은 땅속에?]

[조사자 2: 그리고 '등징후'라는 이름이, 선생님, 무슨 뜻이 있어요? 몽골 이름으로.] 등징후. [조사자 2: 그냥 아무 의미 없어요?] 있긴 있는 거 같애요. 이거 왜냐면 '두문나스트, 등징후'라고 해가지고, '만세에 등징후'거든요. 그 '두'가 '만'이고, 그러니까 '두문나스트 등징후', 이 앞 두음 맞추기. 몽골 시에서 두음 맞추기 있거든요. [조사자 2: 두음 맞추기?] 예. 맨 우에 앞에 있는 거 맞춰요. 시나 이런 데서. 그래서 '두문나스트 등징후'도 거기에 맞춘 거. 두, 두, 두, 두 이렇게 맞춰졌으니까.

그리고 등징후, 등징후! 약간 이렇게 좀 귀엽고 그런 이미지가 있어요. 아이들한테 주로 많이 쓰는, 쓰이는, 쓰는 그런. [조사자 2: 약간 선생님, 등징후가 트릭스터 같은 인물 아니에요? 그쵸?] [조사자 1: 그러면 몽골 사람들 생각에는 지옥이 없어요?] 있죠, 있죠. [조사자 4: 원래는 땅속에 있다는 건데 지금은 없어졌다고 믿어요, 실제로?] 그렇진 않아요. [조사자 4: 이야기가 그렇다는 거죠?] [조사자 2: 그냥 반 농담으로, 우린 그래서 안 가 그냥 그런 거구나.] 예. [조사자 1: 그런 사람들은 안 갈 수도 있어. 그런 거.] 아니요. 그냥 여기서 제가 그렇게, 제가 개인적으로 그렇게 이야기하는 거예요.

[조사자 1: 거기도 저승에는 염라대왕이 있다고 생각해요?] 예. [조사자 1: 약간 불교 영향인가?] 불교 영향일 수도 있구, 아닐 수도 있구. [조사자 4: 실제로 거기서두 이름이 염라대왕이에요?] 아니요. 제가 염라대왕을 한국어는 아니까 그냥. [조사자 2: 몽골어는 뭐예요, 선생님?] '일띠크너모항, 일띠크너모항.' [조사자 2: 조금만 천천히.] 일띠크너모항. (제보자와 조사자들이 한 자 한 자 천천히 발음함.) [조사자 2: 이게 저승의 신인 거예요?] 염라대왕인 거예요.

의적 더러밴드

● 구연정보

조사일시 : 2017. 03. 13(화) 오후
조사장소 : 충청남도 천안시 동남구 안서동 단국대학교
제 보 자 : 노로브냠 [몽골, 여, 1970년생, 이주노동 4년차]
조 사 자 : 신동흔, 오정미, 이원영, 이승민

● 구연상황

몽골의 수수께끼를 하나 소개한 뒤 잠시 통화를 마치고서 새 이야기를 시작했다. 더러밴드 이야기인데 그는 몽골에서 매우 유명한 의적이라고 했다.

● 줄거리

더러밴드라는 의적이 있었다. 어느 날 또 다른 유명한 의적이 두 명 더 있음을 알게 된 더러밴드는 그 의적들을 찾아가 만났다. 더러밴드가 두 사람에게 훔쳐보지 못한 것이 있냐고 물었고, 그들이 어느 부잣집의 말이라고 답했다. 더러밴드는 그 말을 훔치기 전에 시험삼아 부잣집의 양을 훔치자면서 한 도적에게 기어갈 수 있는 말을 주었다. 말을 주면서 '달려라'라는 말을 하면 안 된다고 금기를 알려줬지만 그 도적은 그 말을 하고 붙잡혔다. 그러자 더러밴드는 다른 한 명과 공모해서 돌덩이를 세금처럼 꾸며서 바친 뒤 먼저 잡혔던 도적이 그 세금을 가지고 달아난 것처럼 꾸몄다. 더러밴드는 잃어버린 세금 대신 전에 훔치지 못한 말을 받아서 돌아왔다.

그 '더러밴드'가 그 어느 날 더러밴드라고 몽골에서 되게 유명한 그런 의적이에요. 근데 그 사람이 이게 그 뭐라고 관직, 관리인들 집에서 물건을 훔쳐가지고 가난한 사람들한테 나눠주는 그런 사람이거든요. 주로 말이나 이런 것들을 훔쳐가지고 그 가난한 사람들한테 나눠줘요.

근데 어느 날 이 더러밴드가 그 되게 유명한 두 그 의적이 또 있다는 걸 듣고 들어가지고

'그 두 사람을 찾아가야겠다.'

하면서 그 두 사람을 찾아 나서요. 그래가지구 겨우 찾아가지구 두 사람이랑 만나가지구 셋이 이야기를 나누다가 물어봤대요.

"너희들이 못 찾은, 못 훔친 그 말이 있냐?"

그러니까,

"여기 어떤 부잣집이 있는데 그 거기 말을 우리가 못 훔친다. 여러 가지로 시도를 해봤지만 못 했다."

이렇게 이야기를 해요. 그러니까 더러밴드가,

"그러면 그걸 하겠다. 그걸 훔치겠다. 셋이 훔치자. 그런데 먼저 그걸 하자."

아, 이거 뭐지?

"경험 삼아서 일단은 양 한 마리를 먼저 훔쳐 보자."

이렇게 해요. 그래가지구 자기 말 그 거기 그 의적 그 두 사람 있다고 했잖아요. 한 사람한테,

"니가 내 말을 타 가지고 거기 그 가축우리 안에서 양 한 마리를 업, 업어가지고 그 말에다 그 뭐지? 실어가지고 자기도 타고 그렇게 와라. 내 말은 거기 그 말우리까지는 그냥 기어서 간다. 그런 재주가 있다. 근데 다만 너는 '촉흐!'라고 말하면 안 된다."

'촉흐'는 말한테 '달려라, 달려라!' 할 때 하는 소리거든요. 몽골에서 그렇게 소리를 내요. 그래가지고,

"알겠다."고.

그 사람이 가요. 진짜 그 말한 대로 그, 그 부잣집 근처에 가가지고 말에서 내렸는데 말이 스스로 알아서 이렇게 기어가게 돼요. 그런데 그 사람도 기어가 가지고 양 한 마리를 훔쳐가지고 말 위에다 실어가지고 자기도 타 가지고 했는데 이거 개도 막 짖고 막 그 집, 그 동네 사람들도 깨어나고 막 소리 나고 그러니까, 이거 급하니까,

"촉흐!"

라고 했는데, 그 말은 갑자기 그 뭐지? 뛰고 그 양 훔친 양이랑

같이 거 빠져서 거기 떨어져서 잡혔대요. 말은 갔고.

근데 더러밴드한테 말이 그냥 그렇게 오니깐 더러밴드가 이에 알았다는 거야.

'이 말이 그 '촉흐'라고 해가지고, '빠졌구나, 잡혔구나.'

그래가지고 남은 그 도적한테 그 돌을 가져오라고 해가지고 이 짐 안에 짐을 싸요. 그 돌을 무거운 돌을 이렇게 해가지고 말에다 이렇게 실어가지고 그리고 자기가 그 관직 옷을 입고 그러면서 그 친구를 하인으로 이렇게 데리고 그 집에 가요.

그 집에 가가지고 이야길 해요. 가서,

"나는 그 중앙 그 정부에서 세금을 거두고 다니는 사람이다. 오늘 여기서 자고 갈 거다. 근데 이거 거, 거둔 세금이다."

이렇게 해가지고 그랬더니 마침내,

"아, 우리는 이거 도적 하나를 잡았다. 지금 감옥에 넣었으니까."

막 그런 이야길 해요.

"그러면 잘됐다."

그러면 그 감옥에 있는 거니까 거기 거 뭐죠? 그 경호, 경호가 아니라 수비, 수비하는 사람이 있으니까 거기 세금,

"거둔 세금을 거기 두자."

이렇게 해가지고 거둔 세금을 거기 안에 두고 그 세금이라는 거 그 돌, 돌덩어리. 두고 자기는 그, 그

"바깥에서 자겠다."

이렇게 해가지고 자는데 밤에 사람들이 다 잔 후로 그 더러밴드가 일어나 가지구 그 친구를 빼주고 그 돌덩어리랑 같이 빼주고 먼저 보내고 아무것도 안 일어난 척 그냥 잔 거야.

그다음 날 아침에 보니까 갑자기 밖에서 막 그 뭐라 해지? 이 토시밀트? 이 관직자에 그거 없어졌다. 말도 없어졌고 그리고 그 도적도 없어졌고 그 돈도 없어졌다. 어쩜 좋으냐고 막 난리가 난 거예요.

그랬더니 이거 관직에서 그 한 거, 거둔 거 이거 큰일 났다고 니네들 막 그래니까 그걸 물어주고 그런데다가 또 좋은 말 한 필, 그 한 필 주는데 그 못 훔친 말 있잖아요? 그거 좋은 말이라고 그래서

그 관직한테 물어봤어요. 뭐가 필요하냐고? 좋은 말 하나 필요하고 거둔 세금도 필요하다고 그러니까 그걸 다 내줬대요.

그래가지고 더러밴드가 그 두 도적이 못 찾은 말도 같이 찾으면서 돌아갔대요.

어머니의 심장

● 구연정보

조사일시 : 2016. 12. 14(수) 오전
조사장소 : 서울시 용산구 용산동
제 보 자 : 툭스자르칼 [몽골, 여, 1976년생, 결혼이주 12년차]
조 사 자 : 오정미, 이원영, 이승민

● 구연상황

제보자는 〈뻐꾸기 전설〉에 이어, 모성과 관련한 또 다른 이야기 〈엄마의 심장〉을 구술했다. 매우 진지한 태도로 구술했으며, 구술 과정에서 긴 한숨을 쉬기도 하면서 민담 속 철없는 아들을 안타까워했다. 몽골의 유명한 명언 “엄마의 사랑이 늘 자식한테 있고, 자식의 사랑이 늘 바위 위에 있다”는 말을 전하며 이야기를 마무리했다.

● 줄거리

아빠는 없지만 어머니의 사랑을 받으며 크는 아들이 있었다. 아들에게 질투가 난 귀신이 예쁜 여자로 변신하여 아들을 유혹하였다. 귀신은 아들에게 어머니의 보석과 긴 머리카락을 가져오게 시켰다. 귀신은 나아가 어머니의 심장을 가져오라고 시켰고, 아들은 어머니에게 심장을 달라고 떼를 썼다. 어머니의 심장까지 얻은 아들이 뛰어가던 중 넘어졌고, 심장에서 아들을 걱정하는 어머니 목소리가 들려왔다. 귀신은 심장의 말소리를 들은 후 어머니의 사랑을 인정하며 도망갔다.

아빠 없는 아들이 엄마랑 이렇게 단둘이서 살고 있었대요. 그래서 아들 하나밖에 없는 엄마가 최선을 다해서 자기, 엄마의 동화, 엄마의 동화라고.

그래서 그 엄마랑 이렇게 살고 있었는데 너무 아들을 사랑한 거예요. 사랑했는데 귀신이 그 사랑에 너무 질투가 나서 인제 귀신들끼리 이야기한 거예요.

"이 세상에 제일 무서운 게 엄마의 사랑이다. 엄마의 사랑을 이길 수 있는 게 뭐가 있을까?"

그래서 한 귀신 하나가,

"그 엄마의 사랑을 내가 한 번 이겨보마, 뺏어보마. 엄마를 사랑하는 게 아니고 귀신을 사랑하는 걸로 내가 만들어보마."

이랬대요.

그래서 예쁜 여성으로 변해가지고. 그 남자하고 엄마가 살았던 집 근처에 가서 외로워하고 울고 있었대요. 그래서 울고 있었는데, 그걸 이제 그 남자가 들은 거예요. 그래서,

"왜 울고 있느냐?"

이러니,

"나 혼자 너무 외로워가지고 혼자 사니까 인제 나는 외롭다. 그래서 울고 있는 거다."

이랬더니,

"그리고 무섭다."

그러니까,

"알았어. 내가 집에 데려다줄게."

하고 인제 그 귀신 집으로 간 거예요.

[조사자: 아들을 유혹한 거네요?] 네. 그래서 그런 식으로 나는 힘들다, 나는 외롭다, 나는 무섭다 하는 식으로 계속 그 남자를, 아들을 자기 집에 오게 한 거예요. 그래서 이제 올 때마다 좋은 이야기 해주고, 올 때마다 잘해주고 이러니까, 그 남자가 인제, 그 여자가 좋다 그래서 엄마한테 가서 며칠을. 아! 그래서,

"너는 나 좋지?"

그랬더니,

"좋다."고.

그래서,

"그러면 네가 엄마의 그렇게 아끼는 제일 비싼 보석을 갖고 와

라."

그랬더니,

"알았다."고.

"그러면 내가 너하고 만나줄게."

이러는 거예요. 그래서 엄마한테 가서,

"엄마. 인제 나는 너무 외롭다. 어떤 아름다운 여자를 만났는데 엄마의 제일 아끼는 비싼 보석을 달라 그런다. 그러면 나랑 만나준다고 그런다. 그래서 엄마 그거 좀 주면 안 되느냐?"

그랬더니 엄마는,

"이것도 네 할머니한테 이어받은 건데, 나는 주기 어렵다. 그래서 너는 그 여자를 안 만나면 안 되느냐?"

이랬더니,

"알았다."고.

그러면서도 계속 우울한 거예요. 우울하고 밥도 안 먹고 그러니까 엄마가,

"아이고 우리 아들. 그래라."

그래가지고 주고 보낸 거예요. 그랬더니 그 여자가 또, 그 귀신이 또 이제 다음 요구는 그러면… (기억이 잘 안 나는지 잠시 생각하다가) 아! 그다음에 인제,

"그러면 인제 네 엄마 인제 긴 머리를 다 잘라가지고 와라. 나한테 그런 긴 머리 없는데 잘라 와라. 그렇게 나를 사랑하거나, 살고 싶으면 엄마 긴 머리 잘라 와라."

그랬더니 엄마한테 가서 또 이야기했대요. 그랬더니 엄마가,

"나는 머리 자르면, 여자는 긴 머리가 있어야 하는데 머리 자르면 어떻게 되느냐?"

그래서 안 줬대. 또 그랬더니 또 밥을 안 먹고 그러니까 또 엄마가 불쌍해서,

"그래. 가져가라. 잘라서 가져가라. 네가 잘라서 가져가라."

그래서 엄마 머리를 아깝다고 생각하지도 않고 머리를 잘라간 거예요. 그래서 갖다 줬는데 그 귀신이 또,

"알았어. 너는 다 가지고 올 수 있다는 건 아는데 이건 마지막이야. 진짜로 마지막. 이것만 가지고 오면 나는 너랑 살겠다."

이러니까,

"그건 뭐냐?"

그랬더니,

"엄마의 심장을 빼 와라. 심장을 따뜻할 때 빼 와라."

이러는 거예요.

그래서 가서,

"그건 어려운데, 그래도 해볼게."

하고 간 거예요.

그래서 그렇게 갔는데 엄마한테 가서 있는 이야기하고,

"나는 그 여자 없으면 나는 못산다. 엄마 심장이 필요하다."

이렇게 했는데 엄마가,

"그건 안 된다. 그건 절대로 안 된다. 너는 그 여자랑 안 살면 안 되느냐?"

이랬더니,

"알았다."고.

해놓고서도 또 계속 밥을 안 먹고 너무 그러는 거예요. 밥도 안 먹고 그래서 엄마가 보기에 아, 자기 아들이 죽을 것 같아서,

"그래. 네가 나를 죽이면, 네가 내 심장을 가지고 가라."

그래서 인제 엄마가 자기를 인제 마지막으로 안아주고,

"내 아들 사랑해."

하고 안아주고. 자기를 죽였는데.

엄마를 사랑한다는 그 말도 생각 안 하고 엄마의 심장을 가지고, 인제 따뜻할 때 가지고 가야 하니까 뛰어갔대요. 뛰어갔다가 넘어져서 엄마 심장을 떨어트린 거예요. 그랬는데도 엄마 심장에서 엄마의 목소리로,

"아이고 우리 아들이 넘어졌어? 괜찮니?"

하는 목소리가 들렸대요.

그래서 그 목소리를 귀신이 마지막으로 들어가지고, 죽었는데도

엄마의 심장에서, 엄마의 목소리를, 엄마의 마음이 죽었는데도 자식의 생각을 한다. 그래서 엄마의 사랑을 빼앗을 수 없다고. 그래서 멀리 가고 그 이후로 귀신이 그 아들에게서 떠나가니까, 그때서야 그 남자가 깨달았대요.

'아! 나는 내 엄마를 왜 사랑해주지 못하느냐?'

하고.

그래서 우리나라에 그런 단어가 있어요.

'엄마의 사랑이 늘 자식한테 있고, 자식의 사랑이 늘 바위 위에 있다.'

엄마의 선물

● **구연정보**

조사일시 : 2016. 12. 14(수) 오전
조사장소 : 서울시 용산구 용산동
제 보 자 : 툭스자르칼 [몽골, 여, 1976년생, 결혼이주 12년차]
조 사 자 : 오정미, 이원영, 이승민

● **구연상황**

조사자가 제보자가 뒤척이는 몽골 이야기책에 대한 소개를 부탁하자 책 소개를 하다가 문득 생각이 난 듯 〈엄마의 선물〉 이야기를 구술했다. 어머니에 감정을 이입하며 이야기를 구연했다.

● **줄거리**

공부하러 길을 떠난 아들을 애타게 기다리던 어머니가 있었다. 그녀는 아들을 안다는 사람을 만나자 아들에게 주려고 준비해준 물건이 있다며 딱딱한 물건이 든 보따리를 보여주었다. 그 남자가 아들에게 말을 전했고 그 덕에 어머니는 아들을 본 뒤 비로소 숨을 거두었다. 어머니가 죽은 뒤에 아들이 그 보따리를 열어보니 그 속에는 어릴 적에 자기가 가지고 놀던 돌멩이가 들어있었다. 어머니는 그 돌을 간직한 채 아들을 기다렸던 것이었다.

엄마 아빠랑 아들이 살고 있었는데, 그 아들이 인제 너무 사랑하니까 엄마 아빠가 이제 다 커가지고 인제,

"엄마 아빠 나 멀리 가서 공부 좀 하고 올게."

하고 그랬더니

"알았다."고.

인제.

"꼭 와야 된다. 엄마 아빠 잘살고 있는지, 잘살고 있는지 꼭 소식을 줘야 한다."

이렇게 멀리 공부하러 보낸 거예요.

(책에 그려진 그림을 보여주며) 몽골 전통 옷이 이렇게 생겼어요. 그래서 아까 또 제가 이야기했잖아요? '엄마의 마음이 자식한테 있고 자식의 마음은 바위 위에 있다.' 그런 동화인데.

그래서 멀리 공부하러 갔는데, 너무 시간 지나가도 소식이 없는 거예요. 그래서 옆에 사는 집 가족에 애들이 오고 또 소식을 전해주고 그랬는데 너무 소식이 없는 거야. 그러다가 인제 아버지가 인제 너무 나이 드시니까 아버지가 먼저 돌아가시는 거예요. 아버지 죽고 나서 엄마는 힘들어도 그래도 아들 올 때까지,

'기다려야지, 기다려야지.'

하고, 안 온 거예요.

그러다가 인제 어느 날 어떤 사람이 온 거예요. 인제 밤에 사람이 왔는데,

'자기 아들인가 보다.'

하고 그랬는데 다른 사람인 거예요.

그래서 인제 아들 소식을 물어봤는데, 인제 그 할머니는,

"아들을 안다. 잘살고 있다. 잘 있다."

그랬더니 그러면 인제 엄마가,

"아버지가 죽었고, 인제 엄마가 기다리고 있다. 그러고 꼭 엄마가 죽기 전에 와서 한번 만나라고 전해 달라."

하고 아들한테 인제 소식을 보낸 거예요.

그랬더니 인제 할머니가 그렇게 하면서 인제 밖에 나가서 인제 길에서 나가서 인제. (문득 생각이 떠오른 듯) 아! 그러다 인제.

"아들한테 나 뭐 준비해놓은 것 있다."

하면서.

"이거 내 아들한테 준비한 거다."

하고 이렇게 포장된 거를 보여준 거예요.

그랬더니 할머니가 아들한테 준비 뭐 음식을 준비할 동안에 그

집에 왔던 그 손님이 그 쌓아놨던 걸 만져본 거예요. 너무 딱딱하고, 만져보고,

'엄청 큰 금인가보다. 금, 은인가 보다.'

그래가지고 아들한테 가서,

"네 엄마가 금, 은 뭔가를 준비해 놨다. 너무 딱딱하고 무겁더라. 내가 해보니까 무겁더라."

그랬더니

"알았다. 인제 가야지."

하고 그랬는데, 인제 그래가지고 바로 안 갔어요.

또 엄마가 기다렸다가 인제 결국에는 아들이 왔는데 아들이 죽기 전에 딱 아들보고.

"우리 아들 왔네."

하고 인제 죽은 거예요.

그랬더니 인제 엄마를 다 인제 장례식 끝나고.

'엄마가 나한테 뭐 남겼을까?'

하고 찾아봤는데 비싼 거 하나도 없는 거예요.

그래서 인제 쌓아 놓은 거 하나가 보니까 너무 무겁고 큰 거예요.

"아! 이거 그 나한테 준비했던 재산인가 보다."

하고 꺼내놓으니까 다 돌 들어가 있는 거예요.

그래서 그거 만져보니까 돌인데 또 이렇게 그거 꺼내 보니까 자기가 어릴 때 갖고 놀았던 장난감 돌들을 그렇게 엄마가 간직하게 갖고 기다렸다고.

그래서 엄마의 마음은 늘 그렇다. 비싼 돈들보다 애들이 갖고 있었던 그거 간직하고. 자식들은 늘 생각이 그냥 돈에만, 재산에만 생각하고 있다. 엄마 마음을 생각하지 않고,

'나를 위해서 뭘 남겼을까?'

하는 그런 마음으로 산다.

그래서 어릴 때부터 늘 이렇게 해주면서

'그런 사람이 되지 말아야 돼.'

이런. (웃음)

아내 개심시킨 효자의 지혜

● **구연정보**

조사일시 : 2017. 06. 02(금) 오후
조사장소 : 강원도 원주시 개운동
제 보 자 : 수흐바타르 [몽골, 여, 1966년생, 결혼이주 16년차]
조 사 자 : 박현숙

● **구연상황**

제보자가 〈늑대에게 알을 빼앗긴 까치〉 구연을 마친 뒤 다른 이야기를 생각하다가 이 이야기를 시작했다. 본격적인 구연에 앞서 소 내장의 정확한 한국 명칭이 떠오르지 않아서 한참 고민하다가 그냥 '창'으로 정리하고서 구연을 이어나갔다. 그 명칭이 '천엽'임을 구연을 마친 뒤 조사자와 대화하는 과정에서 확인했다. 몽골 시골에 사는 시어머니들은 늙어서 일을 못 하고 잔소리도 심하여 아들이나 며느리에게 미움을 받으며 살았다고 설명을 덧붙였다.

● **줄거리**

옛날에 시어머니와 아들 부부가 살고 있었다. 며느리는 늙은 시어머니가 일은 안 하고 잔소리가 심해서 시어머니를 미워했다. 군입대를 하게 된 아들은 아내가 어머니를 굶길 것이 염려되었다. 아들이 어머니에게는 번거롭게 이것저것 챙기지 말고 매 끼니마다 천엽을 기름물에 담가 드리면 된다고 아내를 안심시켰다. 아내는 남편 없는 삼 년 동안 시어머니에게 천엽만 드렸다. 아들이 삼 년 후에 군대에서 돌아오자 어머니가 영양가 높은 천엽만 먹어서 살이 올라 있었다. 아들은 자신이 없는 동안 아내가 어머니를 잘 봉양토록 하기 위해 아내에게 천엽만 드리라고 말했던 것이었다.

옛날 옛날에, 그 시어머니와 그 남편, 며느리 셋이 살고 있었어요. 근데 그 어머님이 남편이 있을 때 이거 자기 이거, 남편하고 자기 이거 사이에 끼어들고 막 기분 나쁜 일 많았어요. [조사자: 시어머니가, 자꾸 이렇게 남편하고 사이에 껴들어요?] 네, 껴들어서.

그래서 남편이 어떤 날 군대 갔어요. 근데 몽골에서 군대 가면 삼 년 가요. 삼 년 가는데, 며느리가 시어머니랑 모시고 있었어요. 시어머니가 나이 많았어요. 나이 많은데, 근데 며느리가 그 시어머니를 이거 싫어할까 봐, 자기 아들이 갈 때 이렇게 말했어요, 자기 마누라한테.

'우리 엄마가 나 없을 때 밥을 좀 덜 주고 굶어 죽을까 봐 내가 올 때까지 엄마가 살아있지 않을까?'

자기 걱정했어요, 남편이 속으로. [조사자: 그러니까 부인이 엄마를 굶겨 죽일까 봐?] 네, 왜냐면 어머님이 며느리한테 잘못한 거 많거든. 그래서 내가 없을 때 내 엄마한테 밥을 잘 안 줄까 봐 생각했어요. [조사자: 그래서 어떻게 했어요?] 그래가지고,

"그 창(천엽)을 기름 물에다가 그 창을 이렇게 놓고, 놓고 얹어서, 얹어서 줘요. 너무 안 챙겨줘도 돼요."

라고 말했어요. [조사자: 그러니까 그 소 내장을 챙겨주면서.] 네.

"기름물에다가 이렇게 살 삶지 말고 기름물에다가 넣어서 어머님 많이 먹이라."고.

[조사자: 기름에 넣어서 엄마를 주라고?] 예.

"근데 다른 거 안 챙겨 주셔도 된다."고.

했어요. (웃음)

그래가지고 그 엄마한테, 어머님한테 맨날 그렇게 해줬어요, 삼 년 동안. 그랬더니 어머니가 엄청 살찌고. (웃으며) 얼굴도 좋아졌어요. 그래가지고 자기 아들이 왔는데 엄마가 아예 튼튼하고 잘살고 있었어요.

근데 며느리는 생각으로는 잘못했다고 생각했어요. 근까 남편 시킨 대로 제대로 안 먹였다고 생각했는데 근데 오히려 어머님이 자기 아들이 군대 갔다 오는 동안 아예 굶어 죽지 않고 아예 잘살고 있었어요, 살찌고. (웃음) [조사자: 그 삼 년 동안?] 예.

근데 그 속에 사람 몸에 그렇게 좋은 건지 알고 있었어요, 아들

은. [조사자: 아들은 알고 있었고?] 네. [조사자: 이제 며느리는 어머니 밥 안 챙겨주고 그것만 먹이면 자기가 편하다고 생각해서 그걸 먹인 거예요?] 네. (웃음) [조사자: 근데 알고 봤더니 어머니한테 보약이었던 거예요?] 네. (웃음) [조사자: 재밌다.]

그래서 엄마한테는 아들이 말해요.

[조사자: 그걸 몽골에서는 많이 먹어요?] 예, 먹어요. 좋아해요.

유스걸데이 할아버지와 재주 많은 아홉 형제

● 구연정보

조사일시 : 2017. 03. 13(화) 오후

조사장소 : 충청남도 천안시 동남구 안서동 단국대학교

제 보 자 : 노로브냠 [몽골, 여, 1970년생, 이주노동 4년차]

조 사 자 : 신동흔, 오정미, 이원영, 이승민

● 구연상황

설화 구연 요청을 받은 제보자는 가지고 있는 민담집을 확인한 뒤 본격적으로 민담을 구술을 시작했다. 중간 중간 책의 내용을 확인하면서 이야기를 이어갔다.

● 줄거리

옛날에 아들을 아홉 둔 유스걸데이라는 노인이 살았다. 어느 날 왕비가 사라졌는데 왕이 신하들에게 왕비를 찾아오게 하자 신하들은 유스걸데이 할아버지를 찾아가 그 아들들이 왕비를 납치했으니 찾아오라고 했다. 할아버지는 산 정상에서 발견한 금가루로 금 화살을 만든 뒤, 왕비를 찾아오는 아들에게 화살을 주겠다고 말했다. 할아버지의 아들 아홉 형제는 모두 출중한 재주를 가지고 있었다. 첫째는 밤에도 파리의 흔적을 찾을 수 있고, 둘째는 바닷물을 한 모금에 다 삼킬 수 있고, 셋째는 산을 세 개나 통과하여 내다볼 수 있으며, 넷째는 쉽게 물건을 훔칠 수 있고, 다섯째는 물과 불을 만들 수 있었다. 여섯째는 재료 없이 음식을 만들 수 있고, 일곱째는 보이지 않는 곳까지의 말을 들을 수 있고, 여덟째는 고개를 돌리는 찰나에 세 겹의 무쇠 집을 만들 수 있으며, 막내인 아홉째는 앉은 자리에서 사라져 원하는 자리에 나타날 수 있었다. 아들들은 각자의 재주를 사용하여 왕비를 찾아왔다. 기분이 좋아진 왕은 아홉째 아들이 가장 큰 공을 세웠다는 할아버지의 뜻에 따라 공주를 막내아들과 결혼시켰다. 할아버지도 막내에게 자신이 만든 금 화살을 주었다.

자, 유스걸데이란 할아버지가 옛날에 살았는데 아들이 아홉 명이래요.

근데 그때 그, 그 지역에 왕이 있을 거 아니에요. 근데 그 왕이 부인이 사라졌대요. 왕 부인이. 그래가지고 계속 찾아가지고 못 찾고 그러니까 신하들이 모여가지고,

"이제는 찾을 수 없다. 어떻게 하면 좋으냐?"

하다가 어떤 그 왕이 어쨌든 내 왕비를 찾아오라고 그렇게 했는데 신하 한 명이 말하기를

"우리는 유스걸데이 그 할아버지의 아홉 아들을 아직 못 만났다. 걔네들이 그 부인을 납치했을 거 같다."

이렇게 이야기를 해요.

그래서 어, 그 유스걸데이 할아버지한테 사람을 보내요. 그 왕비를, 둘째 왕비, 둘째 부인을 그 찾아오라고. 안 그러면 아홉 아들의 머리가 없을 줄 알으라고. 그래가지고 그 사람을 보내요. 그래서 할아버지가 고민을 해가지고,

"아들들이 그 아침에 나가가지고 밤에 들어온다."고.

"그래가지고 어디에 지금 아이들이 있는 줄 모르겠다"고.

그래가지고 그 할아버지가 앞에 있는 산 정상에 올라가요. 올라가서 아이들을 이렇게 어, 찾아보니까 없는 거예요. 그래서 내려오다가 흑, 어, 거, 이렇게, 킁가루, 큼가루 흙을 이렇게 보게 돼요. [조사자 2: 금, 금가루?] 네, 금가루. 금처럼 이렇게 빤짝이는 그런 모래 같은 것들. 흙이 있으니까. 그걸 이렇게 주머니에 가득 담고 와가지고 그걸 이렇게 빚어가지고 화살을 만들어가지고 화살을 금 빤짝이는 화살을 만들어가지구. 실제로는 금이었는지 모르죠. 실제로 금 그거 해가지고 금으로 화살을 만들었는지.

그래가지고 화살을 만들어 앉아 있었더니 밤이 돼가지고 아홉 아들이 들어와요, 돌아와요. 돌아와가지고,

"아버지, 금 화살은 누구 거냐?"고.

그러니까,

"너희들 것이다. 너희들이 그 왕의 왕비를 구해준다면 그 업적에

따라서 제일 업적을 잘 세운 사람한테 이 금 화살을 주겠다."

이렇게 이야길 해요. 그래서 아홉 아들은, 아, 그전에 그 '주겠다.' 하기 전에, 아이들을 이렇게 모여 앉혀 놓고 할아버지가,

"너희들의 재주가 뭐냐? 이렇게 하나하나씩 이야기하라."

이렇게 해요. 그랬더니 맨 막내가,

"나는 깜깜한 밤에 날아다니는 그 파리, 파리의 흔적도 쫓아갈 수 있다."

이렇게 이야기해요. 그런데 둘째 아들은, 그 밑에서 둘째가,

"나는 바닷물은 한꺼번에 입에 삼킬 수 있다. 입속에 넣을 수 있다. 한 모금으로만."

이렇게 이야기해요. 그랬더니 셋째가,

"세 언덕, 세 산, 산 세 개 넘어서 너머 있는 걸 통과해서 볼 수 있다."

이렇게 이야기해요.

넷째가, 넷째는 그 어 뭐라고 해지? 이 동물이 뭐를 이렇게 먹고 씹으면, 씹으면 계속 씹잖아요? 이거 씹는 습관 있으니까. 그거 씹고 있는 그 영양, 영양이 씹고 있는 거, 그리고 말을 타고 있는 사람들에 그 허리에 찬 그, 옛날에 그 젓가락이랑, 젓가락이랑 칼이, 칼을 같이 들고 다녔잖아요? 한국도 부싯돌이랑 이렇게 해 가지고 칼, 젓가락 이런 것 들고 다녔나요? [조사자들: 젓가락은 모르겠어요.] 어쨌든 칼이나 이런 거. [조사자 2: 칼은 뭐 그럴 수 있는데, 예.] 그래서 젓가락이랑 칼은 이렇게 주머니가 있어요. 그리고 그걸 몽골에서는 허리 뒤에 이렇게 차고 다니거든요. 그런데 그걸,

"앉아 있는 두 사람이 이야기를 나누고 있으면 그 칼을 그 사람들한테 그 사람들 모르게 훔칠 수 있다. 가져갈 수 있다."

이렇게 이야기해요.

다섯째는

"물이 없는 데서 물을, 물, 산이 없는 데서는 불을 만들 수 있다."

[조사자 2: 물과 불 다?] 예, 다.

"물이 없는 데서 물을 만들 수도 있고 불이 없는 데서는 그 뭐

지? 화재를, 아니 불, 불씨를 만들 수 있다."

이렇게 해요. 그랬더니 그다음 아들이,

"음식이 없는 장소에서 양고기, 고기 없는 데서는 소고기를 만들 수 있다."

이렇게 이야길 해요. 그다음은 아,

"남의 이야기를 저-기 안 보이는 데 있는 이야기도 들을 수 있다. 되게 선명하게."

그리고 그다음은 이쪽으로 보고 이쪽을 보는 사이에 세, 삼 겹, 음, 시름, 솥 만드는 재료가 뭐예요? [조사자 2: 철, 철?] 철인데 그 철 종류가 있어요. 시름, 시름. (잠시 방문한 제보자의 친구가 '시름마'라고 말하고) 시름을 뭐라고 해요? 솥인데 그냥 얇은 그거 아니라 이렇게 좀. (제보자의 친구가 '무쇠솥, 무쇠솥'이라고 말하고) 어, 무쇠, 무쇠, 무쇠 집.

"삼 겹으로 된 무쇠 집을 만들 수 있다."

이렇게 해요. [조사자 2: 아, 고개만 요렇게 한번 돌려서?] 이렇게, 이렇게 하는 순간 찰나에.

그랬더니 맨 큰아들은,

"앉은 자리로 들어가서 원하는 자리에서 나올 수 있다."

이렇게 이야기해요. 무슨 이야기냐면 지금 이렇게 앉아 있으면 사라져요. 그리고 그거가 원하는 자리에서는 나타난다는 거예요. 그래서 예를 들면 '나는 지금 내가 도서관에 가겠다.' 그러면 지금 여기서 사라지고 거기서 나타나는 거예요.

그런 재주가 다 있는 거예요. 아홉 가지 재주가 각자 다 있어요.

"그러면 니네들, 그러면 왕비를 구해준다면 이 화살을 주겠다. 할 수 있냐?"

그러니까 아이들은,

"할 수 있다."

그래요. 그래가지고 그,

"할 수 있다."

이렇게 해서 그 깜깜한 밤에 파리의 흔적을 찾는, 찾을 수 있는

애, 아이가 왕비가 어디로 갔는지 그걸 이렇게 찾아가지고 따라가게 돼요. 그리고 음, 따라가는데 바다로, 바닷속으로 들어가더라구요. 그래서 바닷물을 삼킬 수 있는 자가 그거 삼키게 돼요. 그래가지고 그 그랬더니 그 왕비가 거기 그 바다 속에 열 다섯개의 머리를 가진 그런 도깨비, 아니 괴물, 괴물 집에 그 왕비가 앉아 있는 거예요.

그러니까 누가 구해요? 거기서? 그 잘 훔칠 수 있는 사람, 앉아 있는 사람 두 사람에 그 칼도 모르게 훔칠 수 있는 사람. 훔쳐가지고 나와요. 나와서 이렇게 도망치게 돼요. 그리고 삼 언덕, 삼, 세 개의 산 뒤에 있는, 도망치는데 세 개의 산을 이렇게 통과해서 볼 수 있는 사람, 그 형, 아이가,

"그 망크스의 괴물의 그 사람들은 우리를 쫓아오고 있다. 겨우 한참 뒤에 있다."

고 그래요.

그러니까 그 삼 겹 그 집을 만들 수 있는 자가 그 무쇠로 그 집을 만들어요. 근데 물이 없는 데서 물을 만드는 자가 물을 만들어가지고 불을 만들어가지고 그 음식물을 만들 수 있는 자가 음식물을 만들어가지고 그리고 요리를 해먹고 그랬더니, 그 엿들은 사람은, 엿들을 수 있는 사람은 엿들어가지고 그 무쇠를 두 겹은, 바깥 두 겹은 다 녹였다. 그 괴물 사람들은, 한 겹만 남았다. 그러니까 원하는 데서 들어가 가지고 원하는 데로 나타나는 사람은 땅으로 쏙 들어갔다가 왕 집 앞에서 불쑥 나타나고 그리고 도망쳐서 왕한테 왕비를 갖다 줘요.

그래가지고 음, 그랬더니 왕이 되게 기뻐해요. 그 할아버지를 불러요. 할아버지가 근데 무서워서,

'우리 애를 이렇게 해가지고, 우리 애를 이렇게 해가지고 못 찾아가지고 나는 목이 짤렸구나!'

이렇게 해가지고 가는데 그 누구한테, 누구한테 그

"누구한테 자기 왕비(공주)를 줄까?"

이러니까 그 그거 돼요.

"네, 그 막내한테 줘라. 제일 큰 업적이 원하는 데로 들어가서 원

하는 데로 나타났다. 제일 큰 업적을 세웠으니까 막내한테 줘라."

이렇게 해가지고, 자기 그 만든 화살도 그 아들한테 주고 그 왕의 그 두 번째 왕비도 그 아들이 얻고 그렇게 행복하게 살게 됐대요. 그런 이야기가 한 편 있고.

[조사자 3: 막내예요? 맏아들 아니고?] 막내예요. 몽골에선 막내가 한국의 맏아들 역할을 해요. 가문을 막내가 이어가거든요. 한국은 장남이잖아요.

[조사자 1: 왕비는 원래 왕의 부인인데 왕비를 다시 막내한테 주는 거예요?] 음? [조사자 1: 왕비, 여자 원래 왕의 부인인데 주는 거예요?] 음, 왕비, 예, 원래 왕의 부인인데, 예. [조사자 2: 찾은 왕비를 주는 거예요?] 음. [조사자 2: 그런 건지 아니면, 그 찾은 왕비를 막내아들한테 주는 거예요? 아니면 찾은 왕비가 아닌 두 번째 왕비를 준 거예요. 아니면 공주를 준 거예요?] 모르겠어요. 아마 공주일 수도 있고, 공주일 수도 있고, 아니면 그냥 그 찾은 그 왕비일 수도 있을 거 같애요. [조사자 2: 그럴 거 왜 찾았지?]

어쨌든 원래는 설화에서는 공주, '공주랑 그거 결혼을 하게 됐다.' 이렇게 나오는데 우리가 그냥 공주라고만 들어도 이해가 될 거 같아요. 왕이 그렇게 찾아왔는데 왕이 그렇게 기뻐했는데 자기 왕비를 누가 어떻게 주겠어요.

고니와 결혼한 소녀

● 구연정보

조사일시 : 2016. 11. 03(목) 밤

조사장소 : 서울특별시 동대문구 이문동

제 보 자 : 툭스자르칼 [몽골, 여, 1976년생, 결혼이주 12년차]

조 사 자 : 오정미, 이원영

● 구연상황

제보자가 메르겡 이야기를 구연한 뒤 잠시 쉬면서 대화를 나누다가 다음 이야기를 청하자 곧 구연을 시작했다. 이야기 속에 몽골의 전통 옷이 등장하는데, 그 명칭이 '델'이라고 하면서 직접 써주기도 했다.

● 줄거리

옛날에 홀어머니와 사는 가난한 양치기 소녀가 겨울 강가에서 다리를 다친 채 얼어서 죽어가는 고니를 발견했다. 소녀는 겨우내 고니를 치료해주며 돌보았고, 봄이 되자 고니는 하늘로 날아갔다. 어느 날 소녀의 꿈에 고니가 나와서 자기는 사실 바다와 땅의 왕의 아들인데, 진실한 사랑을 만나면 사람 모습으로 돌아온다며 집 근처 동굴로 오라고 했다. 소녀가 동굴로 찾아가자 고니는 돌봐준 일을 사례하며 청혼을 했다. 소녀가 그 청에 답하지 않은 채 그곳을 오가면서 고니를 만났고, 마을 사람들이 소녀가 미친 게 아니냐며 수군댔다. 소녀가 고니에게 빨리 변신해달라고 하자 고니는 좀 더 기다려달라고 했다. 7월이 되어 나담 대축제가 열렸는데 소녀와 어머니는 입을 옷이 없어 못 가고 있었다. 이때 고니가 좋은 옷을 집 지붕에 내려줬고, 두 사람은 그 옷을 입고 축제에 갔다. 축제에서 한 부자 남자가 소녀에게 청혼을 했지만 소녀는 고니를 생각하고 거절했다. 소녀가 동굴로 돌아와 고니를 만나자 고니는 청혼한 남자가 바로 자신이었다고 했다. 둘은 결혼해서 함께 살았다.

옛날에 가난한 양치기 소녀가 자기 엄마하고 같이 살고 있었어요. 근데 그 소녀가 가난하기 때문에, 가난하기 때문에 인제 하는 일이 엄마랑 둘이 사니까, 양을 치고 그리고 인제 노는 것도 없고 그래서 풀밭에 양들하고 놀고 그러면서 살았어요.

그랬다가 인제 사계절로 인제, 몽골 나라는 가축을 키우면서 이동하면서 사는 나라잖아요. 그래서 인제 겨울이 되어서, 인제 소녀가 강가에 가니까. 인제 얼어붙은 고니가, 고니를 봤어요. 그 고니를 살려가지고 인제 얼어붙은 거를 녹이면서 살려서 집에 데리고 왔어요.

데리고 왔는데 엄마가. 인제 엄마랑 둘이 사니까. 고니의 아픈 다리를 치료해주고, 인제 따뜻한 집에서 겨울을 보내고 그러면서 인제 봄이 왔어요. 봄이 오고 하니까, 인제 고니가 어느 날 인제 또 인제 또 소녀가 놀고 있는데 고니가 날라갔어요.

"간다."고.

"고맙다."고.

하는 식으로 날개를 쳐가지고 간 거예요. 날라간 거예요.

그래서 인제 어느 날 또 인제 양을 치고 있는데, 그랬다가 인제 밭에서 잔 거예요. 잠깐 잠들었는데 꿈속에 고니가 온 거예요. 고니가 왔는데 젊은 남자로 와서,

"나는 저거 나는 네가 살려준 고니다. 그래서 나는 인제 우리 아빠가 땅과, 바다와 땅에 왕이다. 나를 진짜 진실하게 사랑해주는 여자와 만나면 그때, 인제 이 고니를, 고니에서 벗어서 사람으로 돌아온다. 그래서 그렇게 만들었다."

라고 얘기해서 인제,

"집에 있는 가까운 데, 동굴에 오라."

고 하고 이제 꿈에 왔어요. 엄마한테 가서,

"엄마 나 이렇게 이상한 꿈 꿨다. 고니가 꿈에 와서 인제 동굴에. 가까운 동굴에 살고 있는데 와라. 오라고 했다."

엄마가,

"그래. 우리 집에 지내면서 나쁜 일 안 했으니까 좋은 가지고 갔다 와라."

그래서 갔는데, 그 동굴에 들어가니까 인제 멋있는 남자가. 젊은 남자가 서 있었대요. 서 있었는데, 자기가 그런 얘기를 했대요.

"나는 네가 강에서 살려준 고니야. 그때 너는 나를 아낌없이 보살펴줬으니까 나는 감사하게 생각한다. 그래서 자기가 부족하면서도 나를 있는 그대로 보살펴주고 나를 이렇게 살려줘서 나는 진짜 감동을 많이 받았어. 그래서 나는 너하고 결혼하고 싶다. 너는 나를 고니로 사랑해주는데, 나도 이런 남자다. 그래서 나랑 결혼해 줄래?"

했더니,

"나는 대답 못한다."

하고 가고. 그러고 인제 집에 갔대요.

집에 가서 엄마한테 얘기했대요. 다 얘기하고. 그리고 그날 후로 계속 고니하고 만나고, 고니는 날라 오고 이러는데. 그랬는데 인제 그 마을 사람들이, 그 인제 그 시골 사람들이, 주위에 있는 사람들이, 소녀가 얘기한,

"이 소녀가 이상하다. 걔가 이제 고니하고 만나고, 사람말로 또 얘기 한다 미친 거 아니냐."고.

이상한 얘기 했는데. 그래서 인제 고니한테 가서 얘기한 거야.

"사람들이 나를 이렇게 이상한 사람으로 본다. 그래서 너는 이제 빨리 사람이 됐으면 좋겠다."

"좀 참아라. 기다려라."

라고.

7월 달에 몽골에서는 축제가, 대축제가 있어요. 이제. 몽골에, 한국에 추석, 9월 달에 추석이 있는 것처럼 몽골에 7월 달에 있어요. 그때 모든 여름이 다 되고, 모든 말들이 살도 찌고 인제 살도 찌고 그리고 말 젖도 나오고. 그걸로 인제 아이락[•]도 들었죠? 인제 막걸리처럼 생긴 그런 비슷한 그런 발효음식이 있는데. 그거는 인제 7월 달에 나오는 것.

그래서,

• 아이락 : 말 젖을 발표시켜 만드는 음료.

“모든 음식들이 먹을 만하다.”

라고.

“인제 다 인제 다 잘됐다.”

추운 겨울 엄청 춥잖아요? 추운 겨울을 지나가고 봄도 얼었고 너무 힘드니까.

“그 겨울, 봄을 잘 지냈다.”

그러면서 7월 달에 축제를 해요. 여름에. 그래서 인제 거의 일주일 정도 놀고 막 대축제를 하는데 나듬(나담)이라는 축제예요.

그래서 이제 나듬 축제가 됐는데, 나듬 축제 때 그 소녀가 너무 가난하니까 안 가기로 했어요. 엄마랑. 입을 옷도 없는데.

원래 그 나듬 축제되면 몽골사람들이 인제 전통 옷, 델이라는 전통 옷을 입는데 그거를 거의 인제 설날 때나 그 축제 때나 새롭게 만들어가지고 거의 다 그렇게 예쁜 옷으로 입고 축제를 나가잖아요.

그래서 안 나가려고 했는데 갑자기 고니가 날라 오면서 그 몽골 전통 집 게르 있잖아요. 그 지붕에다가 옷을 놔두고 간 거예요. 옷을 놔두고 갔는데, 그거를 보고 소녀가 엄마하고 그 옷을 입고 축제에 간 거예요.

“아, 우리보고 나가라고 하나 보다.”

하고 나갔는데, 엄청 많은 사람들이 그 소녀를 보고,

“너무 예쁘다.”고.

“너무 멋있다.”고.

뭐 남자들도 오고 그중에서 어떤 남자가,

“나는 부잣집 아들이다. 결혼해 달라.”

이렇게 얘기했는데

“아, 아니다. 난 결혼 안 할래.”

그래가지고 바로 그 축제에서 나와가지고 그 동굴에 간 거예요. 동굴에 갔더니, 그 고니가 거기에서 사람의 고니가 나온 거예요. 그래서,

“나는 축제에서 어떤 남자가 결혼해 달라고 했는데, 나는 오로지 고니만 생각해서 왔다. 인제 사람이 됐음 좋겠다.”

이렇게 하니까, 그렇게 하니까. 그 고니가,

"사실은 그 결혼해 달라고 했던 사람이 나였어. 그래서 네 마음을 표내지 않고 오로지 나만 생각해서 여기까지 와서 고맙다."

하면서 인제 고니가 인제 고니의 목소리로 울었더니, 인제 그 고니의 아버지가, 바다와 땅의 왕이 와서 인제,

"자기가 다 보고 있었다. 그래서 인제 소녀하고 결혼을 허락한다."

하고. 그래서 인제 결혼하고 잘 살게 됐다.

그래서 이런 동화를 통해서, 동화는 원래 전설과 동화는 원래 아이들한테 올바른 삶을 인제 가르치려고 하는 거잖아요? 그래서 사람이 인제,

'마음을 표현하지 않고 똑바로 잡아야 된다.'

이 동화를 통해서 알려주려고 이런 거를 했지 않을까. 어떤 사람이 만들었는지는 모르지만 우리가 어릴 때 들었던 이야기들이라.

구두 한 짝을 잃은 공주

● 구연정보

조사일시 : 2017. 03. 24(금) 오후
조사장소 : 강원도 원주시 개운동
제 보 자 : 수흐바타르 [몽골, 여, 1966년생, 결혼이주 16년차]
조 사 자 : 박현숙

● 구연상황

제보자가 〈물고기 방생한 어부와 욕심 많은 아내〉 이야기 구연을 마친 뒤 조사자가 다른 러시아 민담을 알고 있는지 묻자 제보자는 어릴 때 공주 이야기를 많이 읽었다면서 '열두 달'이라는 제목의 이야기가 있었다고 했다. 이 이야기는 유명해서 영화와 만화로도 제작되었다고 했다. 신데렐라 유형의 이야기다.

● 줄거리

옛날에 아버지와 딸이 살았는데, 새엄마가 두 딸을 데리고 들어왔다. 새엄마는 아버지가 없을 때 전처의 딸을 구박했다. 어느 날 나라에서 왕자가 예쁜 신붓감을 구하는 파티를 열었다. 새엄마는 두 딸만 예쁘게 치장하여 파티에 데리고 갔다. 혼자 남은 전처 딸은 마술 램프의 도움을 받아 예쁘게 치장을 하고서 파티에 갔다. 전처 딸은 왕자와 춤을 추다가 밤 열두 시가 되면 급히 돌아갔다. 마지막 날에도 전처 딸은 왕자와 춤을 추다가 열두 시가 되자 급히 돌아왔는데 그만 구두 한 짝을 떨어뜨렸다. 왕자가 구두의 주인을 찾아나섰고, 구두는 전처 딸 발에 꼭 맞았다. 전처 딸은 왕자와 결혼했다.

옛날에 어떤 아저씨가 자기 딸이랑 살고 있었어요. 그러더니 어떤 여자를 만났어요. 근데 그 여자가 딸이 둘이에요. 그래서 자기 딸이랑 그 만나는 여자 딸 둘이랑 이거 총 다섯이 같이 살았어요.

근데 아빠가 항상 일했었어요. 아침에 나가서 밤늦게 와요. 그럴 동안 아내가 딸 셋이랑 같이 살아요. 근데 그 새엄마가 그 딸한테 엄청 상처를 줘요. 왜냐면 자기 딸 두 명은 많이 챙기구 그 딸을, 남편 딸은 항상 괴롭히고 제일 맛있는 거를, 음식을 많이 안 주고, 집 안일을 많이 시켜요. [조사자: 구박했구나.] 예. 그래서 그 딸이 엄청 힘들게 살았어요.

그랬다가 그때 그 딸이. 기억이 잘 안 나요. (웃음) 그 딸이 이거 일을 나갔나? 그때 그 남자가 이거 결혼할려고 그 부잣집, 부잣집 딸보다 제일 이쁜 딸, 여자, 아름다운 여자를 원했어요. [조사자: 신부를 찾고 있었어요?] 예, 찾고 있었어요. 그래서 그 명령을 했어요.

"그 우리의, 우리나라의 제일 이쁜 여자를 찾아라."고.

그랬어요.

그래가지고 그 여자가, 새엄마가 자기 딸 두 명을 거기 그 왕자한테 소개시켜 주고 많이 애쓰고 이쁜 옷도 만들어주고 이쁜 악세사리도 해주고 이쁘게 할려고. 많이 애썼는데요. 근데 딸들이 아주 못생겼어요. 외모도 안 좋고 못생기고. 근데 그 딸이 남자 딸이 엄청 예뻤어요. 날씬하고 엄청 예뻤어요. (웃음) 그래 갔다가 그 마술 램프 그거 찾았어요. 내가 하고 싶은 거 다 할 수 있는 거. [조사자: 어떻게 찾았어요?] 그거 기억이 안 나네요. [조사자: 그런데 아버지 딸이 그거 찾았어요?] 예. [조사자: 그래서 어떻게 됐어요?]

그래가지고 어떤 누구를 만났지? 누군가가 도와줬어요. 그 딸한테 도와드렸어요. 그래서 그 딸이 누구한테 도움을 주구, 누구한테 도움을 받았어요. 그래서 그 아가씨한테 이쁜 그 말, 말 있잖아요? 그거 끌고? [조사자: 옷? 옷?] 이쁜 옷 해주고, 말 타는 거 뭐지? [조사자: 마차.] 마차. 마차를 입어요. 멋진 하얀 색 말에다가 마차 해가지고 이쁜 옷 주구 그 보냈어요. 거기 가 보라고.

그래서 거기 갔는데요, 거기 가서 새어머니하고 새어머니 딸 봤는데 그 사람들이 못 알아보는 거예요. 그 아가씨가 옷이 엄청 안 예뻐서 그런지, 그렇게 입은 지 못 알아들었어요. 그래서 그 왕자랑, 왕자가 엄청 이뻐했어요, 그 아가씨를. 마음에 들었어요. 그래서 같이 춤을 췄는데 아가씨가 딱 시간 되면 도망갔어요.

그래가지고 두 번째 날, 삼 일 동안 하는 거였어요. 그래가지구 도망치고, 또 두 번째 날 또 갔어요. 가서 춤을 추고. 그 새엄마하고 딸들도 갔어요. 그래서 찾아보지 않고 그 아가씨랑만 같이 했어요.

그 세 번째 날은 열두 시, 그 약속 시간이 열두 시예요. 그래서 춤추다가 거 붙잡을려고 했었어요, 그 왕자가. 자꾸 가버리니까. 그랬다가 시간이 된 줄 몰랐어요. 그래서 이거 계단으로 도망갈 때 자기 부츠 한 쪽을 버리고 갔어요. [조사자: 구두 한 쪽 버리고?] 구두 한 쪽을 버리고 갔어요.

그래서 그 왕자, 왕자가 왕이 자기 아들이랑 맘에 드는 여자를 찾기 위해서,

"그 신발을 이거 다 신어보고, 신겨 보고 맞는 사람을 찾아오라."고.

했어요.

그랬더니 그 새엄마 딸들이 그 신발 신을려고 했는데 맞지 않았어요. (웃음) 그래가지구 그 아가씨를 마지막에 찾았어요. 찾아가지구 결혼을 시켰어요. [조사자: 어, 왕자랑?] 예. 결혼시켰어요.

[조사자: 그게 열두 달 이야기라고 전해져요?] 예. [조사자: 그 숫자 열두 달이랑 어떤 관련이 있을까요?] 그 왜냐면 크리스마스날 12월 달 있잖아요? 12월 달인데, 근데 이거 이름이 열두 달이에요. [조사자: 그럼 잔치를 그때, 파티를 했나요?] 했어요. [조사자: 크리스마스 즈음에 파티를 하는 걸로 나와요?] 예. 그때 겨울이었어요, 왕자를 만났을 때. [조사자: 겨울에 만났어요? 왕자를?] 근데 러시아에서 산타 날 있잖아요? 너무 발달됐어요. 그래서 유명한 거죠, 12월 달이.

[조사자: 그러니까 요 이야기를 열두 달 이야기라는 제목으로 어릴 때 러시아 그 공주이야기로 읽으셨다는 거죠?] 예. 열두 달이라고 써 있어요.

[조사자: 근데 이게 영화로도 나온다구, 나와 있다구요? 러시아 영화?] 예. 영화도 있어요. 만화도 있고, 영화도 있고. [조사자: 어, 만화도 있고 영화도 있고?] 예. 그 12월 달이 러시아어로 디카브리декабрь라고 써요. 근데 이거 12월달 이거는 '열두 달' 그렇게 써 있어요.

커다란 순무

● **구연정보**

조사일시 : 2017. 03. 24(금) 오후

조사장소 : 강원도 원주시 개운동

제 보 자 : 수흐바타르 [몽골, 여, 1966년생, 결혼이주 16년차]

조 사 자 : 박현숙

● **구연상황**

제보자가 러시아 민담 〈둥근 빵 칼라복과 꾀쟁이 여우〉 구연을 마쳤을 때, 조사자가 러시아 민담 〈커다란 순무〉 이야기를 아는지 묻자 제보자가 안다면서 곧바로 구연을 시작했다. 제보자는 구연을 마친 뒤, 초등학생에게 다문화 교육을 할 때 〈커다란 순무〉와 〈칼라복〉 이야기를 들려주고 교육 활동을 했는데 그때 아이들이 무척 좋아했던 이야기라고 회상했다.

● **줄거리**

옛날에 할머니와 할아버지가 살았다. 할아버지 밭에 커다란 무가 생겼다. 할아버지가 무를 뽑으려 했으나 너무 커서 혼자 뽑을 수가 없었다. 할아버지가 할머니를 불러 함께 뽑았으나 역시 힘이 부족했다. 할머니는 손녀를, 손녀는 강아지를, 강아지는 고양이를, 고양이는 쥐를 불러서 다시 힘을 모았더니 무가 뽑혔다.

옛날 옛날에 할머니, 할아버지가 살고 있었어요. 할아버지가 농사를 지어요. 그래서 어떤 날, 어떤 날 밭에 갔는데 커다란 무가 생겼어요. 그래서 할아버지가 엄청 기뻤어요. 그래서 혼자서 뽑을라고 했는데 못 뽑았어요. 그래서 자기 그 할머니를 불렀어요.

"할머니, 할머니 같이 도와주세요."

라고 불렀어요. 그랬더니 둘이서,

"오자, 오자."

뽑더니 못 뽑았어요, 힘이 없어서. 그래서 할머니가,

"손녀, 손녀 오세요. 같이 같이 무를 뽑을 게요."

라고 불렀어요.

그랬더니 손녀가 와서 셋이 같이 그 무를 뽑을려 했는데 못 뽑았어요. 그래서 손녀는 자기가 사랑하는 강아지를 불렀어요. 그래서 같이 힘이 합쳐서 뽑을려 했는데 못 뽑았어요. 그래서 강아지가 자기 친구 고양이를 불렀어요. (웃음) 그랬더니 힘이 모자랐어요. 그래서 고양이는 자기 그 쥐를 불렀어요. 그래서 다들 넘어졌어요. 힘이 너무 세서 넘어졌어요.

그래서 이 이야기를, 이거 아이들한테 들려주면,

"혼자서 아니고 여럿이 함께 힘을 합치면 뭐든지 할 수 있다."

[조사자: 그 이제 무가 뽑히면서 넘어진 거예요?] 예.

이 이야기를 내가 애들한테 학교에서 이야기 많이 해주구 한 번 읽어주고 애들을 시켰어요. 그랬더니 애들이 안 잊어먹어요. 일 년 돼도 이 년 돼도. [조사자: 안 잊어버려.]

그거 있잖아, 여기 붙인 거 있었어요. 그거 삼각 판 있잖아요? 거기다가 내가 코팅 해가지구 자르구 그림을, 그림을 다 만들어서 자르고 [조사자: 하나씩 붙이고?] 붙이고 이야기하고, 붙이고 이야기하고. [조사자: 어, 애들이 엄청 좋아했겠네.] 예.

그래서 애들이 이 러시아 이야기들이 다 안 잊어먹었어요. 이것도 하고, 그리고 그거 과자. [조사자: 과자? 칼라복 요고?] 네. [조사자: 칼라복 이야기도 같이 해주시고?] 예. [조사자: 그래서 기억이 더 잘 나시나 보다. 애들에게 해주셔가지고.] 네. 애들이 엄청 좋아했어요.

물고기 방생한 어부와 욕심 많은 아내 [1]

● **구연정보**

조사일시 : 2017. 03. 24(금) 오후
조사장소 : 강원도 원주시 개운동
제 보 자 : 수흐바타르 [몽골, 여, 1966년생, 결혼이주 16년차]
조 사 자 : 박현숙

● **구연상황**

제보자가 러시아 민담 〈커다란 순무〉 이야기 구연을 마친 뒤 조사자가 아이들에게 들려준 다른 이야기가 있는지 물었다. 제보자는 아이들에게 들려준 이야기는 더 없지만 다른 러시아 민담을 알고 있다면서 구연을 시작했다. 어릴 때 이 이야기를 듣고 욕심을 내면 안 되겠다는 생각을 했다고 했다.

● **줄거리**

옛날 어느 바닷가에 가난한 할아버지와 할머니가 살았다. 하루는 할아버지가 커다란 금붕어를 잡았는데 금붕어가 풀어달라고 애원하자 할아버지는 불쌍해서 금붕어를 풀어주었다. 다음 날 금붕어가 나타나서 할아버지에게 원하는 것이 있는지 묻자 할아버지는 없다고 했다. 할머니가 이 사실을 알고 화를 내며 금붕어에게 집을 요구하라고 했다. 금붕어한테 새 집을 얻은 할머니는 할아버지에게 더 큰 집을 요구하라고 했다. 금붕어한테 더 큰 집을 얻은 할머니는 그다음에 궁전을 원했다. 그 말을 들은 금붕어는 더 이상 나타나지 않았고, 부부가 사는 옛날에 살던 집으로 변했다.

옛날 옛날에 할머니, 할아버지가 살고 있었어요. 할아버지는 하루일중(하루종일), 하루일중 바다 옆에서 낚시를 했는데 배타고. 생선 많이 잡지 못했어요. 그래서 올 때마다 할머니한테 한 바가지를 긁어요. (웃음)

그래서 어떤 날 너무 운이 좋았어요. 한 번 이렇게 이거 낚싯대를 던지더니 엄청 커다란 금붕어가 잡혔어요. 근데 붕어가 할아버지한테 눈물 흘리면서 부탁했어요.

"할아버지, 할아버지. 저를 풀어주세요."

라고 말했어요. 그랬더니 할아버지가 풀어줬어요.

그랬다가 할머니한테 와서 말했어요.

"저는 오늘 커다란 금붕어를 잡았는데 불쌍해서 풀어줬다."고.

그랬더니 할머니가 또 한 바가지를 긁었어요.

"왜, 왜 안 갖고 왔어요? 오늘 먹을 거 없어요. 물고기 꼭 잡아오세요."

라고 말했어요.

그랬더니 할아버지가 하루일중 있었는데 잡히지 않았어요. 그래서 엄청 힘이 없었어요. 그랬더니 금붕어가 나타났어요.

"할아버지, 할아버지 왜 슬퍼해요?"

라고 말했어요.

"우리는 이거 생선, 생선을 잡아야 먹고 살 수 있어요. 없어서, 못 잡아서 잔소리 들을까 봐 슬퍼요."

(웃으며) 이렇게 말했어요. 그랬더니,

"뭐 하고 싶은 거 있어요?"

라고 물었어요. 그랬더니,

"너한테 하고 싶은 거 없어요."

라고 또 말하고 집에 갔어요. (웃음)

그랬더니 할아버지 할머니한테 재밌게 말했어요.

"붕어가 말했어요. 저한테 말했어요. 질문도 했어요. 그리고 하고 싶은 거 뭐 있냐고 했어요. 불쌍해서 풀어줬다."고.

말했어요. (웃음) 그랬더니 할머니가 또 잔소리했어요.

"내일 가면 집. 집 해달라고."

했어요. 그랬더니 내일 또 낚시하고 있었는데 붕어가 나타났어요. 그래서,

"할아버지, 할아버지. 왜 이렇게 슬퍼요?"

라고 말했어요.

"하고 싶은 거 있으면 말 해 주세요. 다 할 수 있어요."

라고 말했어요. 그랬더니,

"우리 할머니가 집이 필요한데요. 그래서 집 있었으면 좋겠다."

고 말했어요. [조사자: 그랬더니 어떻게 됐어요?]

그랬더니 조금 나아진 집 만들어줬어요. 그랬더니 할머니가 그 집 안에서 먹고 이쁜 옷 입고 누워있었어요. 그래서 할아버지보고,

"너는 여기보다 더 큰 집 달라고 말해요."

그렇게 말했어요. (웃음) 그래서 할아버지가 가서,

"다시 큰 집 달라."

고 말했어요. 그랬더니 붕어가 더 큰 집을 해줬어요.

그래서 왔는데 할머니가 아주 이쁜 옷 입고 고급스럽게 있었어요. 그래서

"담에 가면 더 큰 거를 달라고."

그때 그 뭐라고 하지? 이거 왕? [조사자: 궁궐? 왕궁?] 예. 그런 거 달라고 했어요. 그랬더니 붕어가 나타나지 않았어요. 그래서 집에 왔는데 집이 옛날 집으로 돌아왔어요.

그래서 너무 애들한테,

"너무 욕심내면 안 돼요."

[조사자: 그렇게 얘기해 주세요?] 네. [조사자: 어릴 때도 그걸 보면서 '욕심내면 안 되겠다' 이렇게 생각을 하셨어요?] (고개를 끄덕이며) 네. [조사자: 점점점점 더 큰 집을 할머니가 원했구나?] 네. [조사자: 할아버지가 되게 착하시다. 그쵸?] 네.

물고기 방생한 어부와 욕심 많은 아내 [2]

● **구연정보**

조사일시 : 2017. 06. 02(금) 오후
조사장소 : 강원도 원주시 개운동
제 보 자 : 수흐바타르 [몽골, 여, 1966년생, 결혼이주 16년차]
조 사 자 : 박현숙

● **구연상황**

제보자가 〈몽골 모자가 새 모양인 이유〉 이야기 구연을 마친 뒤 준비해온 다른 이야기에 대해서 묻자 러시아 이야기라면서 구연을 시작했다. 제보자가 구연한 이야기는 먼젓번 만남에서 들은 것과 같은 이야기였다. 다만 할아버지 이름이 구체적으로 나오고 할머니 소원이 추가된 내용이 있어서 차이를 나타냈다.

● **줄거리**

옛날에 어느 가난한 할아버지와 할머니가 바다낚시를 하고 살았다. 하루는 할아버지가 낚싯대를 세 번 던졌는데 마지막에 커다란 금붕어를 잡았다. 금붕어가 할아버지에게 소원을 들어줄 테니 자신을 풀어달라고 애원했다. 할아버지는 소원을 말하지 않고 금붕어를 그냥 풀어주었다. 할머니가 이 사실을 알고 할아버지에게 당장 가서 배를 요구하라고 했다. 할아버지가 금붕어를 불러서 배가 필요하다고 하자 금붕어가 소원을 들어주었다. 그러나 할머니는 기뻐하지 않고 금붕어에게 가서 좋은 집을 요구하라고 했다. 금붕어는 할아버지의 소원을 들어주었다. 할머니는 여전히 기뻐하지 않고 금붕어에게 궁궐을 요구하라고 했다. 할아버지가 금붕어를 불렀지만 금붕어는 더이상 할아버지 앞에 나타나지 않았다. 할아버지 집은 옛날에 살던 집으로 다시 변했고, 배도 사라졌다.

옛날 옛날에, 할머니하고 할아버지가, 나이 많은 할머니하고 할아버지가 살고 있었어요. 할아버지가 어렸을 때부터 계속 낚시했어요, 바다낚시 했어요. 그랬다가 이름이 '이완', 이완이라고 합니다, 할아버지 이름이. 근데 할머니가 좀 못난 할머니예요. 항상 잔소리하고, 이거 욕도 하고 그래요.

근데 할아버지가 어떤 날 그 바다로 갔어요. 바다로 갔는데, 그 한 번 이렇게 던졌는데, 그 던지는 거 뭐지? [조사자: 낚시?] 한 번 던졌는데. [조사자: 그물?] 아무것도 못 잡았어요. [조사자: 그러니까 그물을 던졌어요? 아니면 낚싯대?] 낚싯대. 잡아 던졌는데, 한 번도, 하나도 안 잡았어요. 그래가지고 다시 한번, 있다가 다시 한번 넣었는데 또 안 잡았어요. 그래가지고 다시 한번 넣었는데, 세 번째에 잡았어요. 그랬더니 갑자기 큰 물고기가 잡혔어요. 엄청 큰.

근데 그 큰 물고기가 말해요.

"할아버지! 할아버지! 저 살려주세요. 뭐든지, 뭐든지 말하세요, 다 도와드릴게요. 저 살려주세요."

라고 말했어요.

귀여워서 할아버지가 그 물고기를 풀어줬어요. 풀어줬고 아무, 아무 것도 원하지 않았어요, 심(힘)이 없어서. 그래서 아무것도 안 잡아가지고 집에 갔어요. 그랬더니 할머니가,

"노인네가 뭐 갖고 왔어요?"

라고 말했어요. 그랬더니,

"오늘은 첫 번째 이거 던지구 아무것도 안 잡구, 두 번째 던지고 아무것도 안 잡고, 세 번째 잡았는데 엄청 큰 금색 물고기 잡았어요."

라고 말했어요.

"근데 그 물고기가, 엄청 재미있게 말했어요, 이거. 말했어요. 저한테 살려달라고. 그래서 살려줬어요. 그랬더니, 저한테 '원하는 거 다 주세요.'라고 말했어요. 그래서 불쌍해서 풀어줬어요."

라고 말했어요. (일동 웃음) 그랬더니 할머니가 그랬어요.

"내일 다시 가. 가서 우리, 그거 달라고 하라."고.

이거 배, 낚시, 낚시, 낚시에 있는 배. 배 달라고 했어요. [조사자:

배?] 예.

"배를 좋은 거를 달라."고.

[조사자: 좋은 배를 달라고?] 예. (웃음) 그래가지고 할머니, 할아버지 거기 가서 불렀어요. 큰 물고기를 불렀어요. [조사자: 불렀어?] 예.

"물고기야! 물고기야! 나와주세요."

했어요. 그래가지고,

"할아버지 무슨 고민 있어요? 도와줄 일 있나요?"

라고 물어봤어요. 그랬더니,

"저한테 낚시하는 좋은 배를 주세요."

라고 했어요. 그래서 배 줬어요. [조사자: 배를.] 응.

그래가지고 집에 가서 할머니한테 말씀드렸어요.

"엄청 좋은 배를 줬어, 이거 봐봐요."

이거 기뻐하는 줄 알았어요. 그랬더니, [조사자: 할머니가 기뻐하지 않아요?] 기뻐하지 않았어요. 근데,

"(웃으며) 내일 또 가. 가서 좋은 집을 달라고 하라."고.

[조사자: 좋은 집을 달라고 하라고.] 예. 그래서 내일 다시 갔는데, 좋은 집을 줘, 이거 할아버지가 그거 불렀어요. 물고기를 다시 부르고,

"좀 도와주세요."

라고 말했어요. 그랬더니,

"할아버지 또 무슨 고민에 빠졌어요?"

라고 했더니,

"저한테 새 집을 달라고 우리 할머니가 했어요."

라고 말했어요. (웃음) [조사자: 할머니가 달라 그랬다고 말했어요?] 예.

그랬더니 그 자기 사는 집보다 더 좋은 집 줬어요. 그래가지고 할아버지가 집에 갔어요. 할머니가 엄청 기뻐하는 줄 알았어요. 그래 갔는데 할머니가,

"이런 집 말고 더 큰 집."

(웃으며) 그 옛날에 그 왕자들 사는 집 있잖아요? 그런 집 달라고 했어요. [조사자: 궁궐 같은 집?] 네. 그래가지고 그런 집 줬어요.

그래가지고 다시 거 다시 가서, 다시 가서 또, 더 좋은 거를 달라고 했어요. 그랬더니 할아버지가 불러도 불러도 물고기가 안 나왔어요. [조사자: 아무리 불러도 안 나와요?] 예. 그 말을 안 해도. 안 나왔어요. 그래가지고 집에 다시 오니 아예 옛날 집 그대로 있었어요. [조사자: 집이 아주 옛날 집으로 돼 있었어요? 배는?] 배도 없고요. [조사자: 배도 없어지고.]

왜냐면 너무 욕심 부리면 안 돼요. 그 할머니가 정신 안 차리니까 그 그랬어요. [조사자: 그래서 할머니가 뭐라 그래요?] 할머니가 그 이거 이제 정신 차리겠죠. 엄청 슬퍼하고 있었어요. (일동 웃음) [조사자: 슬퍼하고 있었어요?] 예. [조사자: 후회했겠네.] 네.

그래서 남을 도와주면, 도와주고 잊어야 돼요. 다시 그거 자기 욕심을 채우지 마세요. 말아야 돼요. [조사자: 도와준 걸 잊어버려라.]

지혜로 명마를 되찾은 사람

● 구연정보

조사일시 : 2017. 02. 23(목) 오후
조사장소 : 인천광역시 부평구 갈산동
제 보 자 : 바야르사이한 [몽골, 여, 1966년생, 결혼이주 10년차]
조 사 자 : 조홍윤, 황승업, 김자혜

● 구연상황

제보자가 〈왕의 종을 훔치려 한 바보〉를 구연한 뒤, 왕과 관계되는 이야기로 생각이 이어졌는지 이 이야기를 구연했다.

● 줄거리

왕이 한 사람이 가진 명마를 탐내서 신하를 보내 말을 끌고 오게 했다. 어떻게든 말을 되찾고 싶었던 주인은 날이 어두워졌을 때 말 고삐를 풀어서 자기한테 씌우고서 옷을 다 벗었다. 잠결에 뒤를 본 신하는 말이 사람으로 변해 있는 것을 보고 깜짝 놀라서 도망갔다. 주인은 그렇게 자신의 말을 지킬 수 있었다.

그 말의 이야기인데, 되게 좋은 말이 있어서 그 말 왕 가지고 싶대요. 가진다고 해서, 왕은 뭐 가진다고 하면 가지는 거라서 왕이 뭐 누구 보내가지고 그 사람 그 말 그냥 끌고 갔대.

끌고 가는데 너무 오래 걸리니까, 그 말 주인이 생각해서,

'이제 저녁이 되면 내가 방법을 하나 찾아야 되겠다.'

딱 따라가다가 저녁이 될 때, 그 너무 오래 걸리니까, 이렇게 졸리고 있대, 졸리고 있을 때는 그 말 이거 (입 쪽에 연결되어 있다는 것을 표현하며) 있잖아. [조사자: 고삐?] 아니, 아니, 말 이렇게 하는 거 그거 뭐지? [조사자: 재갈?] 이렇게 끌고 가는 거 있잖아. 입으로,

이렇게. [조사자: 고삐, 고삐.] 아, 그거 몰래 (고삐를 벗기는 시늉을 하며) 이렇게 해가지고 자기에 막, [조사자: 자기에 했어?] 저 말 주인이 그 머리 위에 (얼굴에 말고삐를 착용하는 시늉을 하며) 이렇게 해서, 걔(왕의 사자)는 모르잖아요. 걔는 끌고 그냥 졸려서 뒤에 보지 않고 가니까 그거, 이렇게 해서 일부러 옷 벗어가지고. 무섭게 할려고.

그러면 말 거기 남아 있잖아요. 그 끌고 가지 않으니까.

말들이 그냥 그렇게 하면 자기 집으로 가요. 그래서 말 알아서 집을 가고, 그 왕 시키는 그 사람이 (졸린 표정을 연기하며) 이렇게 졸려서 갔다가 갑자기 이렇게 말 안 가길래, (돌아보는 동작을 취하며) 이렇게 하다가, 저녁에 이 맨몸으로 있는 사람을 봐가지고,

"말 귀신이 됐다."

고 해서 그냥 두고 갔대요. 그래서 말 그냥 한 번만 그러고 자기 말 그렇게 가졌다고.

[조사자: 그 주인은 따로 이름이 있는 사람이에요?] 이름이, 주인 누구라고 없는데, 그냥 주인. 좋아하니까 말 헤어지지 못하고, 그냥.

'어떻게 내가 방법을 찾아서 돌려가야겠다.'

라고 해서 그렇게 갔대.

대스승이 된 유목민 아들

● 구연정보

조사일시 : 2017. 04. 28(금) 오후
조사장소 : 강원도 원주시 개운동
제 보 자 : 수흐바타르 [몽골, 여, 1966년생, 결혼이주 16년차]
조 사 자 : 박현숙

● 구연상황

조사자가 제보자의 자택에 방문하여 3차 조사를 진행했다. 준비한 이야기 구연을 청하자 자신이 번역한 이야기가 있다면서 구연을 시작했다. 제보자가 구연을 마친 뒤 조사자가 임금이 털실로 바다 깊이를 확인하지 않은 이유를 묻자 제보자는 털실이 가벼워서 바다에 가라앉지 않기 때문이라고 설명해 주었다.

● 줄거리

옛날에 세 스님이 자신들은 지식이 많은 사람이라고 절에 써 붙였다. 이 말을 전해듣고 불쾌하게 여긴 임금은 스님들이 있는 절에 찾아가서 세 가지 문제를 내고 사흘 내로 답을 찾으라고 명령했다. 답을 찾으러 떠난 스님은 길에서 유목민 아들을 만났는데, 사연을 들은 유목민 아들은 자신이 해결하겠다면서 스님 복장을 하고 있다가 임금을 만났다. 임금이 바다의 길이가 어떻게 되느냐고 하자 유목민 아들은 길게 묶은 털실을 보여주며 깊이가 털실 길이만큼이라고 답하고는 못 믿겠으면 직접 재보라고 했다. 임금이 하늘의 별이 몇 개인지 묻자 유목민 아들이 자루 안의 모래 수만큼이라고 답했다. 임금이 마지막으로 자기가 하고 있는 생각을 맞추라고 하자 유목민 아들은 임금이 세 스님을 안 죽이려고 생각하는 중이라고 답한 뒤, 자기는 스님이 아니라 유목민 아들이라고 말했다. 임금은 유목민 아들에게 양치기 일을 그만두고 세 스님의 대스승이 되라고 명했다.

옛날에 어떤 절이 있었어요. 그 절에 불경 공부를 많이 했는 스님 세, 세 명이 살고 있었어요. 근데 어떤 날 세 스님이 자기 그 공부를 많이 한 거를 자랑할려고 대문에다가 그 '우리는 지식이 많은 사람들이라'고 적어서 올려놨어요. [조사자: 대문에다가?] 예.

그랬다가 그, 어떤 날 그 신하, 임금님, 그 신하가 지나가다가 그 글을 보고 엄청 놀랬어요. 그리고 그대로 그 임금님한테 전달했어요. 그러니까 임금님 그 이야기를 듣고 화가 났어요. 그래서 그 절에, 절에 왔어요, 말 타고.

[조사자: 근데 임금님은 왜 화가 났어요?] 왜냐면, 저보다 이 세상에 머리 좋은 사람 있으니까. [조사자: 아, 자기보다 머리 좋은 사람이 있어서?] 예. 그래서 화가 났어요.

그래서 절에 왔는데요. 그 절에 와서 그 절에 그 대문에 있는 글을 읽고 안으로 들어갔어요. 안으로 들어가서 그 스님들한테 물어봤어요.

"여기 지식이 많은 사람이 있다면서?"

라고 말했어요. 그랬다가,

"그렇게 머리가 좋으면 내 질문 세 가지를 대답해요. 안 하면, 안 하면 머릴 잘라 버릴 거야."

라고 명령 내렸어요.

"삼 일, 삼 일 뒤에 올 테니까 질문에 답을 준비해요."

라고 갔어요. 궁전으로 갔어요. 돌아왔어요.

그래서 세 스님이 깊은 고민에 빠졌어요. 왜냐면 그 이 세상에 살면서 이런 어려운 고민이 없었어요. 그래서 고민에 빠졌어요. 그래서 어쩔 줄 모르고 셋이 이야기하면서 삼 일 뒤에 만나기로 약속하고요 각자 길로 갔어요. 그랬다가 길로 갔다가 한 스님이 유목민 아들하고 만났어요. 그래서 아들이랑 인사했어요.

"안녕하세요, 아드님."

라고 인사했어요. 그랬더니 아들이,

"스님 안녕하세요. 왜 이렇게 고민에 빠지고 여기까지 온 이유를 말해주세요."

라고 말했어요.

그랬더니 있는 그대로 말했어요. 그랬더니 그 유목민 아들 놀랐어요. 왜냐하면,

“이 쉬운 질문을 이거 답을 하기 그렇게 어렵나요? 그러면 저 대신 가서 저희 양 보고 있으면, 저 대신 가서 그 임금님 오면 세 질문에 대답할게요.”

[조사자: 그러면 질문을 미리 아는 건 아니에요?] 질문했어요, 미리.

[조사자: 그 첫 번째 질문이 뭐예요?] 첫 번째 질문은 바다가 얼마나 깊은지 재보라고요. [조사자: 바다의 깊이가 얼마나 되는지?] 예, 재보라고요.

[조사자: 두 번째는 뭐예요?] 두 번째는 하늘의 별이 얼마나 몇 개 있는지 세보라구요. 그리고 세 번째 질문은 안 했어요, 아직. [조사자: 아직 안 하고? 그래서 그 이제 만났던, 이제 스님이 얘기하겠다고?] 그 유목민 아들한테 말하고요.

유목민 아들이 그 스님, 그 옷 바꿔 입고 거기 절에 갔어요. 절에 갔더니 두 스님이 그 질문 답을 찾지 못하면서 고민에 빠지고 그 다른 사람 대신 오는지 모르고 있었어요.

그래서 그 유목민 아들이 거기서 자루 두 개를 가지고 나갔어요. 자루에다가, 한 자루에다가 그 털실 있잖아요? 실. 세 뭉치를 담고 어, 한 자루는 비어있는 상태로 가져가고요. 그 바닷물에 가서 그 모래를 담았어요. 자루, 한 자루에다가 모래를 담았어요. 그래가지고 임금님 오는 길, 길옆에서 자는 척하고 일부러 누워있었어요. 그랬더니 좀 이따가 임금님이 왔어요, 그 신하들하고, 다 왔어요. 왔는데,

“임금님 지나갈 때 모른 척하고 자고 있는 이놈을 처벌 줘라.”

말했어요. 그랬더니 깨웠어요. 그 유목민 아들 깨웠어요, 그 신하들이. 그러니깐 아들이 땅에 이거, 그래서 인사했어요. 그 땅에 누워서,

“임금님.”

하고 인사했어요.

“임금님, 오래 오래 행복하게 사세요. 건강하게 사세요.”

이렇게 인사했어요. 그랬다가,

"임금님, 거 임금님 세 질문에 저는 답하기로 준비가 돼 있어요."

라고 말했어요. 그랬더니 임금님이,

"한 번 들어보자."

라고 했어요. 그랬더니,

"첫 번째 질문은 바다 얼마나 깊은지 재 봤냐?"고.

[조사자: 어, 그렇게 물어요?]

그랬더니. 자루에서 그 세 뭉치를 이어서 묶는, 그 둘을 이어서 묶으고 보여줬어요.

"이거를 바다에 넣어서 길이를 재 봤어요. 임금님, 저의 질문에 믿지 않으면 직접 확인해보세요."

말했어요. 그랬더니,

"이만큼, 길이가 이만큼 바다 깊이하고 비슷합니다."

"첫 번째 질문은 맞다고 합니다."

라고 말했어요.

[조사자: 첫 번째 질문에 맞다고 해요?] 네. 두 번째 질문은 모래, 모래 담는 그 자루를 보여줬어요.

"하늘에 있는 별이 이 밀가루만큼 수많은 그 모래, 모래 이거 똑같아요. 숫자가 똑같아요."

그래서 [조사자: 아, 하늘의 별 숫자랑 이 모래의 숫자랑 똑같애요?] 어. 그랬더니, 임금님이 자루에 있는 모래하고 하늘을 들여다보면서 생각하면서 두 번째 질문이 맞다고. [조사자: 어, 그것도 맞다고.] 했어요.

"세 번째 질문에 이것 내가 속으로 무슨 생각하고 있는지 맞춰 보라."고.

[조사자: 어, 자기가 무슨 생각하고 있는지 맞춰보래요?] 예.

그랬더니,

"임금님이 속으로 세 스님을 안 죽일려고 생각하고 있는데, 근데 저는 스님 아니야. 유목민이야."

그래서 그렇게 말했어요. 그랬더니 임금님이 웃으면서 이렇게 말했어요.

"너는 이제 양 키우는 유목민 생활하지 말고 대스승이 돼서 절에 그 세 스님 이거 대스승이 돼라."고.

그렇게 명령했어요.

[조사자: 그래갖고 대스승이 됐어요?] 예. [조사자: 머리 좋은 거 인정해 주셨네.] 네.

애기 있는 집에 멀쩡한 그릇이 없다는 말의 유래

● **구연정보**

조사일시 : 2018. 02. 13(화) 오전
조사장소 : 인천광역시 부평구 갈산1동
제 보 자 : 멀얼게렐 [몽골, 여, 1983년생, 결혼이주 14년차]
조 사 자 : 오정미, 한상효, 엄희수

● **구연상황**

마두금 악기의 유래와 관련된 이야기를 구연한 후, 제보자가 어떤 이야기를 이어갈지 고민했다. 그러다가 몽골에서 유명하게 떠도는 말에 대한 이야기를 구연해 주었다.

● **줄거리**

옛날에 아이가 없는 왕이 있었다. 가난한 옆집에서 웃음소리가 계속 들리자, 왕은 그 집을 찾아갔다. 아주머니가 왕에게 차를 대접했는데 그릇에 금이 간 것을 보고 왕이 화를 냈다. 다시 왕이 말 잡는 막대기가 부러진 것을 보고 짜증을 내자 그 집 남자가 아기 있는 집에 멀쩡한 그릇이 없고, 아들 있는 집에 멀쩡한 막대기가 없다고 했다. 왕은 그 말을 듣고서 그냥 돌아갔다. 이는 실제로 몽골에서 자주 쓰는 표현이다.

짧은 이야기인데, 그, 몽골에서 이런 이야기 있어요. 애기가 있는 집에, 집 그릇들 있잖아요. 그 그릇에, 금이 난 거 있잖아요. 금이 난 거. 그래서 '애기 있는 집엔 멀쩡한 그릇이 없다.' 이런 말이 있어요. [조사자 1: 멀쩡한 그릇이 없다?] 네.

그게 무슨 이야기냐면, 옛날에, 옛날에 그 어떤 왕이 살았는데, 애기가 없었어요. 그 집엔 아이가 없구. 근데 재산은 많은데 아이가 없구. 그래서, 근데 자기 옆집에는 가난한 사람이 사는데 그 집은 항상 떠들고 되게 행복해보여요. 항상 오순도순하게 있구, 떠드는 소리도 들리구, 웃고 있구 하니까,

"아이, 재네들은 먹을 것도 없으면서 뭐가 이렇게 좋고, 다들 웃냐?"

이렇게 생각하고 있다가, 어느 날 저기 집에 방문했어요. 가난한 집에 가서, 또 탈 잡으려고 가가지고, 뭐 이것저것 탈 잡다가, 보니까 너무 계속 웃고 애들이 떠들고 이러니깐 너무 행복해보이는 거예요. 그래서

"너 왜 이렇게 웃냐?"

그랬더니

"그러면 애들이 있으니까 웃죠. 애기 있으니까 그냥 저절로 웃죠."

이렇게 하니까

"너 당장 먹을 거 없는데?"

그렇게 하니까,

"아유, 그래도 애들이 잘 자라면 됐죠."

이렇게 해서 별 신경 안 쓰길래 너무 약이 오르는 거예요. 그래서, 나가가지고,

"아니 재네들은 왜이렇게, 옷도 허잠한 거 입어가지고 왜 그러냐, 왜 그러지?"

하면서 스스로 막 짜증나는 거예요.

그러면서 다시, 다음 날에 또 가가지구 또 그렇게 탈 잡을라구 하는데, 거기 아줌마가, 가난한 집 아줌마가 차를 대접했어요. 대접하니까, 컵 그릇에 금이 간 거예요. 이렇게 조그맣게 깨져 있어가지구. 그랬더니 그거 보구서,

"아니 지금 나한테 이런 깨진 컵에, 그릇에다가 음식 대접하냐?"

일부러 화를 냈는데 그 가난한 아줌마는 너무 죄송해가지고 뭐라고 할 말이 없는데. 나가서 보니까 그 말을 이렇게 잡는 긴 막대기 있어요. 말을 잡는 긴 막대기 끝에 끈이 이렇게 있는데, 그, 나가서 보니까 그 막대기가 부러져있는 거예요. 그거 부러지면 안 되잖아요,

말 잡아야 되는데.

그래서 또 그, 왕이 짜증나서 일부러,

"아니, 말 잡는 것도 왜 이렇게 부러졌어? 이것도 부러진 걸 어떻게 쓰냐?"

막 이렇게 막 계속 짜증내는 거예요. 그랬더니 그 가난한 집 아저씨가 나와가지구,

"애기 있는 집에는, 멀쩡한… 애기 있어서 그래요. 아이들이, 애기 있는 집에는 멀쩡한 그릇이 없구, 아들이 있는 집에는, 집에 그 말 잡는 막대기가 멀쩡할 리가 없죠."

이렇게 대답하는 거예요. 그랬더니 자기가 할 말이 없어가지구 말문이 막혀서 그냥 집에 들어가서 다시 그 집을 건들지 않았다구. (웃음)

그 말을 잡는 긴 막대기 있어요. [조사자 1: 채찍?] 채찍 아니구. [조사자 1: 아, 채찍은 다른 거지.] 끝에 끈이 있고 말을 머리를 해서 잡는 거 있어요. 그래서 그걸 남자들만 하거든요. 그래서 그거 부러져 있다는 거는 그만큼 남자, 애들이, 아들이 있고 그 집에. 그 아들이 부러지도록 열심히 했다는 이런 뜻을 또 담고 있어요.

그래서 자기 아들도 없는데 괜히 속상해서,

"부러졌냐?"

이러니깐, 심술내니까,

"아들이 있어서 그래요."

이러니까 할 말이 없는 거예요. 그래서, 지금 애들 많은 집에 가면 멀쩡할 리가 없죠. 깨끗할 수도 없고. 그래갖고,

"집이 뭐 이렇게 더럽냐?"

이렇게 하면,

"애기 있어서 그래요."

이러면 (웃음). [조사자 2: 한 번에 이해가 되는.]

[조사자 1: 몽골에 이런, 약간 이디엄idiom인 거죠? '애기 있는 집엔, 멀쩡한 그릇이 없다.'이런 말이.] 네. [조사자 2: 그 말 잡는 막대기, 이름이 따로 있나요?] 네. 오르크라고 있어요. [조사자 2: 오르크?] 오르카 이렇

게 해야 되나? 시골에 가면 다 있어요. 아무데나 다 있어요.

(조사자들이 스펠링을 받아 적고, 제보자가 사진을 보여줌.)

약간 할아버지가 들고 있는 것처럼 되게 길어요. 한 2미터(m) 넘어요 이거. 그래서 이거 들고 앞에다가 끈을 매달아가지구, 그 남자들이 말, 뭐 할 때 들고 항상 해요. 이렇게 길어요, 여기서 보시면. (사진을 보여주며) 여기까지 이렇게 길죠. [조사자 1: 헤, 진짜 길다.] 그래서 이거 들고 가는 거예요. [조사자 1: 이거 왜 들고 가요, 선생님?] 말 잡아야 되니까. 말 잡거나 이럴 때 쓰는 거예요, 이거를.

어느 바보의 삶과 죽음

● 구연정보

조사일시 : 2017. 02. 19(일) 오후

조사장소 : 전라북도 고창군 심원면

제 보 자 : 을찌마 [몽골, 여, 1971년생, 결혼이주 16년차]

조 사 자 : 조홍윤, 황승업, 김자혜

● 구연상황

제보자가 민속이나 문화 쪽으로만 구술을 하는 경향이 있어서 조사자가 설화 자료의 구연을 유도하고자 학교에서 배웠거나 책으로 읽었던 이야기들 중 기억나는 것이 있는지 물었다. 이에 제보자는 어렸을 때 들었던 바보 이야기를 구연했다.

● 줄거리

옛날 한 부자에게 바보 아들이 하나 있었는데, 부모는 걱정하면서도 성년이 된 아들을 독립시켰다. 바보는 가축을 몰고 초원을 지나가다가 다섯 기수와 조우했다. 바보는 그들에게 독립해서 길을 가는 중이며 자신은 잘 살 수 있다고 이야기했다. 그러자 다섯 기수는 바보에게 잘 살게 될 것이라며, 뒤에 도움이 필요하면 찾아오라는 말을 남기고 떠났다. 바보는 산을 하나 넘어간 곳에서 딸을 둔 가족을 만나 그 딸과 결혼하고 걱정 없이 잘 살았다. 그러던 어느 날 바보는 문득 인생이 재미없다는 생각이 들어 예전에 만난 다섯 기수를 찾아가서 죽고 싶다고 말했다. 그 말을 들은 다섯 기수는 말없이 떠나버렸고, 바보는 다음날 죽음을 맞았다.

그 아까 그 내가 그 사람, 몽골 사람들이 하늘 많이 섬긴다고 그러잖아요? 그런데 그 옛날에 이야기인데, 이제 어, 이제 부부가 있었어요. 그런데 좀 부자, 그러면서 이렇게 권력 있는 그런 부부인데, 이

렇게 애기 하나 태어나고 자라는데, 애기가 그냥 아무 철이 없고, 이렇게 바보, 바보? 어, 바보였어요. 그래가지고 엄마, 아빠가 많이 걱정했어요.

'얘는 이제 어떻게 살까?'

그래가지고. 그런데 이제 어른이 돼가지고 이렇게 어, 좀 이렇게 가축을 주면서,

"이제 가서 살아라. 너 따로 살아라."고.

이제 보냈어요. 엄마 아빠가. 이제 살아보라고 해가지고. 그런데 걔가 이렇게 가는데, 그 몽골에는 이렇게 차, 차운? 뭐지? [조사자 2: 초원?] 초원 있잖아요. 초원인데, 아무것도 없는데 이렇게 가축을 이렇게 가지고 가는데 갑자기 다섯, 말 타는 사람이 다섯 명이 이렇게 나타난 거예요. 막 그렇게 왔어, 그래 걔한테. 그런데 걔가 보면서,

"안녕하세요."

이렇게 인사하면서, 서로 인사해가지고 앉았는데,

"너 어디서 왔냐? 누구 없냐?"

해가지고 했는데. 그때 걔가 이렇게 이야기하는 거예요. 음, 그건 뭐라고 얘기했지? (웃음) 또 많이 오래 돼가지고 또 잊어버렸네. 음, 그냥 인사하면서 간단하게 이야기했어요, 이제 서로가.

"이제 내가 거기서 왔는데, 여기서 이렇게 살기로 핸, 왔다."

고 그랬더니,

"아."

그, 그러면서 이제

"나는 이제 잘 살 것이네. 괜찮다."

그러면서, 그 좀 나이 드신 분들이었었거든요. 그러면서 이제 도로 가버, 갔어요.

그런데 이렇게 산 넘어 갔더니, 거기 이제 한 가족이 있었는데, 거기 가족 이제 갔더니 이제 거기 어떤 여자가 있어가지고, 아니, 이제 엄마 아빠랑 그 어떤 여자가 있는데, 걔랑 이제 살면서 이제 그 뭔, 가축도 많이 기르면서 이렇게 잘 살았대. 몇 년 동안, 몇 년 그래 있는, 있었어요. 잘 살았어요.

그런데 아무튼 이렇게, 다 이렇게 잘 돼가지고 잘 살았는데. 그런데 음,

"나중에 필요하면은 우리를 찾아오라."고.

그 사람들이 갈 때 그런 이야기를 했었거든요.

그런데 어느 날 그런 그 생각이 들어가지고, 그분들하고 한 번 만나고 싶다고 생각해가지고, 또 이렇게 산 넘어 가면서 거기, 이제 아무 것도 없는 데 가는데, 그 사람들이 또 쫓아왔어. 그래 이제 막 오면서 인사하고 그랬는데, 아, 음, 남자가 이제,

"난 죽고 싶다."

인가? 아무튼 좀 이렇게 살아, 살아 봤는데, 이제 잘 살았음에도 불구하고 이제 그런 원하는 거 없는 거야, 그 사람한테. 어, 이제 별로 이렇게. [조사자 1: 사는 게 재미가 없구나?] 어.

"재미가 없으니까 죽고 싶다."고.

그런 식으로 이야기 했는데, 그 사람들이 그냥 바로 이렇게 가버렸어. (웃음) 그래가지고 이제 그 사람이 이렇게 집에 갔는, 가서 이제 그다음 날에 죽었어. 바로 죽었어. [조사자 1: 오, 남자가?] 어. 그 이제 뭐 가축을 어떻게 했다 하는가, 아무튼 이렇게 사고로 바로 죽은 거야.

그런데 이렇게 알고 보니, 그 사, 이제 다섯 분이잖아요? 그 사람을 지키는 이렇게 하늘에서 온 그런 이제 존재 [조사자 1: 음, 신이었어요?] 신, 존재였는데, 그런데 그 처음에는, 바보였지만은 자기를, 삶을 이렇게 좋게 생각하고,

'잘 살아야지.'

생각했으니까, 잘 좋게 해줬어, 그 사람을. 그런데 이제 나중에 그 살 힘이가 없고 하니까, 그것을 그, 그것을 그냥 죽여 버린대요. (웃음)

그러니까 [조사자 1: 굉장히 의미 있는 이야기네요. 굉장히.] 응. 그러니까 이제 그 사람이

'사람은 아무튼 자기 살아야 된다. 노력해야 된다. 그런 것을 가지고 살면은 그것을 다 도와 주고, 하늘에서 도와주는데, 그렇지 않

으면은 그냥 넌 죽는다.'

그거 자살되고 왔다고 그러더라고, 그 이야기들. (웃음) 그런 거 있었어요.

[조사자 1: 이 이야기 혹시 제목이 있나요?] 제목이요? 있었어요. 뭐, 뭐라고 했지? 있었었는데. 그거는 못 찾겠네. [조사자 1: 대충 뜻을 설명해 주시면은, 그 제목이 어떤 뜻이었어요?] 아, 제목이요? 아, 음, 사람을 지키는, 하늘에서 지키는 그 [조사자 2: 신?] 응, 그런 것들이 있대. 불교로는 그것을 뭐라고 했지? [조사자 2: 보살이나 뭐?] 맞아, 보살 그렇게 이야기한 것 같아요. 보살, 그 다섯 보살이 있는, 있어요. [조사자 1: 다섯 보살?] 네. 다섯 보살이 있어, 있어요.

그 보살, 보살 있는데, 음, 그것을 이제 흠, 그 보살을 이제 음, 이제 또 그런 것 있잖아요. 이 사람 속에 이제 신이 있다고. 그것을 이제 알고 이제 자기를 이제, 잘 섬겨라고 그랬나? (웃음) 자기를 그냥 아무 그거 가치 없다고 그런 것 너무 나쁜 거라고.

까치의 대화를 듣고서 성공한 남자

● **구연정보**

조사일시 : 2017. 02. 19(일) 오후
조사장소 : 전라북도 고창군 심원면
제 보 자 : 을찌마 [몽골, 여, 1971년생, 결혼이주 16년차]
조 사 자 : 조홍윤, 황승업, 김자혜

● **구연상황**

제보자와 만난 조사자들이 여러 가지 대화를 통해 설화 구연을 유도하면서 기억이 잘 안 나면 찾아보고 이야기해도 된다고 했다. 제보자는 스마트 폰으로 이야기를 검색해 본 후에 민담 구연을 시작했다.

● **줄거리**

한 남자가 어느 날 까치가 대화하는 소리를 듣게 되었는데, 그 내용은 부잣집 딸이 병에 걸린 이유와 치료법, 절을 세우는 공사장에서 자꾸 절이 무너지는 이유와 해결 방법, 절에서 쓸 물을 찾을 방법, 결혼을 못 해 고민하고 있는 미녀와 남자가 결혼할 수 있는 방법 등이었다. 남자는 자신이 들었던 것을 바탕으로 부잣집 딸의 병을 고치고, 절을 세우고 물을 찾을 수 있도록 조언했다. 남자는 그에 대한 사례로 미녀와 결혼하여 잘 살 수 있게 되었다.

밤에 어떤 거미가 이제 내려오면서, 이제 자고 있는 그 여자 귀에 자기 독을 이렇게 쏟아면서 갔대요. 그래가지고 그 여자가 이제 그 독에다, 독 때문에 이제 많이 병을 들었대요.

그래가지고 음, 그 어떤 사람이 있는데, 그 사람은 이제 뭐지? 음, 까치 말을 아는 거거든요. 까치 말을, 말을 아니까 [조사자 1: 아, 거미 말을 알아듣는?] 아니, 까치 말을 알아요. 그런데 까치가 이야기,

말 [조사자 2: 까치? 아.] 까치가 이야기하는 거예요.

"이 앞집에 여자가 이렇게 아파갖고 있는데, 왜냐면은 이제 그 거미가 자는 밤에 그 귀에 이렇게 독 쐈으니까, 그래가 지금 아프고 있는 거야."

그렇게 이야기하는 것을 그 사람이 들어가지고 [조사자 2: 남자가? 아.] 아, 남자가 들어가지고, 그래가지고 그래서 이제 아침에 그 집에 들어갔어. 진짜 여자가 이렇게 병들고 누워 있는, 누워 있은 거야. 그런데 엄마, 아빠가 아, 그 뭐지? 아, 그래서 그 남자가 그렇게 이야기했어.

"이 앞에 있는 나무를 이렇게 불태워가지고, 태우면은 당신 딸이 이제 일어날 것이다."

했는데, 진짜 태웠더니 그 딸이 이제 병이 낫으, 낫는 거야. (웃음)

(잠시 다른 대화가 오감.)

처음에 그렇게 시작했는데, 그래서 이제 그 남자도 이렇게 밖에 나가서 있었는데, 또 까치 두 마리가 이야기, 이야기하고 있었어. 그 아, 그 여자가 이래 기억나는 거 아니고, 이제

"앞에 강, 강에 하나 있는데, 그 이렇게 돌아가 보면은 거기 버섯이 하나 있어. 그 버섯을 그 여자한테 주면은 그걸 먹고 낫을 것이다."

하니까, 진짜 그렇게 말대로 됐대요. 그래서,

"오, 이 사람, 이 사람이 진짜 잘 아는 사람이다."

해가지고, 다 아는 사람으로 이렇게 되는 거야. [조사자 2: 똑똑한 사람?] 똑똑한 사람으로.

그래서, 그래서 또 그다음 날은 이제 스님들이 이제 절 만들었는데, 그 절이 무너진대. 절, 어, 그래서,

"이게 왜 안 되지?, 안 되지?"

하는데, 그 이야기를 또 그 까치들이 이야기하고 있었어. 그 땅 이렇게, 땅으로 이렇게 보면은 그 어 땅속에 뭐지? [조사자 1: 어떤 거요? 땅속에?] 땅속에 이렇게 죽은 코끼리의 그, 코끼리의 뼈가 있는데, 그 뼈를 이렇게 없으면, 그 뼈를 이제 [조사자 2: 파 내면은?] 어, 파면은, 파내면은 어, 그 절이 거기서 이제 잘 이제 지을 수 있다고

그랬대요. 그래서 이제 그렇게 했어요. 근데 까치들이 이야기하고 있었어.

“근데 지금 이 스님들이 어디서 물을 마실 거냐. 물이 거기 없는데?”

그랬는데, 아, 그 앞에, 절 앞에다 이러게 나무 아니고, 이렇게 나무보다 조그만 거들 있잖아. 그거 뭐라고 했지? [조사자 1: 풀이요?] 풀보다 좀 큰 거. [조사자 1: 덤불?] 어, 이렇게, 이렇게 하는 거. (무슨 의미인지 알아보기 힘든 동작을 하며) 이러게 되는 거. 어, 그거 있는데, 그것들이 있는데, 풀이라고 말해야겠다.

“풀 있는 데, 그 풀 어, 거기 물이 있으니까 땅을 파내면은 거기서 물 나올 것이다.”

그렇게 이야기했대요. 그래서 아, 바로 나오는 거 아니고, 또 그 하얀 돌 있어요. 이렇게,

“모래 같이 생겼는 그런 거, 그런 하얀 돌 있는데, 그것을 이제 빼내면은 물이 나올 것이다.”

그랬대요. 파내면은, 그랬더니 어 이제 두 번째 까치가 그랬대.

“어, 아니 이 집 딸이 왜 그 결혼 안 하는가?”

그랬대. 그랬더니 그 첫 번째 까치가,

“이 딸, 그, 이 집 딸 그 머리, 머리.”

이리로 뭐지? 몽골 그 여자들은 옛날에 머리를 이렇게 다 밑, 이렇게 해서, [조사자 1: 아, 땋았어요?] 어, 땋아서, 땋아서 다니까다나? 그 땋은 그 머리 이렇게 보면은 그 밑에다 그, 이제 머리 이제, 금 머리가 하나 있어요. 그것을, [조사자 1: 아, 금색 머리?]

금색 머리 하나 있는데, 그 머리를 아는 사람이 그것을 이렇게, [조사자 1: 뽑아요?] 뽑아가지고, 뽑아가지고 이제, 오른쪽 문으로 나가면은, 아, 왼쪽 문으로 차이랑, 몽골 풍습에 이렇게 이런 청? 천이라고 해야 되나? 청, 이렇게 길게 청이, 무엇을 부탁할 때 그 청에다가 이렇게 우유해가지고 이러게 주면서 부탁하고 그런, 그런 거 있어요. [조사자 1: 네. 천이요, 천?] 예, 이렇게 길게 그 실크 같은 천인데. [조사자 1: 아, 비단 같은 거?] 어, 비단 같은 거 맞아.

그것을 이렇게 해가지고 이제 주인한테 이 그것을, 당신 딸을, 뭐라고 해야 되나? (웃으며) 부탁한다고 그러면 안 되지? [조사자 1: 딸 달라고?]

"딸 주세요."

"예, 딸 주세요."

그래가지고,

"차랑 이렇게 가지고 가면은 그거 아는 사람이 딱 다하고 하면은 왼쪽의 문으로 그런 사람이 와서 그 딸을 이제 데리고 간다."고.

그렇게 이야기 했대요, 그 까치들이. 그러면서 날아갔대.

그 남자 빨리 일어나가지고, 내가 아까 다 이야기해가지고 이거 좀 순서가 잘 못 됐네요. 그것을 이제 다 들은, 들어가지고 그 남자가 이제 일어나면서 그 집에 들어가, 아, 집에 들어가기 전에 그 강, 강에 가서 버섯을 따오고, 음 버섯을 보면서 진짜 기뻤대.

'아, 까치들 진짜 말, 말.'

[조사자 1: 예, '까치 말이 맞구나!' 하고?]

'맞구나!'

해가지고. 그래서 그 아파 있는 그 집에, 그 여자 있는 집에 가서, 가는데 진짜 그 여자가 있었어요. 그런데,

"왜 여자가 이러고 있냐?"고.

그랬더니, 엄마 아빠가,

"그 딸이 갑자기 아파서요. 그 여러 그 의사나 여러 사람 이렇게 불러가지고 여러 가지 이렇게 했지만은 이거 전혀 안 나은다."고.

그랬대요.

"어, 내가 이것을 한 번 봐야겠다. 나도 할 수 있을, 할 수 있을 것 같다."고.

해가지고 거짓말로 이러고 있으면서,

"오늘 좀 잘 안될 것 같다."고.

"난 못 할 것 같다."고.

"내일 해야겠다."

해가지고 거기서, 그 집에서 자기로 했대요. 그래서 음, 밤에 이

제 그 거미가 나무에서 내려와가지고 그 여자 귀에 침을 뱉어가지고 갔어요. 그 여자가 그 침에 독 때문에 많이 아프, 아프, 아픈 것 같대요. 그래서,

'아, 또 까치들이 말 맞다.'

해가지고,

'이 까치들 말대로 내가 이것을 이제 고쳐야겠다.'

해서 그다음 날에 일어나서 그, 아까 그 말하는 대로 (웃음) 그렇게 그것을. [조사자 1: 나무 태우는?]

"나무를 태우라."고.

"음, 그래서 내가 주는 약을 비벼서 먹으면은 딸이 빨리 낫을, 낫을 것이다."

그렇게 이야기했대요. 그런데 엄마, 아빠가 그렇게 해보니 진짜 딸이 다 나았어요. 그러면서 얼굴이 이렇게 좋아졌는데. 어, 그 할아버지 할머니가 진짜 기뻐하면서,

"내 딸을 이제, 딸의 생명을 구해줬는데, 그래서 이제 딸을, 이제 와이, 이제 와이프로 주겠다."

고 그랬대요. 그랬더니 그 남자가,

"지금은 아니, 지금은 안 된다."고.

"내가 좀 일이 있으니까 갖다 와야겠다."

고 그랬대요. 그래가지고 나중에 와서 이제 온다고 그래가 갔대요.

음, 그래서 이제 다른 집에 갔어요. 그런데 그 집 딸들이 다섯 명 있는데, 그 한 사람, 아니, 시집을 못 간대. 그래서 당신이 진짜 무엇을 아는 사람인 것 같으니까… 어 내가 다 뒤죽박죽 해 놨구만. (웃음) 괜찮아요? [조사자 1: 그러니까 병을 고친 그 딸은 이제 장가 안 가고, 그 사람한테는?] 네. [조사자 1: 다른 집 딸한테 간 거예요?] 네. [조사자 1: 예. 그 집 딸이 더 예쁘구나?] (일동 웃음)

내가 처음에 이야기할 때 이것을 잘못해가지고 그래서. [조사자 1: 까치는 계속 얘기를 하고 있었고, 이제 다 듣고 있었던 거죠?] [조사자 2: 다 듣고] 예. [조사자 1: 이해하고 있어요. (웃음)] 알았어요.

그래서

"이 딸들을 시집보내고 싶은데 어떻게 좀 알아봐 주세요."

그랬대요. 그랬더니, 그 같이 이야기 들었으니까, 그 딸이 그 거기에 금색 그거. [조사자 2: 머리카락이.] 머리 같은 게 진짜 있대요. 그래서 그것을 이렇게 뽑았더니, 뽑아서 이제 어, 오른쪽 문으로 나갔더니, 아, 왼쪽 문, 그 문, 문으로 사람이 들어오면서 바로 그렇게 딸을 데려 갔대. 아니, 데려가는 것보다 이제, 이제,

"나 주라."고.

말했대요. 그래서 나중, 나가서 또 저기, 뭐지? 이제 스님들한테 가서 그것을 또 했어요. 그래가지고 그 절, 절을 이제 다시 세웠대요. 어, 또 그 물, 물 다시 이야기해가지고 그거 물이 나왔어요. [조사자 1: 그렇게 해서 이제 그 집이랑 스님들이 이제 막 이렇게 사례, 돈 줬어요?] (일동 웃음) 아, 잠깐만. 아 그러니까 이제 마지막엔 뭐 나왔지?

(이야기를 생각하느라 잠시 구연 중단.)

그런데 이거 왜 그랬는지 난 진짜 모르겠네요. (웃음) [조사자 1: 아마, 그 이렇게 딸 시집보내는 그 집에서,

"아이고, 감사하다."고.

하고, 이렇게 좋은 거 주고, 감사하다고 이제 돈을 주거나, 이제 보물을 주거나 그렇게 하고.] 그런, 그런, [조사자 1: 스님들도 그렇게 주고.]

그러고 저, 그래서 자기가 장가갔나 보다. [조사자 1: 그거 가지고 이제 병 고쳐준 여자랑 장가갔나 보다.] (웃음) 그런가 보다.

아무튼 그 까치, 까치 이제 말을 아니까, 그렇게 좋은 일들이 많이 생겼다고 그렇게 나오는가 봐요. 모르겠어요, 아무튼. (웃음) [조사자 2: 대단한 능력이죠.] 그래, 맞아. (웃음)

까치의 치즈를 빼앗은 여우

● **구연정보**

조사일시 : 2017. 06. 02(금) 오후
조사장소 : 강원도 원주시 개운동
제 보 자 : 수흐바타르 [몽골, 여, 1966년생, 결혼이주 16년차]
조 사 자 : 박현숙

● **구연상황**

제보자가 〈여우와 늑대의 나이 대결〉 구연을 마친 뒤, 그 이야기를 하다가 또 생각난 이야기가 있다면서 구연을 이어 나갔다.

● **줄거리**

까치 한 마리가 나무 위에서 치즈를 물고 있었다. 여우가 지나가다가 까치에게 치즈를 나눠먹자고 요구했다. 치즈를 입에 물고 있던 까치는 고개를 저어 거부 의사를 밝혔다. 그러자 여우는 까치에게 노래를 불러 달라고 요구했다. 까치는 노래를 못한다고 대답하려다가 그만 물고 있던 치즈를 놓치고 말았다. 여우는 떨어진 치즈를 먹고 도망갔다.

옛날 옛날에 나무 위에 까치가 있었어요. 근데 그 까치가 그 한 조각, 한 조각 치즈를 찾았어요. 그래서 입에 물고 있었는데, 근데 옆으로 여우가 지나가고 있었어요. 그랬다가 갑자기 그 까치가 입에 그 치즈를 물고 있는 걸 보고, 봤어요.

그래서 까치한테 가까이 가서,

"그 치즈를 우리 나눠 먹읍시다."

라고 말했어요.

그랬더니 까치가 아니라고 했어요. (웃으며) 말은 못하고, 입에

물고 있어서. [조사자: 고개만 흔들었구나.] 했어요. 그랬더니 여우가 생각하면서,

"넌 있잖아, 노래 잘 부르잖아. 노래 좀 불러 달라."고.

그랬어요.

그러니, 노래, 노래 못 부른다고 말할려고 했는데, 떨어뜨렸어요, 치즈를. (웃으며) 치즈 떨어뜨렸는데. 그 여우가 치즈를 먹고 도망쳤어요.

[조사자: '노래 못 해.' 이렇게 말하려고 했던 거예요?] 네. (일동 웃음) [조사자: 꾀쟁이네.] 근데 이거 좀 길어요. 진짜 보면 긴데, 근데 여기서 안 나와요.

늑대에게 알을 빼앗긴 까치

● 구연정보

조사일시 : 2017. 06. 02(금) 오후
조사장소 : 강원도 원주시 개운동
제 보 자 : 수흐바타르 [몽골, 여, 1966년생, 결혼이주 16년차]
조 사 자 : 박현숙

● 구연상황

제보자가 〈까마귀가 검은 이유〉 구연을 마친 뒤, 동물담을 이어서 구연했다.

● 줄거리

옛날에 까치가 금색 나무 위에서 예쁜 집을 짓고 일곱 알을 낳아 행복하게 살고 있었다. 늑대 한 마리가 길을 가다가 까치를 발견하고, 알 하나만 달라고 했다. 까치가 거절하자 까치집이 있는 나무를 부수겠다고 협박했다. 까치는 어쩔 수 없이 늑대에게 알을 주었다. 그러자 늑대는 매일 까치를 찾아와서 알을 빼앗아 가더니 결국 까치의 일곱 개의 알을 모두 빼앗아 갔다.

옛날 옛날에 그 어떤 까치가 금색 나무 위에서 그 이쁜 집을 짓고 자기 그 낳은 일곱 그 알 있잖아요? 같이 살고 있었어요, 애들하고. 같이 행복하게 살고 있었어요. 그러더니 그 어떤 날 여우가 그 행복하는 모습을 보고, 지나갈 때 모습 보고 까치한테 가까이 가서,

"저한테 계란 하나, 한 마리 주세요."

라고 말했어요. 그랬더니, [조사자: 알 하나만 달라고?]

"알 하나만 달라."고.

했어요. 그랬더니,

"내, 그 아끼는 새끼를 왜 주냐?"고.

안 줬어요. 그랬더니,

“그러면 먼지를, 이거, 엄청난 먼지를 털으면서 너네, 이거 나무를 부숴버릴 거야.”

무섭게 했어요. 그랬더니 어쩔 바람 없이 하나 줬어요. 그러더니 다음날 또 오고, 다음날 또 오고, 이렇게 반복해서 그, 까치 일곱 마리 새끼를 다 잡아먹었어요. [조사자: 그 일곱 마리 알을 다 먹었어요?] 예.

그래서 까치는 엄청 슬픔에 빠졌어요. 예, 그 이후에 알을 키우지 않았어요. 자기가 키우지 않았어요.

[조사자: 그럼 알을 다 빼앗겼어요, 늑대한테?] 예. [조사자: 늑대가 나쁘네.] 네.

여우와 까치와 쥐

● **구연정보**

조사일시 : 2016. 11. 03(목) 밤
조사장소 : 서울특별시 동대문구 이문동
제 보 자 : 툭스자르칼 [몽골, 여, 1976년생, 결혼이주 12년차]
조 사 자 : 오정미, 이원영

● **구연상황**

늦은 저녁 시간이 되어서, 제보자가 구연을 하는 중에 제보자의 남편이 퇴근하여 귀가했다. 제보자도 퇴근하자마자 조사팀을 만나 구술을 이어간 상황이었고, 2차 조사를 기약하며 이 이야기를 끝으로 조사를 마감했다.

● **줄거리**

옛날 옛적에 한 까치가 마루나무에 일곱 개의 알을 낳아 품고 있었다. 어느 날 여우가 와서 까치에게 알 하나를 달라고 했다. 까치가 거절하자 여우는 나무를 통째로 부러뜨리겠다고 협박했다. 겁이 난 까치는 여섯 개의 알을 내어준 뒤 마지막 하나만 지키며 울고 있었다. 이를 알게 된 쥐가 여우가 다시 찾아오면 알을 주는 대신 나무를 부러뜨릴 만큼 강한 발이 어디 있느냐고 물어보라고 했다. 그러면서 자기가 알려줬다는 사실을 말하지 말라고 했다. 다음날 까치의 응대로 알을 못 얻은 여우는 까치를 을러대서 쥐가 그 말을 해준 것을 알아냈다. 쥐의 집을 찾아간 여우가 쥐를 통째로 삼키자, 쥐가 뱃속에서 오물오물 먹는 것보다 우적우적 먹는 게 더 맛있다고 말했다. 그 말을 들은 여우가 우적우적 먹으려고 입을 열 때 쥐가 밖으로 나와 구멍 속으로 들어갔다. 쥐에게 속아 창피했던 여우는 그대로 도망을 갔다. 까치는 들쥐에 대한 고마움의 표시로 오늘날까지 먹이를 나누어주고 있다.

옛날 옛적에 마루나무에 일곱 개의 알을 낳아 품고 있는, 절뚝거리는 까치가 살았어요. 그래서 인제 그 까치는 살고 있는데, 여우가

와가지고,

"계란, 알 하나 주라."

그랬더니,

"안 준다."고.

그랬더니,

"그러면 네 마루나무를 다 부셔뜨려 가지고, 뿌리까지 부셔뜨려 가지고, 가지고 간다. 좋게 얘기 했을 때 달라."

그래가지고 협박하면서 여섯 개의 알을 뺏어 먹은 거예요. 그래서 마지막 하나 남았는데, 울고 있었어요. 까치가. 나무에. 울고 있는데 이제 쥐가, 쥐가 나와 가지고 [조사자 1: 쥐!] 응, 쥐. 쥐가 나와 가지고.

"왜 울고 있느냐?"

그랬더니 이제 ,

"여우가 와서 내 일곱 개의 알에서 여섯 개를 가지고 갔는데, 이제 마지막으로 와서 가지고 갈 거 같다."

그랬더니,

"그래서 나를 이렇게 협박한다. 멀리서 먼지 일으키면서 와가지고, 네 마루나무를 부셔뜨리고 뿌리까지 이제 부셔뜨리고 넘어뜨린다 그런다."고.

그래서 그 쥐가 그런 거예요.

"그러면 그 여우한테 그렇게 얘기해라. 못 준다고 얘기해. 얘기해서 또 인제 협박하면 그러면 네가 그렇게 부셔뜨리고 뿌리까지 부셔뜨릴 그런 발이 어디 있나? 그럼 인제 뿌리는 어디 있나? 그렇게 물어봐라. 누가 가르쳐 줬냐 그러면 얘기 하지 말라."

하고 이렇게 간 거예요 그랬더니 또 여우가 와가지고,

"마지막 알, 계란 알 하나 달라."고.

그랬더니 까치가

"못 준다."고.

"안 준다."고.

그랬더니

"왜?"

그랬더니

"안 준다."

그랬더니,

"그러면 네 마루나무를 또 넘어트린다."

그랬더니,

"그렇게 할, 내 나무를 부러뜨릴 그럴 뿌리가 어디 있냐? 그런 발 또 어디 있냐? 그런 힘이 어디 있냐?"

그랬더니 말이 없었어.

"누가 이 얘기를 가르쳐 줬느냐?"

그랬더니,

"내가 생각했다."

그랬더니,

누가 가르쳐줬는지 얘기 안 하면, 나 여우의 마지막까지 내 생각을 인제, 생각을 마지막 까지 생각해서. 여우의, 여우의 뭐라고 그러죠? (단어가 떠오르지 않아서 책을 찾고)

"누가 이런 말 가르쳐 줬는지 말하지 않으면 여우의 열쇠같이 속임수를 사용해서 너를 잡아먹을 거야."

라고 얘기했더니, 이제 까치가 무서워가지고 이제

"쥐가 가르쳐 줬다."

라고 얘기한 거예요.

그래서 이제 여우가 이제 쥐의 집에 가서 이제 불렀더니, 아무 대답 없는 거예요. 그래서 또 불러가지고, 또 불렀더니

"나는 집에 청소하고 있어."

라고 안 나오는 거예요. 그랬더니 또 기다렸다가 또 불렀더니

"나는 거울 닦고 있어."

라고 또 안 나오는 거예요.

그래서 또 불렀더니 쥐가 들쥐, 들쥐가 머리를 빼쭉, 빼쭉 내밀었습니다.

여우는 단정한 목소리로 말했대요.

"이렇게 얼굴이 예쁜데 몸이 더 예쁘겠지?"

이렇게 했더니 그 말에 쥐가 믿어가지고 몸까지 나온 거예요.

"이렇게 얼굴하고 몸이 예쁜데 꼬리까지 예쁘겠지?"

했더니 나온 거예요. 그 말을 기다렸던 여우가 이제 삼킨 거예요. 쥐를.

그랬더니 쥐를 삼키는데, 쥐가 이제 뱃속에서 여우한테 그런 거예요.

"오물오물 먹으면 맛이 안 날거야. 입을 크게 벌리고 우쭉우쭉 먹으면 맛있어."

라고 그렇게 얘기했더니 이제 우쭉우쭉 먹으려고 여우가 입을 벌렸다가 이제 쥐가 나와서, 구멍으로, 자기 구멍으로, 집으로 들어간 거예요.

그래가지고 여우가 이제 마지막 열쇠까지 여우의 그 저거를 사용하지 못해가지고 창피해서, 그래서 이제 멀리 도망가고. 그래서 이제 그렇게 도와줬던, 마지막 알을 지킬 수 있게 도와줬던 쥐한테 까치가 이제 자기 새끼들한테 먹을 걸 갖다 주면서, 먹을 거를 나눠 먹었다. 지금도 나눠 먹고 있다.

[조사자: 그 비슷한 게 우리나라에도 있는데. 까치 나오고 알 하는 거. 거의 똑같아요. 뒤만 좀 다르고.]

음흉한 여우

● **구연정보**

조사일시 : 2016. 11. 11(금) 오후
조사장소 : 강원도 횡성군 횡성읍 읍하리
제 보 자 : 수흐바타르 [몽골, 여, 1966년생, 결혼이주 15년차]
조 사 자 : 박현숙, 김현희, 김민수

● **구연상황**

동석한 체아다비 제보자가 여러 이야기를 구연하는 동안 이야깃거리를 생각하던 제보자가 비로소 구연을 시작했는데, 자신이 없는지 자기가 번역한 책을 펼쳐 보면서 구술했다. 조사자가 완전하지 않아도 좋으니 기억해서 구연해 달라고 요청하자 제보자는 책을 놓고 기억을 떠올리며 자연스럽게 구연하기 시작했다. 구연을 마친 뒤 이 이야기는 본래 러시아 이야기라고 말했다. 오숙민 작가와 일본 국적의 모우에히로꼬 제보자, 캄보디아 국적의 체아다비 제보자가 청자로 참여했다.

● **줄거리**

여우가 닭 키우는 집에 하룻밤 신세를 졌다. 여우는 낮에 주운 나무 아래쪽을 몰래 태운 뒤 아침이 되자 주인에게 나무 값으로 닭을 요구했다. 여우는 다음 집에서 같은 방법을 써서 닭 값으로 오리를 요구했고, 그다음 집에서는 오리 값으로 그 집 딸을 요구했다. 여우에게 딸을 빼앗기게 생긴 주인은 자루 속에 딸 대신 개를 넣었다. 여우가 딸에게 노래 한 곡을 부르라고 요청하자 자루 안에서 짐승 소리가 났다. 여우는 자루 속에 늑대가 든 줄 알고 도망쳤다.

몽골에 많아요. 이야기가. 한 여우가 길거리를 달려가다가 나무 하나를 주웠어요. 그랬다가 한 작은 마을에 입구까지 갔다가 문을 똑똑 두드렸어요.

"주인님! 저는 여우예요. 저를 하룻밤 재워 주세요."

라고 말했다.

그랬더니 주인이 집에 들어가게 했다. [조사자: 집에 들어가게 했어요?] 네. 그래서 그 여우는 들어가기 전에 또 허락받은 것도 있어요. [조사자: 허락받았어요?] 예. 처음에는 주인님이 들어오라고 바로 말 안했어요.

"우리 집은 자네를 재우기에는 우리도 잘 곳이 없네."

라고 말했다.

그랬더니 여우가,

"저는 자리를 많이 잡지 않고 선반 밑에 꼬리를 집어넣고 나무 밑으로 누울 거예요."

라고 말했어요.

그랬더니 주인이 어쩔 바람 없이 문을 열어 주었어요. 그래서 여우가 자다가 주인님하고 집 사람들이 다 잔 다음에 일어나서 자기 가져온 나무 밑을 태워 버렸어요. 그리고 아침 일찍 일어나서,

"주인님! 저의 나무 밑에가 없네요."

대신 닭을 달래요. (웃으며) 그 집에 닭 키우는 집이었어요. 그래서 욕심이 많아가지고 거기서 뭐 얻어 갈려고. 그래가지고 주인이 생각하면서 어쩔 바람 없이 닭을 줬어요.

그랬더니 여우가 다음 집의 문을 두드렸어요. 그리고 똑같이,

"주인님! 저를 재워 주세요."

그래갖고 반복해서 (손을 올리며) 말했어요.

"저는 선반 밑에 꼬리를 집어넣고, 선반 위에 놓고, 그리고 닭을 자루 속에 넣을 거야."

라고 똑같이 말했어요.

그랬더니 또 그전 반복해서 밤에 일어나서 자기 가져온 닭을 잡아먹었어요. 그래서 아침에

"주인님! 저의 닭을(닭이) 없어요. 그래서 저한테 오리를 주세요."

오리. (웃으며) 오리를 요렇게 훔치려고.

그래가지고 오리를, 주인이 안타깝지만 어쩔 바람 없이 오리를

줬어요. 그랬더니 여우가 그 쪼그만 마을이가 두 군데 갔잖아요. 그래서 혹시 걸릴까 봐 방법을 바꿨어요.

그래서 세 번째 집을 문은 똑같이 두드리고요.

"저는 여우 동생이에요. 저를 한밤 재워 주세요."

라고 똑같이 반복해서 그 오리를 자루 속에 넣었어요.

그래가지고 밤에 일어나가지고 똑같이 오리를 잡아먹었어요. 그래서 그 집에 닭도 없고 오리도 없는데요. 딸 밖에 없었어요. (웃음) 그래가지고 여우가 아침에 일어나가지고

"저의 오리는 어딨냐?"고.

"오리 대신 자네 딸 달라."고.

말했어요.

그랬더니 주인이 자기 딸을 주기 안타까워서 자루 속에 개를 넣었어요. 강아지를. 집어넣고, 그 자루를 묶고 여우한테 줬어요. [조사자: 딸이라고?] 네.

그랬더니 여우가 계속 갖다가 쉬면서,

"아가씨! 노래 한 곡 불러 주세요."

말했어요.

그랬더니

"아우!"

하고 으르렁거렸어요. 그랬더니 늑대라고 생각하고 도망쳤어요.

그래가지고 자기 집 구멍 속에 들어가서 죽은 듯이 누워 있었답니다.

[조사자: 결국은 당했네요?] 네.

[조사자: 여우가 욕심을 너무 많이 부렸네. 이거를 그러면 어디서 들은 거예요, 아니면 교과서에서 학교에서 공부하신 거예요?] 이거는 러시아에, 러시아 이야기. 원래. [조사자: 러시아 이야기.]

꾀 많은 여우와 어리석은 늑대

● **구연정보**

조사일시 : 2017. 03. 13(화) 오후
조사장소 : 충청남도 천안시 동남구 안서동 단국대학교
제 보 자 : 노로브냠 [몽골, 여, 1970년생, 이주노동 4년차]
조 사 자 : 신동흔, 오정미, 이원영, 이승민

● **구연상황**

단국대학교 천안캠퍼스 몽골학과 교수인 노로브냠 제보자를 그녀의 연구실에서 만났다. 제보자는 조사팀에게 몽골의 전통차 중 하나인 차가버섯차를 대접한 뒤 몽골의 민담집을 꺼내서 들춰본 후 설화 구술을 시작했다.

● **줄거리**

늑대와 여우가 함께 가다가 유제품을 발견했다. 여우가 혼자 먹기 위해서 늑대에게 그걸 맛있게 먹으려면 어깨에 메고 헐떡거리는 소리를 내야 한다고 말했다. 그 말을 믿은 늑대는 그것을 어깨에 메고 헐떡거리며 길을 갔다. 산에 도착한 여우는 내기를 하여 연장자가 먹는 것으로 하자고 말했다. 먼저 늑대가 자기는 세상이 창조될 때 태어났다고 말하자, 갑자기 여우가 펑펑 울면서 늑대가 자기 막내랑 동갑이라고 하고는 혼자 음식을 다 먹었다.

제가 그러면 우화, 우화 중에서 그 기억나는 대로 얘기할게요. 그 몽골설화에서 그 여우가 되게 꾀가 많고 똑똑하고 그런 동물로 나와요. 그런데 반대로 늑대는 좀 어리숙하고 좀 그런 뭐라고 할까요. 그런 이미지로 항상 나타나거든요. 그래서 그 여우와 늑대에 대한 설화인데요.

옛날에 그 늑대랑 여우가 같이 가다가 그 가죽 내장에 담은 유제품을 발견했대요. 근데 가죽 내장이라고 그러면 한국에서 먹는 그렇게 내장 그런 것이 아니라 특별히 가공 정리를 해가지고 한, 말려가지고 그걸 이렇게 주머니처럼 쓰는 거 있어요. 그래서 거기에 담아놓은 그 유제품을 발견했대요.

근데 발견했는데 이걸 둘이 다니다가 찾았으니까 이걸 나눠 먹어야 되잖아요. 근데 나눠 먹으려고 그러니까 여우가 또 꾀를 부리게 돼요. 그러면서 꾀 부려가지고,

"늑대야, 이걸 우리가 맛있게 먹으려면 좀 이거 여기서 어깨에 메가지고 다니면서 그래야 더 저 맛있게 먹을 수 있다. 다른 데 가서 먹자."

그런데 늑대가, 그러면서,

"그 헐떡거리는 일을 이걸 잘해야 더 맛있어진다."고.

그런 이야길 해요. 그래서 그러니까 늑대가,

"그 헐떡거리는 건 그거 어렵다면 내가 짊어지고 가겠다. 여우 너는 헐떡거리면서 가라."고.

그렇게 둘이서 가게 돼요. 그래서 여우는 그냥 뒤에서 헐떡거리면서 중간중간 그냥 헐떡거리는 척하면서, 그리고 늑대는 그걸 어깨에 매가지고 올라가게 돼요. 산으로.

그래서 산에 가가지고 늑대는 내려놓고,

"잊어먹어도 되죠?"

그러니까 여우는

"잊어먹어도 되죠."

그러면서 하니까, 뭐라고 하더라.

"또 잊어버렸네."

여우가 그래요.

"이걸 그, 그런데 이렇게 여기까지 왔으니까 우리는 이걸 하나하나 먹으면 배부르지도 않고 그러니까 우리 이거 나눠먹지 말고 하나는, 하나만 먹자. 그런데 내기를 하자."

이렇게 해 가지고 내기를 하게 되는데,

"누가 제일 연장자인지 그거 겨뤄보자."고.

그래요. 그래서 이때 여우가 그래요. 그러니까 늑대가 (여우와 잠시 헷갈려하며), 늑대가 그래요.

"나는 태양이 막 뜰 때 그리고 나무가 막 자라서 낙엽이 질 때!"

이거가 그 나무가 그거예요. '나무가 막 틔어서 자라나서 낙엽이 질 때'라는 것은 우리 세상 초기라는 뜻이에요.

"그때 내가 태어났다."

이런 이야기를 늑대가 해요.

그러니까 이거 세상 창조랑 똑같이 태어난 셈이 되잖아요? 그러면서 늑대가,

'아, 나는 이제는 이렇게 이야기 했으니까 나는 이거 먹을 수 있게 됐다.'

그러는데 여우가 그걸 들으면서 막 펑펑 울어요. 그러면서,

"내 막내가 그해에 태어난 거 맞는데. 그러면 너 우리 막내랑 동갑이다."

이렇게 하면서 여우가 그걸 먹게 돼요.

그래서 어리석은 그 늑대는 그냥 배고프면서 그냥 돌아가게 돼요. 이거, 이거 하나, 한 편이에요.

(잠시 다른 이야기에 대해서 대화를 나눔.)

[조사자 1: 실제 몽골에 여우하고 늑대가 다 많죠?] 예, 실제로 많아요. 저도 살아있는 것도 봤고요. 그리고 여우랑 늑대 사냥 이런 것도 하거든요. 우리 외삼촌 따라갔다가 여우 사냥에 그냥 휘말리게 된 적도 있었고. 근데 여우가 귀여워요. 그리고 여우 털을, 가죽, 가죽이라고 하나? 가죽, 가죽을 또 모자나 이런 데 쓰니까. 추운 지방에서 그렇게 쓰거든요.

바보 늑대

● **구연정보**

조사일시 : 2017. 03. 13(화) 오후
조사장소 : 충청남도 천안시 동남구 안서동 단국대학교
제 보 자 : 노로브냠 [몽골, 여, 1970년생, 이주노동 4년차]
조 사 자 : 신동흔, 오정미, 이원영, 이승민

● **구연상황**

제보자가 〈꾀 많은 여우와 어리석은 늑대〉를 구연한 뒤 늑대에 관한 이야기를 더 하겠다면서 잠시 이야기를 헤아렸다. 익숙한 이야기인지, 금세 망설임 없이 이야기를 구술해 나갔다.

● **줄거리**

길을 가던 늑대가 망아지를 잡아먹으려 하자 망아지가 자기는 작아서 배가 부르지 않을 거라며 늪에 빠진 말에게 데려갔다. 늑대가 늪에 빠진 말을 구해 주자 말은 자기 몸의 진흙을 핥아 깨끗하게 처리한 후 먹으라고 말했다. 늑대가 그렇게 하고서 말을 잡아먹으려 하자 말은 그전에 뒷발굽 밑의 서류를 읽으라고 했다. 그렇게 하려던 늑대는 발에 채여서 기절을 했다. 깨어난 늑대는 송아지를 만나 잡아먹으려 하자 송아지는 사람들이 보지 않는 골짜기에서 먹으라고 했다. 그리고 가는 동안 자기의 등에 올라타서 피곤하면 잠을 자라고 했다. 늑대가 잠이 들자 송아지는 늑대를 사람들이 사는 마을로 데려갔고, 결국 늑대는 자기를 죽이려는 사람들에게 쫓겨 도망치고 말았다.

또 늑대랑 늑대 이야기인데요. 되게 또 좀 바보스러운 늑대.

늑대가 길을 가다가 음, 그 길을 가다가 되게 어린 그거 망아지, 망아지, 망아지를 만나게 돼요.

"그래, 아, 잘됐다. 너를 잡아먹겠다."

이렇게 해요. 그러니까 망아지가

"날 먹으면 배부르지도 않을 테고, 내가 아직 자라지 못해서. 그러니까 저쪽에."

거기 뭐라고 하지? 갯벌, 한국에선 갯벌 같은 건데요. 거기서는 이렇게 움푹, 흙탕물. [조사자: 늪] 아, 늪.

"늪에 빠진 큰 말이 있다."고.

그래서

"그쪽으로 그러면 너 앞장서면서 가라."고.

그래가지고 늑대가 따라가요. 망아지는 가다가 늪에 도착했는데 늪에 들어가서 도착해서 도착했더니 진짜로 이렇게 말 한 마리가 거기 있는 거예요. 그러니까 그 망아지가

"여기 이렇게 이 말 말, 한 말 이게 있는데 이거 잡아드시라."고.

그렇게 이야기하는데 이 늑대가 그걸 먹기 위해서 그거 늪에서 빼내 줘요. 근데 빼내가지고 먹으려고 그러니까 그 말이 그래요.

"늑대 씨, 늑대 씨, 나 이대로 이렇게 먹으면 엄청 맛이 없을 거라."고.

"왜냐하면 늪에 빠져가지고 온통 진흙탕이라."고.

"이걸 핥아가지고 다 깨끗하게 처리한 다음에 드시라."고.

그래서 그 늑대가 그걸 다 핥아서 깨끗하게 해줘요. 그랬더니 그렇게 먹으려고 그러니까 그 말이 그래요.

"날 그 발굽, 발굽, 뒷발굽 밑에 서류 하나가 있는데 그걸 읽어보고 그다음에 드시라."고.

"날 잡아먹으십시오."

막 이렇게 해요.

그러니까 그 늑대가 그걸 보러 말 뒷다리에 가요. 가서 이렇게 보려고 그러니까 이거 말이 차 가지고 쓰러지게 돼요. 그래가지고 못 먹게 되거든요. 그리고 이거 기절을 해가지고 늑대가 그 자리에 그냥 남게 돼요.

그런데 이렇게 정신 들어가지고 보니까 혼자 남아있는 거예요. 그래서 배고픈데 나는 참 바보다. 이렇게 하면서 돌아가다가 운 좋

게 또 송아지를 만나게 돼요. 그리고 송아지를 만나게 되는데 그 송아지가 먹으려고 그러니까,

"늑대 씨, 늑대 씨, 날 지금 이대로 이렇게 먹으면 사람들이 보잖아. 그러니까 거기 뭐지. 골짜기에 들어가 가지고 거기서 잡아드시오."

그렇게 이야길 해요. 그래서 같이 그 송아지랑 늑대가 그 골짜기, 이렇게 그 뭐라고 하지? 협곡 있는 데, 그런 데로 이렇게 들어가게 돼요. 들어가게 돼서 거기서 또 들어가는데 그거 이렇게 협곡이다 보니까 길이 험하잖아요. 그러니까,

"늑대 씨, 늑대 씨, 힘드시죠? 날 타고 다니시라."고.

그러니까 그 송아지에 늑대가 올라타요. 그랬더니,

"피곤하실 텐데 조금만 주무셔도 된다."고.

그래요. 늑대가 그사이 또 조금 이렇게 눈을 감게 돼요. 졸려서. 근데 갑자기 이렇게 눈을 떠보니까 이, 그 뭐죠? 사람들 사는 집, 마을. 거기에 들어온 거예요. 그랬더니 늑대를 본 그 사람들이 그걸 막 이렇게 늑대를 쫓아버리게 돼요.

"총 어디 있냐!"

막 이렇게 하면서 다들. 그래가지고 늑대가 거기서 송아지도 못 먹고 도망치게 됐다는 이야기가 있거든요.

그러니까 늑대가 참 바보스럽다 이거예요. '바보 늑대'라는 설화. [조사자: (웃음) 바보 늑대.]

늑대와 여우의 나이 대결 [1]

● **구연정보**

조사일시 : 2017. 06. 02(금) 오후
조사장소 : 강원도 원주시 개운동
제 보 자 : 수흐바타르 [몽골, 여, 1966년생, 결혼이주 16년차]
조 사 자 : 박현숙

● **구연상황**

제보자가 〈우연히 도둑을 잡은 바보〉 이야기 구연을 마친 뒤 조사자가 더 들려줄 이야기가 있는지 묻자 스마트폰으로 검색을 해본 뒤 생각난 이야기를 구연하기 시작했다.

● **줄거리**

여우와 늑대가 길을 가다가 커다란 버터를 발견했다. 둘은 나이가 더 많은 사람이 큰 버터를 먹기로 했다. 늑대는 자기가 태어났을 때는 큰 산이 작은 언덕이었고 큰 호숫물이 아주 조금 밖에 없었다고 말했다. 여우가 크게 울면서 자기의 세 자식 중 막내가 늑대와 동갑이라고 말했다. 그래서 여우가 버터를 차지했다.

여우와 늑대가 길 가다가, 그 큰 버터를 찾았어요. 버터, 그 치즈. [조사자: 버터?] 예, 큰 거요. 큰 거. 버터를 찾았는데,

"우리 이거 어떻게 나눠 먹을까?"

의논했어요. 의논했는데, 여우가 그랬어요.

"우리는 제일 나이 많은 사람이, 제일 많은 사람이 이거를 먹어도 된다."고.

이야기했어요. [조사자: 어, 나이 제일 많은 사람이.] 예. 그랬더니

늑대는 이렇게 말했어요.

"저는 어렸을 때, 태어날 때, 나도 어렸을 때 이 산이 조그만 언덕이 있었고, 물이 그 흙탕물처럼 조금 물이 있었어요, 이 호수가. 그때 저 태어났다."고.

말했어요. 그랬더니 늑대가 속으로 그렇게 생각했어요.

'저는 이겼겠다. 이거 먹을 수 있겠다.'

라고 생각했어요.

그랬더니 여우가 갑자기 울었어요. 엄청 크게 울었어요. 그랬더니 늑대가 말했어요.

"자기가 그 이유를 말해주세요."

라고 말했어요.

그랬더니 늑대가, 여우가 [조사자: 우는 이유를 말해달라고?] 예, 여우가 말했어요.

"저는, 나는 새끼가, 세 명 있는데. 세 개인데, 여우 새끼가 세 개예요. 근데 제일 막내가 너랑 동갑이네. 그래서 마음이 아파서 내 거, 너처럼 어린이라 마음이 아파서 우는 거야."

(일동 웃음) 그래가지고, [조사자: 내가 엄마 뻘이다?] 그래가지구 늑대가 가고 여우가 혼자 먹게 됐어요. 혼자서 먹었어요.

늑대와 여우의 나이 대결 [2]

● 구연정보

조사일시 : 2018. 02. 13(화) 오전
조사장소 : 인천광역시 부평구 갈산1동
제 보 자 : 멀얼게렐 [몽골, 여, 1983년생, 결혼이주 14년차]
조 사 자 : 오정미, 한상효, 엄희수

● 구연상황

제보자가 〈늑대의 후예 몽골인〉을 이야기하고 난 뒤, 조사자가 늑대와 관련된 신화가 있느냐고 물었다. 제보자가 신화는 기억이 나지 않는다면서 이리저리 고민하더니 늑대와 관련된 동화를 이야기해 주었다.

● 줄거리

치즈를 주운 늑대와 여우가 나이 대결을 했다. 먼저 늑대가 나서서 몽골의 큰 산과 바다가 작았을 때 태어났다고 말하자, 여우는 늑대가 자기의 자식과 동갑이라고 했다. 그래서 내기에서 이긴 여우가 치즈를 혼자 차지했다.

옛날 옛날에, 늑대랑 여우가 둘이 친구였는데. 둘이 같이 이렇게 길을 가고 있었어요. 먹을 거 찾고 가고 있었는데. 길 가운데에 이렇게, 치즈 덩어리가 있는 거예요. 둘이 찾아가지고,

"어, 이에 웬 떡이야?"

이렇게 해서

"이거 우리 먹자."

이랬더니, 여우가 욕심 나가지고,

"우리 근데 이거 여기서 먹긴 좀 그러니까 높은 산에, 누가 못 보는 데 가서 먹자."

이렇게 하는 거예요. 그래서

"넌 힘세니까 니가 들고 와라."

그래서 여우가 가는데 늑대가 그걸 들고서 가는 거예요. 그 치즈 덩어리를 들고 둘이 산에 갔어요. 산에 가서 늑대가,

"내가 들고 왔으니까 내가 더 많이 먹어야지."

그러니깐 여우는 또 욕심나서,

"아, 같이 찾았는데 니가 더 많이 먹냐."구.

"그러면 어떻게 먹을 건지 정하자."

이렇게 해서 여우가 또 생각하다가 이렇게 하는 거예요.

"그러면 누가 나이가 제일 많은지 보고, 나이 많은 쪽이 먹자."

그렇게 하는 거예요. 그랬더니 늑대가,

"그래. 그러면 내가 태어났을 때,"

그, 전에 제가 얘기했던 그 '숨베르 오스'라고 높은 산 있어요.

"그 '숨베르 오스'가 쪼끔, 언덕이었구. 그 '순 달래'라고 그 '순 달래'가 조그만 구덩이 물이었어."

이렇게 얘기하는 거예요. 자기가 너무 옛날이라고, 이야기했는데. 여우는 그거 듣고서 막 엉엉 우는 거예요, 갑자기. 그랬더니 늑대는 속으로,

'아, 내가 나이가 더 많아서 얘가 슬퍼서 우는 것 같다.'

이렇게 생각해서,

"여우야 왜 이렇게 울어? 할 수 없어. 내가 나이 더 많은 거 같다."

그랬더니 여우는 막 엉엉 울다가,

"옛날 생각 나서 그래. 내 작은 아이가 너랑 동갑이네." (웃음)

그랬더니 늑대가 할 말이 없어가지구 그래서 여우가 치즈 덩어리 혼자 다 먹어가지구. 그랬었던 이야기. 여우가 항상 그런 꾀쟁이로 많이 나와요. (웃음)

사이 좋은 네 동물 [1]

● **구연정보**

조사일시 : 2017. 03. 13(화) 오후
조사장소 : 충청남도 천안시 동남구 안서동 단국대학교
제 보 자 : 노로브냠 [몽골, 여, 1970년생, 이주노동 4년차]
조 사 자 : 신동흔, 오정미, 이원영, 이승민

● **구연상황**

제보자는 늑대에 대한 이야기에 이어 동물에 대한 또 다른 이야기를 구술했다. 인도의 이야기와 섞여 있다고 설명한 뒤 본격적으로 설화를 구연했다.

● **줄거리**

옛날 인도의 한 숲에 코끼리와 토끼, 원숭이, 비둘기가 살고 있었다. 어느 날 그들은 제일 연장자가 누구인지 알아보기로 했다. 먼저 코끼리가 자신은 이 나무가 어릴 때 태어나서 그 그늘에서 놀았다고 말했다. 그러자 토끼가 자신은 태어날 때 이 나무와 키가 같았다고 말했고, 원숭이는 그 나무를 자기가 심었다고 말했다. 마지막으로 나선 비둘기가 자신은 그 나무의 열매를 그곳에 떨어트렸다고 말해서 제일 연장자가 됐다. 그들은 서로 힘을 모아 나무 열매를 따서 나눠 먹으며 잘 살았다.

그리고 지금 몽골은 또 인도설화도 많이 그거 돼요. 그 전승이 되거든요. 왜냐하면 이거 불교를 받아들이면서 그 인도설화, 인도 그 불교문학, 불교문집 이런 것들을 많이 번역하게 돼요. 그거에 따라서 그 또 불교도 들어오지만 그것도 다 같이 들어와요. 그 인도문학도 같이 들어오게 돼요. 그래서 이거 원나라 시대, 원나라 시대에 몽골이 이 일대기를 통치했을 때 그때 처음으로 그 불교가 들어오고 첫

번째 불교 붐 시대가 일어나요. 몽골 민족사에.

그런데 그 당시는, 원나라 시대에는 이 상위층에서만 불교가 전파가 됐고 그 두 번째로는 16세기에 불교가 다시 이렇게 유입되게 돼요. 그래서 그때 또 본격적으로 이렇게 번역이나 이런 것들이 이루어졌는데 그거에 따라서 인도 설화집이나 이런 것들도 같이 번역이 되가지고 전파되고 그걸 하면서, 그 번역을 하면서 그 설화집의 해설, 해석한 그런 문, 이렇게 좀 교훈적인, 교훈 내용을 담은 그런 시집이나 이런 것들 많이 퍼지게 돼요.

예, 그래서 그런 식으로 전승이 되기 때문에 그런 민간에서도 처음에는 번역문으로, 기록으로 이렇게 하다가 몽골의 특징상 이거 구비로 전승을 하게 돼요. 그래서 그런 설화들, 인도 기원 설화들도 전승이 되게 되는데 이걸 나중에 몽골설화인지, 인도설화인지 구분이 안 될 정도로 그렇게 이거 몽골화 돼요.

그래서 제가 하는 이야기 중에도 인도 거랑 또 연관된 것도 있을 수가 있고 아닐 수도 있고, 근데 주로 이렇게 좀 몽골 생활 모습이나 이런 걸 담은 그런 민담설화들은 몽골 기원이 토착 거 맞는 거고 좀 이렇게 사자나 뭐 이런 거 나오면 인도설화일 수도 있는 그런 부분이 또 있어요.

[조사자: 몽골에 들어온 대표적인 인도 기원설을 들려주세요.] 그거예요. 대표적인 거, 비둘기, 원숭이, 토끼, 토낀가? 토끼 그리고 코끼리. 이렇게 네 마리 동물. 옛날에 그 인도의 한 숲에 이 네 마리 동물이 살고 있었대요. 되게 서로 친하게 지내고 있었는데 어느 날,

“우리가 이렇게 오랫동안 친하게 살아왔는데 우리가 나이순으로 따라서 우리 의형제를 맺자.”

그렇게 이야길 하게 돼요. 그래가지고 이렇게 나이를 또 누가 몇 살이고 제일 연장자는 누구고 뭐 이렇게 이야기를 나누게 돼요. 그랬더니 코끼리가 먼저 그런 이야기를 해요. 나무 하나가 거기 그, 나무 하나가 있어요. 그 나무 그거 보면서 코끼리가,

“내가 태어나서 이 나무도 어렸는데 그때 내가 이 그늘에서 놀았다. 이 그늘에서 놀고 또 쉬었다.”

이런 이야기를 해요. 그랬더니 토낀가 원숭인가 하나는,

"내가 태어날 때 이 나무는 나랑 키가 같았다."

이런 이야기를 해요. 근데 그 원숭이는,

"내가 태어날 때 이 나무, 내가 태어날 때 이 나무를 태어나서 이 나무를 심었다."

이렇게 이야기를 해요. 아, 심었던가? 어쨌든 기억이 잘 안 나는데, 그런데 비둘기가 ,

"내가 이 나무의 열매를 여기서 떨어트렸다."

이렇게 이야기를 해요.

그래가지고 제일 연장자가 그 비둘기가 돼가지고 이렇게 의형제가 돼 가지고 살았는데 이렇게 넷이 의형제로 되게 화목하게 사는데.

나무에 열매가 열렸을 때 혼자 있을 때 이거 따가지고 먹을 수 없잖아요. 그런데 넷이다 보니까 제일 아래에 그 코끼리가, 그 위에 토끼, 그리고 원숭이, 그 위에 비둘기가 올라타 가지고 그 나무 열매를 따 가지고 넷이서 나눠 먹고서 잘 살았다. 이런 이야기예요.

사이 좋은 네 동물 [2]

● **구연정보**

조사일시 : 2017. 03. 24(금) 오후
조사장소 : 강원도 원주시 개운동
제 보 자 : 수흐바타르 [몽골, 여, 1966년생, 결혼이주 16년차]
조 사 자 : 박현숙

● **구연상황**

제보자가 몽골의 귀신 관련 풍속에 대해 이야기한 뒤 다른 이야기를 청하자 스마트폰으로 잠깐 검색을 하더니, 몽골에서는 화목한 가정을 기원하는 뜻으로 사이좋은 동물 그림을 집집마다 가지고 있다고 설명하고서 이야기 구연을 시작했다. 제보자는 조사자에게 스마트폰으로 이야기 관련 그림을 찾아 보여 주는 등 적극적으로 구연에 임했다.

● **줄거리**

옛날 어느 더운 나라에 작은 나무가 있었다. 어느 날 코끼리가 나무 그늘에 와서 놀았다. 나무가 조금 더 자란 뒤 원숭이가 찾아왔고 둘은 사이좋게 지냈다. 나무가 더 자란 때에 토끼가 오고 그 뒤에 비둘기가 찾아왔다. 네 마리 동물은 높은 가지에 열린 과일을 서로 힘을 합쳐서 나눠 먹으며 사이좋게 지냈다. 한 나무에서 사는 네 마리 동물은 형과 아우의 서열을 가리기로 했다. 각 동물은 자기가 처음 왔을 때의 나무 크기를 말했다. 코끼리가 처음 왔을 때 나무가 가장 작았고, 다음이 원숭이, 토끼, 비둘기 순이었다. 그래서 네 마리 동물은 코끼리, 원숭이, 토끼, 비둘기 순으로 형과 아우를 정하고 사이좋게 지냈다.

사이좋은, 사이좋은 동물. [조사자: 사이좋은 동물?] 네. 있어요. [조사자: 어떤 동물이 사이가 좋아요?] 코끼리. 원숭이. 코끼리, 원숭이, 코끼리, 원숭이, 토끼. 비둘기. [조사자: 비둘기. 음, 이 사이좋은 동물들

에 관한 이야기예요?] 네.

근데 이 이야기는 몽골 이야기고요, 아, 그 코끼리하고 그 원숭이는 그 다른 인도의, 인도에 있잖아요? 이거 네 가지 이거 동물처럼 이거 한 가족에게 그렇게 화목하고 잘 살면 좋다고 의미해서 이 이야기를 만들면 그림으로 만드는 그 장식을 그림을 집에 많이 그려가지고, 아니면 천에 꾸며가지고 집에 많이 간직하고 있어요, 사람들이. 집안 분위기 좋아진다고. [조사자: 이 네 동물 다 그려요?] 예. [조사자: 그럼 여기 얽힌 이야기는 어떤 게 있어요?]

옛날 옛날에 그 어떤 더운 나라에, 더운 나라에, 햇빛이 많아서 너무 더웠어요. 그래서 나무, 나무가 아이 그 크기 전에 쪼끄맸을 때. [조사자: 애기였을 때?] 애기였을 때. 제일 먼저 코끼리가 그 나무 찾았어요. 그래서 그 나무 밑에서 놀고 있었어요. 그랬다가, 그다음엔 토끼랑 만났어요. 그래가지고 토끼랑 같이 그 나무 밑에서 둘이 사이좋게 살았어요. 그다음은 그 원숭이가, 아니에요. 아 토끼하고 원숭이 순서를 바꿨어요. [조사자: 원숭이가?] 먼저 원숭이가 있어요. 그다음은 그 원숭이하고 코끼리가 사이좋게 살고 있었어요. 그랬더니 어떤 날이 토끼가 지나갔다가 만났어요. 그래서 세 가지, 세 가지 동물 친구가 생겼어요.

그래서 나무가 점점 커요. 그래가지고 그 나무 밑에서 둘이, 셋이 사이좋게 살고 있었는데요. 비둘기가 날라갔어요. 날라갔다가 그 사이좋은 세 친구의 만나, 처음 만나구 같이 살기로 했어요. 그래서 그 나무가 엄청 높아졌어요.

그래서 나무에서 사과도, 사과도 이렇게 생겼어요. [조사자: 뭐가 생겼다구요?] 사과. [조사자: 사과가. 사과가 열렸어요? 나무에?] 그래서 사과를 따고 싶은데 혼자서는 못 따요. 그래서 코끼리 위에 원숭이, 원숭이 위에 토끼, 토끼 위에 비둘기. 그래서 비둘기가 그 사과를 따고 토끼에 주고, 토끼는 원숭이, 원숭이는 코끼리한테 줬어요. 그래서 함께 나눠 먹고 행복하게 살고 있었어요.

근데 자기들, 이거 같은 친구들이, 그 누구는 형인지 누구는 동생인지 알고 싶어가지구 맨 처음에 어떻게 부르는지 이야기를 하고 싫었어요, 서로. 누구 형인지 누구 동생인지 알고 싶어가지구. 그랬더니, 코끼리가 그랬어요. [조사자: 누가 형이고 누가 동생인지를 이제 알고 싶어서? 누가 나이가 더 많은지?] 네. 그래서 코끼리가,

"저는 여기 처음 왔을 때 (손으로 낮은 높이를 표시하며) 나무가 이만큼 쪼금 있었어요. 그래서 저는 형이에요."

라고 했어요.

그랬더니, [조사자: 코끼리가?] 예. 그랬더니 원숭이 그랬어요.

"저 왔을 때 (손으로 조금 더 높은 높이를 표시하며) 저만큼 컸어요."

그러더니 그러면 둘째 형. 그리고 그다음은 코끼리가(토끼가)

"저 왔을 때, (손으로 더 높은 높이를 표시하며) 이만큼 컸어요."

그래가지고 셋째. 그래서 제일 막내는 비둘기였어요. 그래서 사이좋게 살았어요.

[조사자: 진짜 재미있는 이야긴데요? 이게 아주 유명해요?] 네. 그래서 집집마다 이거 이 그림을 만들어 가지구, 그 집집마다 갖고 있어요. [조사자: 어, 그러면 뭐 이렇게 특별한, 예를 들면 설날에 매년 그림을 그리거나 그러는 건 아니고?] 예. [조사자: 아무 때나 가족들 화목하게 지내라고 그림을 이렇게 그려서 가지고 있어요?] 예. 사이좋은 동물 이야기라고 해요.

사람을 피하게 된 사자

● 구연정보

조사일시 : 2017. 03. 13(화) 오후
조사장소 : 충청남도 천안시 동남구 안서동 단국대학교
제 보 자 : 노로브냠 [몽골, 여, 1970년생, 이주노동 4년차]
조 사 자 : 신동흔, 오정미, 이원영, 이승민

● 구연상황

제보자가 연구실을 찾아온 다른 교수를 조사팀에게 소개한 뒤 설화를 다시 구술하기 시작했다. 제보자는 단어가 헷갈리면 연구실의 다른 교수에게 중간 중간 조언을 구하며 구연을 이어갔다.

● 줄거리

숲속의 왕 사자가 송골매에게 자기보다 더 힘센 동물이 있느냐고 묻자 송골매가 두 발 달린 사람이 있다고 말해주었다. 사람을 보러 간 사자는 아이를 만나자 송골매는 아직 다 자라지 않은 상태라 했고, 지팡이를 든 노인을 만나자 너무 오래 산 존재라고 했다. 그러던 중 사자는 사냥꾼을 만나서 그 총에 눈과 꼬리를 맞았다. 사람의 침을 맞았다고 생각한 사자는 사람이 정말 힘이 세다고 생각해서 그 뒤로 사람을 멀리하게 되었다.

아, 그런 이야기 또. 그 용감한 사자라고. [조사자 2: 이게 약간 인도 영향 받았다고? 아까 사자가?] 글쎄요. 또 아니, 왜냐면 사자는 사자가 없는 지방에서도 사자 암각화가 또 나타나잖아요. 그래서 또 모르죠.

근데 여기는 그 되게 숲속에 어느 숲속에 거기서 그 모든 동물의 왕은 사자였다는 거예요. 그래서 되게 그 사자를 능가할 수 있는 다른 동물이 없다 보니까 나머지 동물들은 되게 괴로워해요. 그러다가 어느 날 되게 똑똑한 아이였고, 아이고 그건 다른 얘기였고, 헷갈리네.

그런데 어느 날 그 송골매, 송골매 또 힘이 세잖아요. 송골매랑 사자가 어울리고 다니다가 물어봐요.

“나보다 이렇게 힘센 동물이 더 있을까?”

그러니까,

“두 발, 두 발, 두 발이 있는 그 사람이라는 게 제일 어렵다.”

이렇게 이야기해요. 그래서,

“그걸 보자. 그 사람이라는 거, 그 두 발, 발이 두 개 있는 그 사람이라는 거 그게 뭔지 보자.”고.

되게 자신 있게 사자가 보러 가요. 보러 가다가 그 아이를 만나게 돼요. 그 양치기하고 있는 아이를 만나게 돼요. 그래서,

“이거 그 두 발 그 사람이라는 거 맞냐?”

그러니까,

“아, 맞긴 맞는데 아직 다 자라지 않아서 아니라.”고.

그렇게 지나가요. 지나가다가 이거 지팡이 든 노인을 만나게 돼요.

“이 두 발 그 사람이라는 게 맞냐?”

그러니까 아니라고,

“이건 사람은 사람인데, 맞긴 맞는데 이거 너무 오래 살아가지고 발이 세 개가 된 것이다.”

이렇게 돼. 그래서 아니라고. 그렇게 가다가 진짜 사냥꾼을 보게 돼요. 그래가지고

“자, 이제부터 이제 진짜 사람이라는 거 이거다!”

이렇게 해가지고, 그 송골매가 날아가 버려요. 도망쳐 버려. 가 버려요. 사자가 하면서 으르릉거리면서 가니까 앞에서 총 그 뭐죠? 쏘게 돼요. 그 사냥꾼이. 그러니까 쏘니까, 어디지. 아, 어깨가 다치고 도망쳐서 뒤돌아서 도망치니까 엉덩이에다가 또 한 번 쏴 가지고 엉덩이 부분이 또 다치게 돼요. 하나는 머리에 다치게 되고.

그래가지고 겨우 도망쳐 가지고 그 송골매를 다시 보게 되는데 그때

"그 두 발 그 사람이 어떠냐?"

그러니까,

"아, 진짜 아, 한 번, 뭐라고 하지? 한 번에 침을 뱉으니까 내 눈이, 눈 하나가 날라가고, 눈 하나 다쳤고 뒤돌아서 한 번 하니까 꼬리털이 나갔다. 진짜 무서운 동물이더라."

이렇게 하면서 사자가 그 이후로 사람을 멀리하게 됐대요.

[조사자 3: 그거를 침 뱉은 거라고 생각을 한 거구나? 총 쏜 거를?] 예.

[조사자 4: 사자가 나오면 이게 아까 말했던 것처럼 인도에서 전해져 온 건가요?] 그래도 양치기도 나왔잖아요. 양치기도 나왔어요. 지팡이 든 노인도 나왔어요. 사냥꾼도 나왔어요. 근데 그렇게 하고 보면 그거 양치기는 아마 이거 몽골화 시킨 거예요. 만약에 이거 전승이 됐다 그러면 몽골화 시켰으니까 몽골설화죠.

[조사자 2: 그렇죠. 그렇죠. 그 아이를, 그러네요, 선생님, 진짜.] [조사자 3: 한국에도 사자춤도 있고. 사자놀음도 있으니까.] 아니, 〈토끼전〉도 보면 그 불교, 불전 그거잖아요. 설화잖아요.

토끼에게 당한 사자

● **구연정보**

조사일시 : 2017. 03. 13(화) 오후
조사장소 : 충청남도 천안시 동남구 안서동 단국대학교
제 보 자 : 노로브냠 [몽골, 여, 1970년생, 이주노동 4년차]
조 사 자 : 신동흔, 오정미, 이원영, 이승민

● **구연상황**

제보자는 몽골에는 동물이 많다며 계속 동물에 관한 우화를 들려줬다. 몇 번 민담집을 뒤적여본 뒤 다시 사자에 관한 이야기를 시작했다.

● **줄거리**

숲속 동물의 왕은 사자였다. 사자가 너무 동물들을 괴롭히자 숲속의 동물들이 똑똑한 토끼에게 사자를 어떻게 좀 해보라고 부탁했다. 그러자 토끼가 사자에게 가서 당신보다 더 무서운 동물이 있다고 하면서 우물로 데려가 그곳을 들여다보게 했다. 우물 속에서 험상궂게 생긴 동물을 발견한 사자는 그와 싸우려고 뛰어들었다가 우물에 빠져 죽었다. 토끼는 그렇게 숲속 동물들의 염원을 이루었다.

그리고 사자에 대해서 또 되게 숲속에 무서운 그런, 모든 동물의 왕 사자가 살고 있었대요.

너무 괴롭게 하니까 이거 다른 동물들은 되게 똑똑한 토끼한테 부탁을 해요. 사자를 어떻게 좀 해보라고. 그래서 그 숲속에 많은 그 동물들의 부탁을 받은 토끼가 사자한테 가요.

"대장님, 대장님, 그, 그, 그 당신보다 더 무서운 그 어떤 동물이 있다."

그러니까
"어디 있냐?"고.
그 사자가 그렇게 돼요. 그래서
"여기 있다."고.
데리고 가는데 토끼가 데려간 곳이 어떤 우물에 들어가가지고,
"여기, 여기 안에 있다."고.
그러니까 사자가
"어디에 있냐?"고.
"안에 있다."고.
"워낙 무서워서 가까이 갈 수가 없다."고.
그래서 사자가 으르렁 이렇게 보니까 안에 또 진짜 무섭게 생긴 거 있는 거예요. 그래서
"아항."
하면서 으르릉거리니까 거기 안에서도,
"우항."
하면서 으르릉거려요.
그래서 막 싸우려고 거기로 뛰어내려가지고 그 우물에 빠져 죽었대요.

[조사자 4: 거기도 토끼나 나오네요?] 그래서 숲속의 모든 동물의 염원을 토끼가 이뤄내 줬다고. [조사자 1: 몽골에서도 토끼는 좀 지혜로운 동물인 거예요?] 예, 좀 지혜롭고 그렇게 나와요.

사자와 할아버지

● 구연정보

조사일시 : 2018. 01. 12(금) 오후

조사장소 : 서울시 중구 쌍림동

제 보 자 : 멀얼게렐 [몽골, 여, 1983년생, 결혼이주 14년차]

조 사 자 : 오정미, 한상효, 엄희수

● 구연상황

제보자가 〈개미와 올챙이와 자벌레가 생겨난 유래〉 구연을 마친 후 조사자들이 또 이야기 구연을 부탁했다. 그러자 제보자가 동화책 작업을 할 때 썼던 사자에 대한 이야기를 시작했다. 관련 그림을 직접 보여주기도 했다.

● 줄거리

옛날에 양을 키우는 노부부가 있었는데 사자가 자꾸 양을 잡아먹었다. 그러자 할아버지는 사자를 찾아가서 따지며 힘내기를 제안했다. 사자가 돌을 쥐어짜 즙이 나오게 하는 사람이 이기는 걸로 하자고 하자, 할아버지는 할머니와 상의하여 전날 미리 계란을 갖다 놓았다. 계란 물이 흐르는 걸 보고 놀란 사자는 산의 나무를 쓰러뜨리는 내기를 또 제안했다. 이번에도 할아버지는 전날 미리 나무에 칼질을 해놓아 내기에서 이겼다. 사자는 할아버지를 집에 초대하여 음식을 대접했다. 할아버지가 자는 사이에 칼로 머리를 치려 했지만, 이를 알아챈 할아버지는 항아리를 머리에 써서 살아남았다. 다음 날 아침 사자가 할아버지에게 우물에서 물을 떠오라고 했는데, 할아버지가 사자를 불러 우물에 괴물이 있다고 했다. 우물에 비친 자기 모습을 알아보지 못한 사자는 괴물과 싸우려고 하다 우물에 빠져 죽었다.

옛날 옛날에, 어떤 할아버지하고 할머니가 살고 있었어요. 근데 양을 키우면서 살고 있는데, 양은 그렇게 많지 않구 한 열 마리 정돈가? 그렇게 넉넉지 않게 사는, 넉넉지 않지, 넉넉하게. [조사자 1: 네, 맞아요. 넉넉지 않게.] 할아버지 할머니가 살고 있는데. [조사자 1: 양 몇 마리요?] 한 열 마리도 안 되나?

아무튼. 살고 있는데 언제부턴가 양이 한 마리씩 줄어드는 거예요. 그래서 ,

"양이 왜 이렇게 줄게 되지? 왜 양을, 우리 양을 누군가 잡아먹고 있는 거 같다. 누군지 이제 알아야겠다."

해서 할아버지가 어느 날 이렇게 양들이 있는 곳에 가서 밤에 기다렸어요. 기다리니까 좀 밤이 되니까 거대한 사자가 나타나 가지구, 양들을 이렇게 잡으려고 하는 거예요. 쫓아가고 있는 거예요. 그랬더니 할아버지가 가가지구, 사자랑 만났어요. 사자랑 만나서,

"이 사자야. 너 왜 이렇게 내 양들을 다 잡아먹냐?"

물어보니까, 그 사자는 몽골에서도 항상 동물의 왕으로 등장해요. 그래서,

"난 동물의 왕이다. 내가 뭘 잡아먹든 너는 상관할 바가 아니다. 내가 힘이 세서, 내가 원하는 걸 다 할 거다."

이렇게 얘기하는 거예요. 그랬더니 할아버지가,

"니가 정말로 힘이 센지 내가 모르겠으니까 우리 내기 해보자."

이렇게 하는 거예요.

"힘 겨루기해서 만약에 내가 이기면 니가 내 말 듣구 우리 양들을 안 잡아먹구 서로 이렇게 피해 없이 잘 살자."

이렇게 얘기하니까 사자가 막 비웃어가지구,

"이 할아버지가 왜 그러냐?"

그래서,

"그래."

그래서 허락하는 거예요.

"그렇다면 그렇게 합시다. 내일 아침에 우리 여기서 돌멩이를 이렇게, 뭐라지? 주워가지고 그거를 거기서, 그 즙, 돌멩이에서 즙, 즙이 나올 때까지 힘을 써서 만약에 돌에서 즙이 나오면 그 사람이 이긴 거다."

[조사자 3: 즙. 즙.] [조사자 1: 아, 돌멩이를 꽉 눌러서?] 꽉 누르면 거기서. [조사자 1 : 액체같은 즙이? 아.]

“그런 거 나오면 그 사람이, 그쪽이 이긴 거다.”

그렇게 해서 둘 다 그러자 하고 헤어졌어요.

다음날이 되자 할아버지가 아무래도 걱정되니까 집에 가서 할머니랑 상의를 했어요. 할머니가,

“그렇다면 밤에 우리가 가가지구 내일 만나기로 한 장소에 그 달걀들을, 생달걀들을, 날달걀들을 숨겨놓자.”

이렇게 해서 같이 가서 숨겨놨어요. 그 돌멩이들 사이사이에. 그래가지구 다음날 만나서 힘겨루기를 시작하는데 사자는 계속 돌멩이를 짜도 부서지고 즙은 안 나오는 거예요. 근데 할아버지는 그렇다면,

“니가 봐봐라, 날 봐봐라.”

그러고 계속 가서 발로 밟고 손으로 막 짜니까 계란들이 터져가지고 즙이 계속 줄줄 나오는 거예요. 사자가 너무 놀래가지구,

‘저 할아버지 정말 대단하다.’

이렇게 생각해서 근데 지기 싫은 거예요, 사자가. 약이 올라서,

“그렇다면 내일 한 번 더 겨루기하자. 내일은 우리 산에 있는 나무 쓰러뜨리는 그런 겨루기 하자.”

이렇게 해서 갔어요. 그랬더니 할아버지가 또 집에 와서 할머니랑 얘기하는데,

“그럼 가서 나무를 베어 놓자.”

해서 밤에 가서 나무를 조금 조금씩 베어 놓고서 이렇게 도끼질인가 뭐지, 해 놓고서 다음날에 또 겨루기하구. 사자는 겨우겨우 나무를, 겨우 하나를 쓰러뜨리는데 할아버지는 벌써 몇 개를 쓰러뜨리는 거예요, 나무를. 한 번에 탁 치고서. 그랬더니 사자가 너무 놀래가지구

‘아, 이 할아버지 정말 대단하다. 만약에 이 할아버지를 그냥 이렇게 놔두면 나중에 날 잡아먹겠다.’

생각하는 거예요. 겁을 먹어, 겁먹어서 그래서 또 사자가 생각하

다가,

"그렇다면 할아버지가 너무 힘이 세고 훌륭한 거 내가 인정하겠다. 인정하는 마음으로 내가 존경하니까 우리 집에 대접하겠다."

이렇게 해서 할아버지를 데리고 집으로 가는 거예요, 자기 집으로. 그래서 가서 막 밥도 많이 해주고 상도 차려주고 얘기하다가 우리 집에서 자고 가라. 해서 재웠는데 아무래도 할아버지가 계속 걱정돼서

'어떻게 할까?'

생각하는데, 보니까 사자가 밖에서 칼을 갈고 있는 거예요. 할아버지가 겁을 먹어서,

'어떻게 하면 내가 여기서 빠져나갈 수 있을까?'

힘으론 안 되니까.

생각하니까 그 집안에 이렇게 큰 항아리가 하나 있어요. 그랬더니 그 항아리를 머리에다 쓰고서 자리에 누워있는 거예요, 숨어서. 그랬더니 사자가 이제 칼 들고서 밤에 들어와가지구 할아버지 누워있는 자리에 가서 칼로 막 탕탕탕 치는 거예요. 그랬더니 그 항아리 쓰고 있으니까, 딱딱 소리 나더니 그 칼이 부러졌어요. 그랬더니 사자가 더 겁 먹어가지구,

'와 이거 진짜, 이 사람이, 이 할아버지 정말정말 무서운 사람이다,'

이렇게 생각해서 빨리 나가가지구. 딱 아침에 일어나서 너무 겁 먹은 거예요.

'어떻게 하지?'

이렇게 생각하다가,

'아 그러면, 거기 뭐지? 아침에 내가 할아버지한테.'

몽골에서는 차를 많이 마셔요. 손님한테 차 대접 많이 하는데,

"내가 차 대접할 테니까 할아버지가 우물가 가서 물 좀 떠 와라."

이렇게 할아버지한테 시키는 거예요. 그랬더니 할아버지는 그냥 겉으로는 아무것도 아닌 척 하면서,

"어젯밤에 자는데 누가 머리에 막 툭툭 하더라. 뭐지? 파리야 뭐야?"

하면서 할아버지가 계속 약 올리는 거예요. 그리고서,

"내가 우물가에 갔다 오지."

그러고서 물통을 이렇게 들고 가는데 아무래도 사자의, 사자가 쓰는 물통이니까 엄청 큰 거예요. 겨우 못 들어가지고,

'아니 이거 빈 통을 내가 겨우 드는데 물 넣고서 어떻게 돌아오냐?'

이렇게 계속 생각하다가 처음에 우물가에 갈 때는 그걸 발로 치고 가는 거예요. 굴리면서 이렇게. [조사자 1: 어, 무거우니까.] 그랬더니 사자가

"아니 할아버지 이걸 왜 발로 차냐?"

그랬더니,

"갈 때는 다리 운동도 하고, 이런 거 가지고 내가 왜 손힘 쓰냐?"

이러면서 일부러 막 하는 거예요. 그래서 우물가에 가서 한참 생각하니까 아무래도 무슨 꾀를 써야 하는지 혼자 계속 생각하다가 갑자기 아이디어가 떠올라서 사자한테 달려갔어요. 물은 안 가져가고. 사자한테 뛰어가서,

"사자야 아주 큰 일났어. 어떡하냐?"

이랬더니 사자가,

"무슨 일이야?"

"내가 너무 무서워서 저기 우물가에 엄청 큰 괴물이 나타났어."

이랬더니,

"아니, 이 힘센 할아버지도 놀랐는데 도대체 무슨 괴물이야?"

하고 궁금해서 또 따라가는 거예요, 우물로.

"내가 도저히 무서워서 물 못 뜨니까 니가 가서 도와줘."

이러니까 사자랑 같이 갔어요. 우물에 가는데 사자가,

"어디야? 그 괴물이?"

소리지르니까 할아버지가 막 우물가 안으로 가리키면서 ,

"저 밑에 있잖아. 무서워!"

막 이러는 거예요. 그랬더니 사자가,

"어디야?"

이러고 우물로 보니까 자기 모습이 비추는 거예요. 거기 우물에.

되게 화가 나고 있으니까 더 무섭게 보이는 거예요. 그래서 할아버지가 옆에서 계속 약올려가지고,

"봤지? 봤지? 너 보고 막 되게 인상쓰고 있다."

이러면서 계속 약올리는 거예요. 그랬더니 사자가,

"이게 도대체 누군데 너 나한테 이렇게 무섭게 하냐? 널 잡겠다!"

하면서 계속 발버둥치는데 거기 자기 모습도 계속 발버둥치잖아요. 그랬더니 할아버지가 계속 옆에서 약올려가지구,

"어디서 너한테, 우리 사자한테 얘가 덤비고 있네?"

이러는 거예요. 이랬더니 사자가 더 화가 나서,

"이놈을 내가 잡겠다!"

하고서 발버둥치다가 그대로 이렇게 우물로 빠진 거예요. 네.

그랬더니 할아버지가 그래서 얼른 그 뚜껑을 닫아가지고 다시 못 나오게 해서, 그 우물에서 그, 아무래도 깊으니까 사자가 못 나오잖아요. 그래서 뚜껑을 닫아서 그다음부터 할아버지가 편하게 행복하게 살았다고, 이런 얘기예요. 그래서 힘을 뭐, 꼭 뭐든지 힘으로 말고 머리, 지혜로 살아야 된다 이런 얘기예요. 되게 길죠.

[조사자 1: 아니에요, 너무 재밌어요.] 더 긴 것도 있어요. 아까 이야기에서 또 이어지는 것도 계속 있어요. 여러 가지가 있어요. [조사자 1: 그런 것도 좋아요.]

지혜로운 토끼 [1]

● **구연정보**

조사일시 : 2018. 03. 10(토) 오전

조사장소 : 경기도 양주시 덕정동

제 보 자 : 게델마 [몽골, 여, 1972년생, 결혼이주 14년차]

조 사 자 : 김정은, 황승업, 강새미

● **구연상황**

제보자가 〈금시조 가루라와 사람 살린 제비〉를 구연한 후, 준비해 온 이야기가 잘 기억이 안 난다며 잠시 생각하다가 이야기를 시작했다. 이 이야기는 애니메이션으로도 만들어진 것으로 몽골에서는 아주 유명하다는 설명을 덧붙였다.

● **줄거리**

망아지 무리가 함께 다니고 있었는데, 어느 날 자고 일어나니 어느 망아지 한 마리만 혼자 남게 되었다. 그 망아지는 길을 잃은 채 혼자서 가다가 자루를 발견했는데, 열어보니 늑대가 나왔다. 늑대가 망아지를 잡아먹으려 할 때 지나가던 토끼가 그 상황을 보고는 무슨 일인지 물었다. 설명을 들은 토끼는 늑대에게 어찌 그렇게 작은 자루에 들어가 있었냐며 믿지 못하겠다고 했다. 만약 늑대가 자루에 들어갈 수 있으면 망아지를 먹고 자기도 잡아먹어도 된다고 했다. 늑대는 다시 자루에 들어가자 토끼와 망아지는 다시 자루를 묶어버렸다.

토끼하고 망아지인가? 아, 망아지, 망아지 이야기 있는데. 어느 날 망아지가 잤다가, 다 같이 다니는 동물이 있잖아요. 근데 잤다가 일어나보니까 혼자 남아 있는 거예요. 그래가지고

'아 길을 잃어서 이제 나는 어떡하지?'

라고 막상 그러고 있는데. 그랬더니 어떤,

(단어가 기억나지 않아 잠시 구연을 멈추고 단어를 검색함.)

자루. 자루가 있는데, 길에다가 있대. 그 묶어있는 자루가. 그래서 그냥 이렇게 만지다가, 만지다가 열었더니 늑대가 나온 거예요, 거기 안에서.

그래서 막 늑대가 먹으려고, 하려고 있는데 옆에서 토끼가 나와 가지고 그 상황을 보는 거예요. 그래서 토끼가,

"어 늑대야. 너 뭐하는 거야?"

그랬더니,

"아 너는 빠지라."고.

빠지라 했더니 그 망아지가 얘기했대.

"나는 이렇게 자다가 일어나보니까 다들 없었다. 그래서 여기가 있더니, 하나 자루가 있었더니 열어봤어. 그 늑대가 나와서 이제 나를 먹으려고 한다."

라고 한 거예요. 그래서 토끼가,

"어 이 조그만 자루 안에 늑대가 들어갔다고? 그럼 늑대야, 늑대야 너는 이 자루에 진짜로 들어갔으면 한 번 들어가 보세요. 들어가 보라."고.

"들어가 보면 망아지 먹고 다음에 저도 먹어도 돼요."

그런 거예요. 그랬더니 늑대가,

"너 나 안 믿니?"

그랬더니,

"늑대는 이만큼 큰데 이 자루가 작아서 그래. 궁금하다."고.

그런 거예요. 그래서 늑대가 들어가는 거야. 그랬더니 그 꼬리가 남은 거야.

"어 꼬리가 남았네?"

그런 거예요, 토끼가.

"안 들어갔구나."

그랬더니,

"아니야. 들어갔다."

그래가지고 착, 쑥 들어가는 거야. 그래서 옆에 있는 망아지하고

토끼가 다시 묶어가지고. 그래서 그 망아지를 구했다고 라는 이야기가 있어.

지혜로운 토끼 [2]

● **구연정보**

조사일시 : 2018. 07. 09(월) 오전
조사장소 : 경기도 오산시 은계동
제 보 자 : 온다르마 [몽골, 여, 1973년생, 결혼이주 12년차]
조 사 자 : 김정은, 황승업, 강새미

● **구연상황**

제보자 네 명의 간략한 자기소개가 끝난 뒤 온다르마 제보자가 제일 먼저 구연을 시작했다. 어릴 때 할머니께 들었던 이야기로, 한국어로 번역된 것이 없어서 제보자가 직접 번역해서 한국 학생들에게 소개하고 있는 동화라고 했다. 아이들에게 이야기를 들려주면 무척 좋아한다는 설명을 덧붙였다. 러시아의 김알라 제보자와 중국의 천슈얀, 리하이리엔 제보자가 함께 이야기를 들었다.

● **줄거리**

옛날에 엄마 말과 망아지가 살고 있었다. 엄마 말은 망아지에게 위험하니까 숲속에 혼자 다니지 말라고 했는데, 어느 날 망아지가 신나게 달리다가 엄마와 떨어져 혼자가 되었다. 망아지가 엄마를 찾아서 돌아다니다가 포대에서 소리가 나서 다가갔는데, 그 속에는 늑대가 들어 있었다. 망아지가 늑대의 꾐에 빠져 포대 끈을 풀어주자 늑대는 망아지를 잡아먹으려고 했다. 그때 토끼가 나타나 그 작은 포대에 늑대가 들어있었다는 게 믿기지 않는다며, 한번 보여주면 자기까지 잡아먹어도 좋다고 했다. 늑대가 다시 포대에 들어가자 토끼는 포대를 묶어버렸다. 덕분에 망아지는 다시 집으로 돌아갈 수 있었다.

옛날 옛날에 어느 마을에 망아지, 엄마 말에 망아지가 같이 살았대요. 엄마 말이 항상 자기 망아지한테,

“망아지야, 숲속에서는 혼자 다니면 절대 안 돼. 토끼는 귀엽고 위험하지 않지만, 늑대는 무섭고 위험해요.”

라고 엄마가 항상 말씀하셨대요.

어느 날 망아지가 숲속에서 막 신나게 달리다가 자기 엄마한테 떨어져 버렸대요. 이쪽저쪽에 막 쳐다보면서,

“엄마! 어디 갔어요. 저 혼자 너무 무서워요.”

막 울었는데 갑자기 숲속에 자기 소리 들었어요. 그래서 너무 신기해서,

“안 되겠다. 씩씩하게 자기 엄마를 찾아가야겠다.”

라고 하면서 숲속으로 갔대요.

한참 가다가 뭐가 들어있는 포대를 발견했어요.

“이거 뭐지?”

라고 하면서 이쪽저쪽에서 냄새를 맡아보는데 갑자기 포대 속에서 소리가 났어요.

“하하! 어디서 이렇게 작은아이가 왔냐? 너는 누구냐?”

라고 소리가 났어요. 망아지가 너무 씩씩하게,

“저는 망아지예요.”

라고 했어요.

“근데 너는 왜 이렇게 숲속에서 혼자 다니느냐?”

“저는 엄마를 잃어버렸어요. 우리 엄마를 혹시 못 보셨어요? 근데 이 포대 속에는 무엇이에요?”

라고 물어봤는데,

“허허허, 너는 모르지? 나는 이 숲속에서 제일 인기 많은 형이야.”

“근데 형은 왜 이 포대 속에 있지요?”

“이 포대 안에 있으면 얼마나 편하고 포근하는지 넌 모르지? 혼자 쉬고 있었다. 너는 나를 이 포대 속에서 나오게 해주면 네 엄마를 어디 갔는지 알려줄게.”

라고 했어요.

망아지가 포대를 묶고 있는 줄 풀었더니 포대 속에서 무서운 늑대가 나타났어요. 너무 무서워가지고 망아지가 막 떨리고 있는데, 갑

자기 숲속에서 예쁜 토끼가 나타났어요.

"토끼야! 토끼야! 나 도와주세요. 나는 늑대 형이 이 포대 속에 있는데, 나가게 도와줬는데, 형이 내 도움을 잊어버리고 나를 지금 잡아먹는대요."

라고 하는데 토끼가,

"흥! 거짓말 같은데. 어떻게 이렇게 늑대 형이 이 포대 안에 들어가 있을까? 만약에 이 포대 속에 들어가는 것을 보여주면 망아지를 먹는 것도 맞고, 나까지 먹어도 돼요."

라고 했어요. 늑대가 너무 욕심이 나서,

"허허허, 그러면 나는 망아지를 먹고 또 토끼까지 먹게 생겼네. 그러면 그 약속을 꼭 지켜."

라고 하면서 포대 속으로 들어갔대요.

그 순간에 씩씩한 망아지가 토끼와 같이 힘을 모여서 포대를 묶어버렸대요.

이런 동화를 어렸을 때부터 많이 듣고.

[조사자: 할머니는 뭐래요? 이 얘기가 무슨 얘기인 것 같아, 막 얘기 안 해주세요?] 우리 할머니가 이 얘기에 대해서 많이 읽어주고, 그래서 혼자 막 이렇게 어디라도 다니면 안 된다고.

우연히 도둑을 잡은 바보

● **구연정보**

조사일시 : 2017. 06. 02(금) 오후
조사장소 : 강원도 원주시 개운동
제 보 자 : 수흐바타르 [몽골, 여, 1966년생, 결혼이주 16년차]
조 사 자 : 박현숙

● **구연상황**

제보자가 〈물고기 방생한 어부와 욕심 많은 아내〉 구연을 마친 뒤 또 다른 이야기가 있는지 묻자 거의 다 구연했다고 했다. 재차 구연을 청하자 스마트폰으로 검색을 하더니 아는 이야기가 생각난 듯 웃음을 띠며 구연을 시작했다. 구연 도중에 내용이 헷갈려서 정정해가면서 구연을 했다. 구연을 마친 뒤 조사자가 이해가 잘되지 않는 부분에 대하여 조사자와 대화를 나누면서 이야기 맥락을 파악했다. 이 과정에서 제보자는 몽골에서 남질을 메뚜기 남질이라고 부르기도 한다고 했다. 이 이야기는 5-6세 즈음에 부모님에게 들었는데, 오랜 시간이 흘러서 내용이 많이 헷갈렸다고 했다.

● **줄거리**

옛날에 머리가 안 좋은 '남질'이라는 사람이 있었다. 남질은 세상에 나가서 많은 것을 배우라는 스승의 말에 따라 길을 나섰다. 스승은 머리가 안 좋은 남질에게 밖에서 본 것들을 그냥 외우라고 조언했다. 남질은 길에서 손으로 메뚜기를 잡아서 들고는, 계속 길을 가면서 자신은 배운 것이 많은 사람이라고 소문을 냈다. 금반지를 잃은 어떤 부자가 남질을 시험하려고 손에 메뚜기를 쥐고서 손 안에 무엇이 있는지 맞추라고 했다. 그러자 남질은 손으로 메뚜기를 잡았다고 말했다. 그러자 부자는 남질에게 금반지를 찾아달라고 부탁하면서 못 찾으면 죽이겠다고 했다. 남질은 돌아와서 자신이 보고 들은 것을 혼잣말로 되었는데, 범인들이 남질을 염탐하다가 남질의 말을 듣고서 겁을 먹어서 금반지를 돌려주었다. 남질은 부자에게 금반지를 찾아주고 큰 보상을 받았다.

선생님이 자기, 그 자기 학생한테 계속해서 이렇게 공부를 가르켰는데, [조사자: 선생님이 학생한테 공부를 가르쳐요?] 네. 남질한테 많이 가르켰는데요, 가르쳤는데요, 남질이 다른 애들보단 머리가 안 좋아요. 외우지도 않아요. [조사자: 남질이?] 네. 그래서 오랫동안 이거 가르쳐도 배운 거 하나도 없어요. 그래서,

"너한테 이제 선생님이 가르칠 거 없어요. 그래서 여러 군데 가고 여러 가지를 배우라."고.

몽골 또 그런 속담이 있어요. 그 철새가, '철새가 못 가는 곳에 사람, 이거 자식이 가서 공부 배우고 온다'고. 그런 속담이 있어요. '철새가 못 날라가는 곳에, 이거 사람 새끼가 가서 많은 거를 배우고 온다'고. 그런 속담이 있어요. 그처럼,

"엄마 아빠가 계실 때, 멀리 가서 젊었을 때 많은 것을 배우라."고.

이렇게 말해요.

그래서 이 아들은 집에 말고, 집 근처에 말고 다른 데 가서 배우라고 선생님이 보낸 거예요, 그처럼. 근데 갈 때,

"잘 못 외우니까 그 보는 걸, 이걸 길가에 보는 거를 외워가지고 가서 말하면 된다."고.

"길에 있는 거 보고, 그거를 외워가지고 가서 말하면 된다."고.

말했어요.

[조사자: 길에 다니면서 보는 거를 외워가지고 말하면 된다고?] 네. [조사자: 누구한테 말해요?] 그 부자, 부자 있는 사람인데요. [조사자: 부자한테?] 부자한테 갔어요. 그래가지고 가가지고, 이거, 이거 자기를 이거 많이, 많은 것을 배워가지고 온 사람이라고. 소문냈어요. 그래가지고,

"이거 많은 것을 배웠으면 내 손에 뭐 잡혀 있는 거, 이거, 이거 알아맞히라."고.

말했어요.

그래가지고, [조사자: 부자가?] 예. 그랬더니, 그 밤에, 밤에 그 있잖아, 그 문제를 냈어요.

"이걸 내일 알아봐가지고 오라."고.

[조사자: 내 손 안에 있는 게 뭔지?] 예. 근데 그때 그 메뚜기 잡았어요. 메뚜기 손에 잡았어요, 그 사람이. 그 부자가 메뚜기 잡았어요. 그래가지고 밤에 자고 있을 때 이거 밤에 혼자 있을 때 자기 그 도우미 두 명을 보냈어요, 여자를. 그래서,

"집 근처에 가서 혼자서 뭐하고 있냐?"고.

"뭐라고 말하고 있냐?"고.

"들어보고 오라."고.

[조사자: 그 부자 혼자서 뭘 하고 있는지 잘 들어보라고?]

"들어보고 오라."고.

했어요. 그랬더니, 그 이렇게 말했어요.

"그 손에, 그 메뚜기가 들어있겠죠."

라고 말했어요.

"메뚜기 있겠지요."

[조사자: 그 말을 누가 했어요?] (남질이) 혼자서 말하는 거야. 그리고 외운 거를 계속 잊어먹을까 봐 이야기하는 거예요.

"메뚜기를 손에 잡았어요. 근데 죽겠지, 죽겠지."

(웃으며) 이렇게 말했어요. 근데 그거를, 그거를 들어가지고, 들어가지고 그 사람들이 그 부자한테 가서 말했어요.

(제보자가 구연한 내용을 정정하며) 근데 저 헷갈렸어요, 미안해요. 이렇게 했어요.

그때 그 자기 부자의 금반지가 없어졌어요. [조사자: 금반지가요?] 네. 그래서 그 금반지를 도둑했는 사람이 그 여자 둘이야. 그래가지고 그 사람이 그 부자는 이렇게 말했어요.

"내 거 금반지를 도둑한 사람을 잡아주면 너한테 돈 많이 준다."

고 했어요.

"아니면 안 맞추면, 안 찾아주면 죽인다."

고 했어요.

근데 가서, 집에 가서, 이거 손에 이거 메뚜기 잡았어요. 그리고,

"죽을 거래, 죽을 거래, 죽어, 죽어, 잡혀 죽을 거래."

(웃으며) 이렇게 말하고 있었어요. 그랬더니 두 여자가, 도둑이

그거를 들어가지고,

"이걸 안 갖다 주면 우릴 잡아 죽인대, 잡아 죽인대, 죽인대, 죽인대, 죽인대."

(크게 웃으며) 이렇게 해갖고 그래가지고 반지를 갖다 드렸어요. 아니 그 남질한테 줬어요. 부자한테 안 주고, 무서워서. [조사자: 아, 부자한테 안 주고? 그 남질한테 줬어요?] 네.

그래가지고 그 남자가,

"아침에 이거 금반지를 이거 찾아줬어요. 도둑했는 사람이 갖다 줬다."고.

말했어요.

그래가지고 그 부자가 남질한테 많은 것을 줬어요.

[조사자: 그러면 부자가 아까 메뚜기 잡고 있었던 거는 어떻게 맞춰요?] 그 자기가, 길에 갔다가 거 메뚜기 보고 손에 잡은 거 같애. 그래가지고. [조사자: 그러면 그거를 남질이 잡고, 부자가 아니라 남질이 잡고 있었던 거예요?] 네. 내가 헷갈린 거죠. 잊어버려서.

우물에 빠진 달을 건진 바보

● **구연정보**

조사일시 : 2017. 02. 23(목) 오후

조사장소 : 인천광역시 부평구 갈산동

제 보 자 : 바야르사이한 [몽골, 여, 1966년생, 결혼이주 10년차]

조 사 자 : 조홍윤, 황승업, 김자혜

● **구연상황**

몽골의 유명한 사랑 이야기는 없는지에 대해서 조사자와 제보자간에 대화가 이어진 뒤에 제보자가 미리 준비해온 바보 이야기를 구연했다.

● **줄거리**

옛날에 한 바보가 우물에 물을 뜨러 갔다가 물에 비친 달을 보게 되었다. 물속에 달이 있는 것을 걱정스럽게 생각한 바보는 몸을 기울이다가 우물에 빠지고 말았다. 그가 물에 빠지자 더 이상 물속에는 달이 비치지 않게 되었다. 그러자 바보는 자신이 물에 빠졌지만 달은 건져졌다며 다행이라고 했다.

옛날에 그 깜깜한 저녁에 그 바보라는 사람이 가서 우물에서, 이렇게 물 가지러, 거 우물을 봤는데 거기에 뭐 달 모양이 보였죠. 근데 그래서 그게 바보니까,

"어? 달 여기 있네?"

라고 하면서 그게, 달 이렇게 가지러 이렇게 거기 우물로, (몸을 기울이는 시늉을 하며) 이렇게 하다가 우물로 들어갔대요. [조사자 2: 빠져버렸어요?] 그래.

'우물로 가서 우물로 빠져버렸다.'

이런 이야기 있는데.

(혼잣말로) 이건 별로인 거 같은데? 바보라는 사람이. [조사자 1: 재미있어요.] 그래요? 그런 사람이 그냥.

[조사자 1: 이 사람 이름 혹시 나와요?] 이름이 없는데, 그냥 바보라고. [조사자 1: 그냥 바보?] 바보 사람이, 그냥 테늑끄(테넥)ТЭНЭГ라고 해요. [조사자: 데느끼?] 테늑끄. [조사자: 데느끄?] 테늑끄훔ТЭНЭГ Хүм. 훔Хүм은 사람이에요. 훔은 사람인데 테늑은 바보. 그러니까 바보 사람.

테늑끄훔이라는 것이, 우물에서 빠졌는데,

"나는 너무 힘들지만, 그게 달이 여기에(서) 빠져 갔으니까 이제 됐다."

라고 했대.

[조사자 1: 아, 내가 빠지면서 달이 이제 빠져 나갔으니까?] 어.

"빠져나갔으니까 다행이다."

이렇게 했대.

[조사자 1: 되게 좋은 사람인데요?] (웃음) 어. [조사자 1: 달이 거기 빠져 있을까 봐 '여기 있으면 안 되는데!' 하면서]

"나는 힘들지만은 달이 안 보이니까, 여기서 빠졌으니까 다행이다."

이렇게 얘기했대. [조사자 1: 좋은 사람이었네.] 웃겨.

왕의 종을 훔치려 한 바보

● 구연정보

조사일시 : 2017. 02. 23(목) 오후
조사장소 : 인천광역시 부평구 갈산동
제 보 자 : 바야르사이한 [몽골, 여, 1966년생, 결혼이주 10년차]
조 사 자 : 조홍윤, 황승업, 김자혜

● 구연상황

제보자가 〈우물에 빠진 달을 건진 바보〉를 구연한 뒤 바보 이야기를 하나 더 해주겠다며 이야기를 시작했다.

● 줄거리

옛날에 왕의 행차를 알리는 종이 성문에 걸려 있었다. 어느 날 바보가 그 종을 보게 되었는데, 은으로 만들어진 종을 탐내서 그것을 훔쳐 팔고자 했다. 바보가 저녁에 몰래 다가가 손을 대자 종이 흔들리며 소리가 났다. 놀란 바보는 얼른 자신의 귀를 막고는 소리가 들리지 않으니 안전하다고 생각해서 도둑질을 이어가다가 경비병에게 잡히고 말았다.

그 바보 사람 이야기 또 하나. 그 왕이, 밖에 왕이 그 문, 큰 문이 있으면 그 들어오기 전에 이렇게 종 쳐야 된대. [조사자: 춤?] 종, 종. 종 이렇게 해야 거기에서 사람이 와서 이렇게 문 열어준대.

그 종이 은으로 만들어져 있는 종이라, 그 바보 어느 날 그거 봤대. 은이 있으니까,

'그거 훔쳐가서 한번 팔아야 된다.'

그렇게 해서 저녁에 가서 그거 봤는데, 그거 너무 위에 있으니까 이렇게 위로 올라갔다가 딱 들어가 훔치려고 했는데 소리 났대요.

소리 났는데 소리 나니까 누구 올 거 아니야. 그래서 소리가 났길래 그 바보는 (두 귀를 손으로 막는 동작을 하며) 여기에, [조사자: 아, 자기 귀를 막아가지고?] 막아가지고,

'이제 소리 안 들리니까 이제 훔쳐도 되겠다.'

라고.

다시 한번 흔들었더니 사람이 와서 잡혔대. [조사자: 아, 재밌네.]

둥근 빵 칼라복과 꾀쟁이 여우 [1]

● **구연정보**

조사일시 : 2017. 03. 24(금) 오후
조사장소 : 강원도 원주시 개운동
제 보 자 : 수흐바타르 [몽골, 여, 1966년생, 결혼이주 16년차]
조 사 자 : 박현숙

● **구연상황**

제보자가 〈호랑이 털이 얼룩덜룩한 이유〉 구연을 마친 뒤 조사자가 동물과 관련된 다른 이야기는 없냐고 묻다 잠시 생각하다가 러시아 이야기를 해도 되냐고 물었다. 조사자가 구연을 권하자 제보자는 러시아 민담 칼라복 이야기 구연을 시작했다.

● **줄거리**

옛날에 가난한 할머니와 할아버지가 살았다. 할아버지는 배가 고파서 할머니에게 칼라복을 만들어 달라고 했다. 할머니는 밀가루 부대를 털어서 한 줌 나온 밀가루로 칼라복을 만들어 창가에 두었다. 칼라복이 창문 밖으로 도망쳐 굴러가다가 곰과 토끼를 차례로 만났다. 칼라복은 곰과 토끼가 자신을 삼키려고 하자 노래를 불러주겠다고 속이고 도망쳤다. 칼라복이 마지막으로 만난 여우에게도 노래를 불러주겠다고 속이고 도망치려고 하자 여우가 자기 코 위에 올라와서 다시 노래를 불러 달라고 했다. 칼라복이 여우의 코 위에 올라가서 노래를 부르자 여우가 칼라복을 삼켜버렸다.

옛날 옛날에 그 할머니하고 할아버지가 살고 있었어요. 근데 그 때 러시아에서도 밀농사 많이 해요. 근데 너무 그 넉넉하게 살지 않아서 밀가루가 없었어요. 그랬더니 할아버지가 할머니한테 말했어요. 배가 고파서.

"맛있는 칼라복колобок*을 만들어 달라."고.

부탁했어요. 그랬더니 할머니가,

"우리는 밀가루가 없어요."

라고 말했어요.

"밀가루가 떨어졌어요."

그랬더니 할아버지가,

"털으면 보따리를 털으면 밀가루가 나올 거야, 한 주먹이라두. 그거로 만들어서 맛있는 칼라복을 만들으세요."

그랬어요.

그랬더니 할머니가 보따리로 이거 털고 한 주먹만큼 그 밀가루를 반죽해서 맛있는 칼라복을 만들었어요. 그래서 식힐려고 창문 열고 창문 위에 올려놨는데요. 칼라복으가 도망쳤어요. 할머니하고 할아버지한테 도망칠려고 대문으로 도망갔어요.

굴러갔다가, 굴러갔다가 어, (잠시 기억을 더듬다가) 처음에 누구를 만났죠? 굴러갔다가 곰, 곰이랑 만났어요. [조사자: 곰?] 네. 만나서 그랬더니 곰이 칼라복 보고, 맛있는 칼라복 보고,

"먹어버릴 거야."

라고 했어요.

그랬더니 칼라복이가 그랬어요.

"기다리세요."

곰한테,

"노래를 하나 불러드릴게요."

했어요.

"칼라복으, 칼라복으, 저는 할머니하고 할아버지한테 도망쳤어요. 굴러갔다가 곰이랑 만났어요. 곰한테도 도망칠 거야."

라고 하고 굴러갔어요.

그랬다가 토끼를 만났어요. 토끼를 만나서 토끼가 칼라복한테 말했어요.

* 작고 둥근 보름달 모양의 러시아 전통 빵이다.

"맛있는 칼라복을 먹을 거예요."

그랬더니,

"먹기 전에 멋진, 이쁜 노래를 불러드릴게요. 노래를 한 곡 불러드릴게요."

말했어요. 그랬다가,

"할머니, 할아버지한테 도망쳤어요. 곰한테도 도망쳤어요. 토끼한테도 도망칠 거야."

또 굴러갔어요.

그랬다가 마지막에 그 여우를 만났어요. 여우를 만났는데 그 여우가,

"이렇게 맛있는 칼라복가 있네요."

라고 했어요. 그랬더니,

"저는 노래 한 곡 불러드릴게요."

했어요. 그랬더니 칼라복가(이) 노래하기 시작했어요.

"저는 할머니 할아버지한테 도망쳤어요. 곰한테도 도망쳤어요. 토끼한테도 도망쳤어요. 여우한테도 도망갈 거야."

라고 말했더니 여우가 그랬어요.

"(감탄하며) 이렇게 이쁘게 부르네요. 그러면 다시 한번 불러주세요. 길게 불러서 잘 안 들었어요. 저의 코에 올라타서 한 번 더 불러 주세요."

라고 이쁘게 말했어요.

그랬더니 칼라복가 코에 올라탔는데 [조사자: 코에 올라타서?] 네. 여우가 '흡' 이렇게 먹어버렸어요. (웃음) [조사자: 먹혀버렸네요?] 예.

[조사자: 어릴 때 이게 그렇게 재미있었어요?] 예. [조사자: 그러면 요고를 이제 노래를 부르면서 할 거 아니에요?] 네. [조사자: 그쵸? 그걸 몽골어로 노래를 부르면 어떻게 불렀어요?]

(제보자가 몽골어로 가사를 말해 줌.)

[조사자: 이렇게 음을 붙여가지구.] 예, 노래로 불렀어요. [조사자: 그쵸, 노래로 불러야 재미있을 거 같애.]

둥근 빵 칼라복과 꾀쟁이 여우 [2]

● 구연정보

조사일시 : 2018. 05. 17(목) 오후
조사장소 : 경기도 하남시 덕풍동
제 보 자 : 바트 [몽골, 남, 1986년생, 이주노동 9년차]
조 사 자 : 김정은, 황승업

● 구연상황

제보자를 만난 조사자가 조사 취지를 설명한 뒤 한국생활에 대한 이야기를 듣고 나서 기억나는 이야기를 부탁하자 이 설화 구연을 시작했다.

● 줄거리

빵을 잘 만드는 할아버지가 있었다. 하루는 할아버지가 집에 얼마 안 남은 밀가루를 털어서 빵을 하나 만들었다. 빵을 식히려고 창가에 올려두었는데, 빵이 그대로 굴러가버렸다. 빵은 굴러가다가 늑대를 만났다. 빵은 자기를 소개하는 노래를 불렀고, 늑대가 잡아먹으려고 하자 노래를 부르며 도망갔다. 이후에 토끼를 만나고 곰을 만났을 때에도 빵은 똑같이 도망갔다. 빵은 다시 여우를 만나 노래를 불렀는데 꾀 많은 여우는 노래 소리가 잘 들리지 않는다며 자기 코 위에 올라와서 노래를 불러달라고 했다. 빵이 여우 코 위에서 노래를 부르자 여우는 바로 빵을 삼켜버렸다.

어떤 그 빵을 잘 만드는 한 할아버지가 [조사자 1: 방을 만드는 요?] 빵이요, 빵. [조사자 1: 빵, 네.] 빵을 잘 만드는 할아버지가 있는데. 그 분이 어떤 날에 뭐 재료가, 빵을 만들려고 했는데 재료가 없는 거예요. 다 떨어진 거예요. 그래서 그 뭐 보관하는, 그 옛날이니까 보관하는 뭐 상자 같은 거 있잖아요. 그 밑에서, 그 안에서 이렇게 해가지고, 겨우 그 조그만 밀가루 얻어가지고 그걸로 빵 하나 만들었대요.

그래서 그 만든 빵이 만들자마자 바로 살아 있는 거예요, 살아 있다가, 그 식히려고 이쪽에 창가에다가 이렇게 놨더니, 굴러가는 거예요. 그랬는데, 그래서 굴러가가지고.

처음에는 그 뭐지? 늑대랑 만나 [조사자 1: 늑대를 만났어요?] 가지고. 네, 늑대랑 만났는데, 늑대가,

"아, 너는 누구냐?"

했더니, 그 노래 해주는 거예요.

"내가 노래를 잘한다."고.

그래 상자, 뭐라고 해야 되나? 노래 가사 같은 건데. 그 뭐지? 상자, 밑을 저기, 상자 안 저기 구석을 긁어 가지고, 아무 것도 안 보이는데, 그런데 그거 뭔가 있었으니까,

'뭐 있겠지.'

싶어서 이렇게 긁어서 이렇게 모으는, 모으는 거예요. 그래서 그거 어느 정도 뭐 이렇게 [조사자 1: 모아서.] 밀가루가 나오잖아요? 밀가루를 넣어 놓은데, 밀가루가 나오잖아요? 그래서 그걸로 이렇게 만들었다, 나를.

'이렇게 소중한 거다.'

라고 그런 식으로 얘기하는 거예요.

그래서 만들었다. 뭐 가사는 좀 이렇게 긴데, 저는 좀 바로 이렇게 [조사자 1: 괜찮아요.] 네, 해석을 잘못해서.

그래서 그거 노래하다가, 그거 들으면서 이렇게 너무 감동받아 가지고. 그래,

'이때다!'

그래서 도망가는 거예요. 잡아먹으려고 하는 거예요, 원래 늑대가.

그랬더니 그다음에 토끼랑 만나가지고, 토끼도 이렇게 잡아먹으려고 했는데, 결국 노래해가지고 도망가는 거예요. 그래서 그다음에는 곰이랑 만나가지고, 곰에서도 그렇게 그 노래해주면서 도망가고.

다음에는 뭐 여우랑 만나는 거예요. 그런데 여우는 너무 그거 있잖아요, 좀 [조사자 2: 영리하다?] [조사자 1: 꾀?] 여우가 좀 뭐, 그거 뭐라 하나? [조사자 1: 지혜? 꾀?] 아니요, 아니요. 뭐지? 매력, 매력이

아니고. 여우가 좀 그런 거 있잖아요. 그냥 웃으면서 이렇게. [조사자 1: 아, 이렇게 꼬시는 그런 거.] 네, 좀 그런 성격 있잖아요. [조사자 1: 유혹하는 거요?] 아, 예? 유혹하는 거는 아니고요. [조사자 2: 유혹?] 아 예. 유혹, 유혹하는 거예요.

그래서 노래해 주었더니, 이렇게 옆에서 도망가려고 이렇게 노래를 해주는 거예요. 그랬더니 여우가,

"너는 참 잘한다. 너는 내 코 위에다가, 나는 잘 안 들리니까 코 위에 올라가서 이 노래를 해줘라."

했더니, 올라가서 노래했더니 갑자기 먹어버린 거예요. 네, 그런 이야기.

떠돌이 스님과 만두

● **구연정보**

조사일시 : 2018. 02. 13(화) 오전
조사장소 : 인천광역시 부평구 갈산1동
제 보 자 : 멀얼게렐 [몽골, 여, 1983년생, 결혼이주 14년차]
조 사 자 : 오정미, 한상효, 엄희수

● **구연상황**

제보자가 〈늑대와 여우의 나이 대결〉을 구연한 뒤, 다른 이야기를 하다가 중간에 기억이 나지 않아 멈추었다. 제보자는 몽골 사람들이 다른 사람을 돌려서 간접적으로 놀리는 경우가 많다면서 이와 관련된 짧은 이야기들을 들려주었다.

● **줄거리**

떠돌이 스님이 배가 고파서 한 집에 가서 만둣국을 먹게 됐는데 주인 여자가 인색해서 만두를 조금만 넣고 끓였다. 그 모습을 본 떠돌이 스님은 "조용히 해, 너희들!" 하고 소리쳤다. 주인이 이상해하며 무슨 말이냐고 하자 스님은 만두들이 서로 찾느라고 시끄럽게 군다고 말했다. 그 말을 들은 여자는 창피해서 국물에 만두를 더 넣었다.

스님인데, 스님이 무슨 스님이라고 하지? 그, 떠돌이 스님 있잖아요. 가서 큰, 그 옛날에 몽골의 수도. 거기에 불교의 큰 절이 거기에 있는 거예요. 그래서 전국에 있는 스님들이, 가난한 스님들이 가서 거기 절하느라고 가는 거예요.

가면서 이렇게 떠돌이처럼 집 없고 아무것도 없어요 그냥 가난한데. 그냥 자기 이렇게 그릇만 들고서, 보따리만 들고 걸어서 가는 이런 스님들이 있어요. 그래서 여기저기 집이 있으면 거기 가서 부탁해서 자고, 거기 자기 그릇에다가 음식 담아서 먹고 이렇게 다니는 스님들이 있어요. 근데 그 스님들이 에피소드가 되게, 엄청 많아요. 여러가지 이야기 있는데, 보통 되게 웃긴 이야기들 많아서.

그, 어떤 스님이 가다가 너무 배고픈 거예요. 힘들어서 어느 집에 들어가가지구 그 집에서 자, 밥 먹을라고 기다리고 있는데. 그 집의 주부가, 그 구두쇠 그런 여자인 거예요. 누구를 뭐 주기 싫어가지구, 그래서 음식을 너무 천천히 하고. (웃음) 음식 천천히 하는데다가 만둣국을 하는데, 만둣국 하면 만두가 많이 들어가야 되잖아요? 근데 만두를 너무 조금 넣는 거예요.

그랬더니 그 스님이 그걸 계속 지켜보고 있다가 속으로

'배는 너무 고픈데, 이 집은 식구도 많고. 이거 어떡하지?'

이렇게 생각하다가,

'어떻게 하면 여기, 그 안에 만두 많이 넣게 할까?'

계속 궁리를 하는 거예요. 궁리하다가, 자기가 갑자기 가만히 앉아있다가.

"조용히 해, 너희들!"

막 혼자서 이야기하는 거예요. 혼잣말로. 일부러. 그랬더니 아줌마가,

"왜 그러세요? 스님?"

그랬더니,

"아 자꾸만 시끄럽잖아!"

막 이러는 거예요. 그랬더니 깜짝 놀라가지구,

"뭐가 이렇게 시끄러우세요?"

그랬더니,

"아니 거기 냄비 안에 끓고 있는 만두들이 너무 시끄러워."

이러는 거예요. 그랬더니 그 아줌마가,

"아니 만두가 왜 시끄러워요?"

그랬더니 스님이

"아니, 자기네들이 서로 찾느라고 서로 불러가지고 시끄럽다."고.

[조사자 1: 서로 뭐라구요?] 서로 만두끼리 찾아서 그,

"너 어딨냐, 너 어딨냐, 서로 찾느라고 만두들이 그래서 너무 시끄럽다."

는 거예요. 그래서

"아니 그게 무슨 말씀이냐."

고 하니까

"우리 고향 만두들은 너무 많아서 서로 '너 저기 가.', '너 가,' 이렇게 막 서로 밀치는데, 이쪽 만두들은 '너 어딨냐?', '너 어딨냐?'고 서로 찾아다니네."

이렇게 말하는 거예요. (웃음) 그랬더니 아줌마가 챙피해가지구 그래서 만두를 너무 많이 넣어서, 많이 먹었, 그래서 많이 해가지구 많이 먹었다는 이야기가 있어요. (웃음)

[조사자 1: 재밌다.] 진짜 배는 너무 고픈데, 그래도 스님이니까. 스님한테도 뭐라고도 말을 함부로 못해요. 뭐라고만 하면, 또 미신 같은 거 있어가지구 믿어요, 또. 그래가지구. 그래서 배부르게 먹었다는 이야기가 있어요. [조사자 1: 스님이 재치있네.] 네, 그런 이야기 많아요.

밥풀을 게르로 착각한 떠돌이 스님

● 구연정보

조사일시 : 2018. 02. 13(화) 오전
조사장소 : 인천광역시 부평구 갈산1동
제 보 자 : 멀얼게렐 [몽골, 여, 1983년생, 결혼이주 14년차]
조 사 자 : 오정미, 한상효, 엄희수

● 구연상황

제보자가 〈떠돌이 스님과 만두〉 구연을 마친 뒤 바로 이어서 떠돌이 스님에 대한 또 다른 이야기를 구연했다.

● 줄거리

배고픈 떠돌이 스님이 멀리 하얀 게르 같은 것이 보여서 그곳을 향해 다가갔다. 그런데 아무리 가도 그곳에 도착할 수 없었다. 스님이 힘들어 땀을 닦자 머리카락에 붙은 밥풀이 떨어졌다. 그것이 게르로 보였던 것이었다.

그리고 또 어떤 스님도 가다가, 가는데, 너무 배고픈 거예요. 근데 집이 너무 없는 거예요. 그 게르 하나도 안 보이고 초원에서. 가고 있는데, 좀 이따가 이렇게 눈 비비고서 갔더니 저기 멀리 게르 보이는 거예요.

"어, 저기 게르 하나 있네?"

그 하얀색 저기 멀리서 하얀색이니까. 초원에서 엄청 멀리 있어도 보이거든요.

"어, 저기 게르있네. 저기로 가야겠다."

그래서 거기로 계속 갔어요. 근데 아무리 가도 다가오질 않는 거예요.

“아니, 왜 그러지?”

분명히 게르 보이긴 보이는데. 하면서 계속 가는데 한참 가다보니까 힘들어가지구 얼굴 한 번 닦으니까 게르 없어지는 거예요. (웃음)

“왜지?”

이러고 보니까 자기 전날 밤에 먹던 밥풀이 (머리카락을 가리키며) 여기 붙어가지고. (웃음) 그래서 그걸 보고 게르인 줄 알고 가다 한참 그래서 엄청 멀리 걸어갔다고. (웃음)

그 초원에 가면 게르들이 엄청 멀리서 보여요. 그 하얀색이니까, 특히 여름에는 초록 밭에다가 하얀색 있으면은 거의 몇 키로㎞ 전부터 보이거든요, 하얀색이어가지구.

[조사자 1: 하도 초원만 쫙 있으니까?] 네. 그래서.

떠돌이 스님이 배불리 먹는 법

● **구연정보**

조사일시 : 2018. 02. 13(화) 오전
조사장소 : 인천광역시 부평구 갈산1동
제 보 자 : 멀얼게렐 [몽골, 여, 1983년생, 결혼이주 14년차]
조 사 자 : 오정미, 한상효, 엄희수

● **구연상황**

〈밥풀을 게르로 착각한 떠돌이 스님〉 구연을 마치고 바로 이어서 세 번째 이야기를 구연했다.

● **줄거리**

배고픈 떠돌이 스님이 어느 집에 가서 밥을 얻어먹었다. 주인이 더 드시겠느냐고 묻자 스님은 예의상 반만 더 달라고 했다. 스님은 그렇게 8번을 더 달라고 했다. 몽골사람들이 하는 말에, '반 반하면서 일곱 번의 반을 먹는다.'는 말이 있다.

그래서 그 스님이 계속 쭉 가다가 어느 집에 들어가서 자는데, 자게 됐는데. 그, 그런 이야기 있어요. [조사자 1: 이건 또 다른 스님 얘기죠?] 네. 모르겠어요, 다른 스님인지. 아무튼. 그 스님이 계속 돌아다녀요. (웃음)

그 스님이 가다가 어느 집에 가서 또 밥 먹게 됐어요. 밥먹을려고 했는데, 너무 배고픈 거예요. 그래서 그 집에서 밥을 줬어요, 줬는데. 그걸 먹었어요. 먹고, 스님이 밥 먹고 다 먹으면,

"더 넣어 드릴까요?"

꼭 물어봐요. 그래서 그 아줌마가,

"더 넣어드릴까요?"

이러니까 또 예의상 몽골 사람들은 또,

"조금 넣어주세요."

한국 사람들처럼 조금씩,

"반씩 넣어주세요."

이렇게 해요.

그랬더니, 그 사람은 배는, 더 먹고 싶은데 더 달라고 할 수도 없고 그래서 그냥,

"반만 넣어 주세요."

이렇게 했어요. 그랬더니 반만 넣어줬어요. 그래서 반을 먹고서, 또 먹고 싶은 거예요. 그래서 천천히 먹고, 다 먹는, 다 먹는 티를 내고서 먹고 있는데 아줌마가 또 물어보는 거예요. 그랬더니 또,

"반 주세요."

그러면서 총 여덟 번 반을 먹었어요. 그래서 그제서야 배가 부른 거예요.

그랬더니 거기서부터 몽골 사람들이 그 줘도 줘도 계속 달라는 사람 있잖아요. 그러면 그 사람한테,

'반, 반 하고 일곱 번 먹는다.'구.

반만 달라면서 일곱 번의 반을 먹었다구, 먹는 사람처럼 그렇게.

[조사자 1: 다시 한 번만. 고 얘기 중요한데. 반, 반 하면서.] 일곱 번, 일곱 번의 반을 먹는다구. 일곱 번이면 많잖아요. [조사자 1: 그쵸.] 뭐 줘도 계속 달라고, 뭐, 그런 욕심내는 사람을 그렇게 말하는 말 있어요. (웃음) [조사자 1: 재밌다. '반, 반 하면서 일곱 번의 반을 더 먹는다.' (웃음)] 어, 그런 얘기 생겨났대요.

[조사자 1: 몽골에 스님이 많이 그렇게 시주, 우리는 시주라고 하거든요? 그렇게 시주를 받으러 많이 이렇게 다니세요?] 지금은 안 그래요. 옛날에는 그랬었어요. 네.

가서, 그 중심에 큰 불교에 있는, 절에 있는 거기 가서 절할려면 넓잖아요, 거기. 근데 대부분 거의 가난한 스님들이 많이 가거든요. 그럼 걸어서 가요. 왜냐하면 말 탈 텐데, 말 있으면 말로 가지만 없으

니까 걸어서 가니까. 뭐 여러 가지 일이 엄청 많이 생기겠죠.

그래서 그 스님을 '빠다르칭'이라고 하는데. (용어를 받아 적으며) 이건 그, 이렇게 뭐 자기 그릇 들고서 달라고 하면서 아무 데나 자고 먹고 가는 스님을 말해요. 그래서 지금도 집이 없고 막 돌아다니는 사람을,

"빠다르칭같이 왜 그래."

이런 식으로 많이 하고. 뭐 걸어서 가는 여행 그런 모임들 있잖아요? 그런 것도 이름을 뭐 '빠다르칭'이런 데도 되게 많아요. (웃음) [조사자 1: 그렇구나.]

제보자 정보

게델마

[몽골, 여, 1972년생, 결혼이주 14년차]

게델마 제보자는 1972년 몽골의 울란바토르에서 태어났다. 2004년에 결혼해서 남편과 자녀들과 함께 경기도 양주에서 살고 있다. 게델마 제보자는 양주 다문화센터 소속 강사가 되었고, 이후 전문대학에서 사회복지를 공부한 후 공부가 좋아서 석사학위까지 취득했다. 현재는 종로에 있는 서울글로벌센터에서 이주민들의 민원상담을 하고 있다.

게델마 제보자와는 두 번의 조사가 이루어졌다. 밝은 얼굴로 생애담을 재미있게 구연했고, 조사의 의도를 파악하고 어린 시절 들었던 설화를 기억해서 구연했다. 게델마 제보자가 구연한 설화는 모두 9편이다.

노로브냠

[몽골, 여, 1970년생, 이주노동 4년차]

노로브냠 제보자는 단국대학교에서 근무하고 있다. 서울대학교에서 석사과정을 마친 후 1999년에 몽골로 돌아갔다가 다시 한국으로 와서 2006년에 박사과정을 마친 뒤 2012년부터 단국대에서 교수로 재직 중이다. 남편과 자녀는 몽골에서 거주 중이고 노로브냠 제보자만 홀로 한국에서 생활하며 몽골과 한국 양국의 문화와 설화를 연구하고 있다.

교수이자 이야기 연구자인 노로브냠 제보자는 몽골 설화에 대한 많은 지식을 지니고 있었으며, 다른 몽골 제보자에게서 들을 수 없었던 이야기들을 많이 들려주었다. 총 20편의 설화를 구술했다.

멀얼게렐

[몽골, 여, 1983년생, 결혼이주 14년차]

멀얼게렐 제보자는 몽골의 울란바트로가 고향이다. 몽골에서 관광경영학을 전공한 후 몽골 여행사에서 근무하며 남편을 만났고, 장거리 연애를 한 후 2004년에 결혼했다. 결혼 후 서울에서 살다가 부평으로 이주하여 살고 있다. 한국에서 거주하는 동안 다양한 사회활동을 통해 한국 사람들뿐 아니라 몽골 사람들과도 지속적인 관계를 유지하며 성공적으로 문화적응을 했다.

멀얼게렐 제보자는 이야기에 대한 관심과 감각이 뛰어난 화자였다. 서울시 다문화 설화 공모전에서 수상한 경력도 있다. 한국어 능력도 뛰어나 여러 편의 설화를 조리있게 구술했다. 다문화가정에 대한 선입견과 편견을 없애고 싶은 마음에 설화 조사에 응했다고 했다. 구술한 설화는 총 21편이다.

바야르사이한

[몽골, 여, 1966년생, 결혼이주 10년차]

바야르사이한 제보자는 몽골 남쪽의 사막 지역에서 태어나 전통가옥인 게르Ger에서 생활하며 중학교 시절까지를 보냈다. 중학교 졸업 후 학업 우수자로 선발되어 교육을 받았으며, 울란바토르의 예술대학 성악과를 졸업했다. 성악과 졸업 이후에는 군대 소속 가수로서 15년간 활동했다고 한다. 마흔이 넘어서 제대한 뒤에 몽골에 건설기술자로 와있던 한국인 남편을 만났는데, 성실함에 마음이 끌려 결혼을 결심하고 한국으로 오게 됐다고 한다. 한국에 후 경인교육대학교에서 이중언어교사 자격을 취득하고, 외국인 이주민을 위한 한국어 교육 및 문화 교육 활동을 하고 있다. 고급수준의 한국어로 몽골 전통설화 10편을 구술했다.

바트

[몽골, 남, 1986년생, 이주노동 9년차]

바트 제보자는 1986년 몽골의 울란바토르에서 태어났다. 2006년에 한국어학과에 입학한 뒤 일을 병행하면서 대학을 졸업했고, 한국에 와서 한양대학교에서 건축공학을 공부한 뒤 설계사 사무실에서 일하고 있다. 몽골인 아내와 딸과 함께 경기도 하남시에 거주하고 있다.

바트 제보자는 한국어가 유창한데 조사 취지를 충분히 이해하지 못한 상태에서 조사자를 만난 터라서 설화 구연에 난감해 했다. 하지만 기억을 되살려 설화를 하나씩 이야기했다. 바트 제보자가 구연한 설화는 모두 5편이었다.

수흐바타르(수흐바타르 알탄바가나)

[몽골, 여, 1966년생, 결혼이주 15년차]

수흐바타르 제보자는 몽골 울란바토르에서 태어났다. 결혼 전까지 몽골에서 간호사를 하다가 남편과 결혼해서 한국으로 이주했다. 강원도 횡성군에서 10여 년 살다가 원주시로 이주하여 살고 있다. 결혼 후에 대학에 진학해서 공부를 이어나갔고 학업을 마친 뒤 통번역사와 이중언어 교육 강사, 방과후 강사 등으로 활발한 사회생활을 하고 있다.

수흐바타르 제보자는 총 4회의 이야기판에 참여했다. 비언어적인 표현은 잘 사용하지 않고 낮은 음색으로 조용하고 차분하게 이야기를 구연했다. 설화 구연을 즐거워했고 재미있는 장면이 나올 때는 밝게 웃기도 했다. 4회 진행된 이야기판에서 24편의 이야기를 구연했는데, 구연한 이야기는 몽골과 러시아의 설화들이었다. 몽골 설화는 어릴 때 라디오 할아버지가 들려준 옛날이야기의 기억을 되살리는 한편 자료를 추가로 찾아와서 구연한 것이며, 러시아 설화는 어릴 때 읽은 러시아 옛이야기 책과 중학교 때의 카자흐스탄에서의 유학 생활 및 러시아 어학연수 과정에서 익힌 것들이라고 했다.

온다르마

[몽골, 여, 1973년생, 결혼이주 12년차]

온다르마 제보자는 몽골 울란바토르에서 태어났다. 2016년에 결혼하여 경기도 오산시에서 거주하며 슬하에 2녀를 두고 있다. 제보자는 오산시 도서관에서 김알라 제보자 등과 다문화 강사 모임을 하고 있다.

온다르마 제보자는 처음에는 초등학생하고 수업을 하는 식으로 이야기를 구연하려 하기도 했다. 자연스럽게 구연해 달라는 조사자들의 요청에 구연방식을 바꾸었다. 온다르마 제보자는 주인공의 마음에 이입을 하는 특징이 있어서, 구연중에 울먹이기도 했다. 함께 참여한 다른 나라 이주민들의 이야기를 듣는 데도 열성을 나타냈다. 온다르마 제보자가 구연한 설화는 3편이다.

을찌마

[몽골, 여, 1971년생, 결혼이주 16년차]

을찌마 제보자는 몽골 울란바토르에서 태어나 자랐다. 울란바토르 대학을 졸업하고 생물학 교사로 일하던 중 유리하우스 재배 기술 연수를 위해 한국에 방문했다가 연수 동기인 남편을 만났다. 2000년부터 2004년까지 전북 고창에서 살았고, 그 후 몽골에 가서 지내다가 2008년에 한국으로 돌아와 계속 거주 중이다. 간호조무사 자격을 취득하여 병원에서 근무 중이며, 고등학교에 재학 중인 딸을 두고 있다.

을찌마 제보자는 생애담 외에 몽골의 민속과 문화에 대한 내용을 많이 구연했다. 설화로는 우화적인 성격을 지니는 민담을 두 편 들려주었다.

툭스자르칼

[몽골, 여, 1976년생, 결혼이주 12년차]

툭스자르칼 제보자는 몽골에서 한국 건설 회사에서 근무했으며, 몽골로 파견 근무를 나온 남편을 만나 결혼했다. 결혼 후 약 10년간 남편과 함께 몽골에서 거주하다가 남편 회사의 사정으로 몽골 생활을 정리한 후 한국으로 이주하여 생활하고 있다.

툭스자르갈 제보자는 대학에서 러시아어를 공부한 인재로, 의사인 부모님 덕에 몽골에서 풍요로운 생활을 하며 성장했다. 그만큼 한국에서 새롭게 시작하는 삶을 힘겹게 느꼈지만, 두 아이의 엄마로서 자신의 특기를 살려 열심히 살고 있다. 사회적 기업인 '아시안허브'에서 몽골의 옛이야기 책을 만드는 작업을 하는 등 적극적인 사회 활동을 하고 있다. 조사팀과 두 차례 만나서 성실한 태도로 15편의 설화를 구술했다.

툽신자르갈

[몽골, 여, 1988년생, 결혼 6년차]

툽신자르갈 제보자는 몽골에서 태어나 성장한 뒤 남편과 결혼하여 한국으로 이주해서 춘천시에서 6년째 살고 있다. 이야기에 관심이 많아서, 2019년에 춘천 실레마을 이야기대회 다문화 부문에 출전해 〈낙타가 열두 띠에 들지 못한 이유〉를 구연하여 최우수상을 수상했다.

툽신자르갈 제보자는 조사 취지를 듣고 조사자를 자택으로 초대해서 이야기를 구연했다. 어린 자녀가 동석한 가운데 몽골 문화와 이야기를 적극 전달하려는 열의를 보였다. 마못 동물의 복사뼈를 몸에 지니는 이유를 설명한 뒤에는 자신이 지니고 있는 뼈를 보여주기도 했다. 제보자는 각종 유래담과 몽골의 민속 문화 설명 등 13편의 자료를 구연했다.